정찬주 長篇小說 下

그곳에 부처가 있다

천년 전 혜초 · 현장 스님이 순례했던 인도 주요 도시

① 캘커타: 칼리 가트(힌두 사원)이 유명하고
    혜초의 〈왕오천축국전〉에 나오는 나체주의자들이 아직도 있음.
② 가야: 교통 요충지로 싯타르타 호텔 등 순례자들의 숙소가 많음.
③ 보드가야: 석가모니 부처가 깨달음을 얻은 곳이라 하여
    붓다가야로 불리다 보드가야로 바뀜.
④ 라즈기르: 불경에 나오는 왕사성. 현장의 〈대당서역기〉에 나오는
    영취산이 있음. 산 가까운 곳에 최초의 절인 죽림정사가 있음.
⑤ 날란다: 현장이 본 세계 최대의 종교대학인 날란다대학 유적지가 있음.
    전성기에는 학생스님이 1만 명, 교수가 2천 명이었다고 함.
⑥ 바이샬리: 불경에 비야리성으로 나오는 곳. 기생 암라팔리가 부처에게
    동산을 기증하여 불교가 발전함. 〈유마경〉의 유마가 살았던 곳.
⑦ 고락푸르: 비하르 주의 북부 거점 도시. 아반티카 호텔 등 숙소가 많음.
⑧ 쿠쉬나가라: 석가모니 부처의 열반지. 혜초의 〈왕오천축국전〉에
    구시나국(國)으로 나옴.
⑨ 파트나: 비하르 주(州) 주도. 부처가 열반길에 들렀던 곳.
⑩ 룸비니: 석가모니 부처의 탄생지. 현재는 네팔 영토임.
⑪ 발람푸르: 석가모니 부처가 가장 오랫동안 머물렀던 기원정사가
    부근에 있음. 옛날에는 쉬라바스티(사위성)의 한 촌락이었음.
⑫ 바라나시: 순례자들에게 카시로 불리는 힌두 성지 중에 성지.
    '영적인 빛으로 넘치는 도시'라는 뜻이 담긴 도시.

정찬주 長篇小說 下

그곳에 부처가 있다

차례

캘커타 인력거꾼

김포에서 캘커타까지 오는 데 공교롭게도 밤비행기만 탔었다. 김포에서 타이의 돈무앙 공항까지도 밤비행기였고, 돈무앙에서 다시 캘커타까지도 밤비행기였던 것이다. 그래서인지 적음과 최림은 캘커타의 둠둠(DumDum)공항을 새벽 4시쯤 나와 인도박물관 부근에 숙소를 정해놓고 끼니를 거른 채 깊은 잠을 자버렸는데 깨어보니 오후 5시가 조금 지나 있었다. 숙소는 미리 예약을 한 것이 아니라 삼륜차(三輪車)인 오토 릭샤 운전수가 여러 호텔을 안내하는 가운데 낯익은 이름이었기 때문에 수데르 스트리트에 있는 아스토리아 호텔을 정해버렸던 것이다.

이른 새벽이라 공항 안팎은 아직 조용했다. 국내에서 들었던 여행 정보와는 전혀 달랐다. 밤이고 낮이고 간에 짐꾼들과 거지들과 행상들의 치근덕거림으로 거리를 나서는 것이 두려울 정도라는 여행사 직원의 귀띔은 일단 어긋나고 있었다. 공항 대합실 바닥에 넝마를 덮고 자는 무리들이 바로 그들인지도 모르겠지만.

아무튼 그들은 아직 넝마를 발끝에서 머리끝까지 덮고 있었는데 마치 성충기(成蟲期) 전의 꼼짝 않고 있는 번데기를 연상케 하는 모습들이었다. 아기에게 젖을 물리고 있는 여인들과 비행기를 기다리다 지친 듯한 중년 남자들과 긴 대나무 봉(棒)을 들고 순찰하는 경찰들만이 인도인 특유의 커다란 눈을 희번덕거리고 있을 뿐이었다.

밖을 나왔을 때 맨 먼저 적음과 최림을 맞이한 것은 보름달이었다. 자욱한 안개 때문에 선명하게 보이지는 않았지만 그래도 낯익은 달을 볼 수 있다는 것은 뭔가 잘 풀릴 것 같은 예감을 주었다. 공항과 시가지는 동떨어져 있어 멀리 보이는 시가지의 불빛은 식어버린 재 속의 불티처럼 드문드문 보이고 있었다.

두번째로 두 사람을 맞이한 것은 머리에 검은 터번을 두른 근엄하게 생긴 택시 운전수였다. 그러나 두 사람은 여행 경비를 아끼기 위해서 버스를 이용하고자 그를 따돌리고 안내표지를 따라 버스정류장 쪽으로 걸어갔다. 그런데 그때였다. 오토 릭샤 운전수가 다가와 호소하듯이 속삭였던 것은.

오토 릭샤 운전수의 속삭이는 소리를 듣고는 걸음을 멈추지 않을 수 없었다. 어두운 가운데서도 그의 얼굴을 자세히 살펴보니 성실하고 마음씨 좋게 생겨 안심이 된 것이었다.

"호텔."

그러자 그는 적음과 최림의 여행백을 빼앗듯이 받아들고는 자신이 아는 호텔을 속삭이는 목소리로 두루 외우기 시작하는 것이었다. 그의 진지한 어투에는 무슨 일이 있더라도 두 사람을 새벽의 첫손님으로 맞이하고 싶다는 간절한 바람이 담겨 있었다.

"파라곤, 모던, 쉴톤, 마리아, 캘커타 게스트 하우스, 우드랜드 게스트 하우스, 아스토리아 호텔."

어느새 그는 여행백 하나를 머리에 이고 하나는 손에 들고서 자신의 릭샤가 있는 곳까지 뛰듯 걷고 있었다. 최림은 서울의 퇴계로 어딘가에서 본 듯한 아스토리아 호텔을 지명해 버렸다.

"아스토리아 호텔."

"나마스테."

인도인에게 처음으로 들어 본 힌두어의 말이었다. 나중에 알게 되었지만 감사합니다, 혹은 안녕하십니까, 귀의합니다 등등으로 쓰이는 말이었는데 그는 아스토리아 호텔에서 두 사람과 헤어질 때도 몇 번이나 '나마스테'를 반복하였었다. 적음이 흥정한 차비보다 10루피를 더 주었기 때문이었다. 1루피는 우리 돈으로 35원 정도인데 말하자면 팁으로 350원을 그에게 더 준 셈이었다. 그러나 아깝지는 않았다. 영리한 그는 두 사람에게 부족한 잠을 자라고 호텔 객실의 커튼까지 친절하게 쳐주고는 합장을 하며 나갔었던 것이다.

어느새 오후 5시 30분.

그러나 인도의 시간으로 맞추려면 시계 바늘을 3시간 30분을 뒤로 돌려야 했다. 한국과 시차가 3시간 30분이나 나기 때문이었다. 한 순간이 금쪽 같은 두 사람에게는 인도식으로 말한다면 신(神)이 두 사람에게 3시간 30분을 선물한 것이나 다름없었다.

때문에 지금부터는 오후 2시인 것이었다.

적음과 최림은 비행기 안에서 순서를 정한 대로 최초로 갈 곳인 시바 힌두 사원의 위치를 지도를 펴놓고 찾아 보았다. 주소가 있으므로 별 어려움이 없이 찾을 수 있을 것 같았다. 주소대로라면 시바 사원은 갠지스 강의 지류인 후글리 강가에 있음이 틀림없었다. 그리고 두 사람이 묵고 있는 곳에서 북서쪽에 있는 하우라 다리 부근임이 분명하였다.

법상은 그곳에서 부처의 진신사리를 건네받았을 것이었다. 물론 사원 책임자들이 법상을 기억하지는 못하리라. 그러나 부처의 진신사리가 언제 누구에게 넘겨진 것만은 확인할 수 있지 않겠는가.

두 사람이 시바 사원을 들르고자 한 것은 처음부터 되짚어가며 법상을 찾자는 계획 때문이었다. 잠도 충분히 잤기 때문에 힘이 샘솟는 듯하였다. 이제 허기만 해결하면 법상을 찾는 문제는 그리 어렵지 않을 것 같은 기분이 들었다.

적음이 제의를 했다.

"호텔 음식도 좋지만 나가서 노점식당을 이용합시다."

"좋습니다."

최림은 흔쾌히 동의를 했다. 비행기 안에서 본 '인도에 가면 짜이를 사랑하라. 그러면 인도의 어떤 풍토병도 극복할 수 있을 것이다'라는 인도여행 안내서의 구절이 생생하게 떠올라서였다.

그러고 보니 밤비행기 편을 이용할 만도 하다는 생각이 들었다. 사람들이 잠에 빠져든 조용한 시간에 여행에 관한 독서도 할 수 있고, 행선지 국가의 간단한 회화도 암기할 수 있기 때문이었다. 사실 최림은 자신이 가지고 온 인도여행 안내서 말고도 적음이 바랑 속에 가져온 책을 네 권이나 속독으로 읽어치운 것이다. 수많은 인도의 신들을 설명한 〈인도의 신〉, 인도로 구법 여행을 떠나온 현장 스님의 〈대당서역기〉, 법현 스님의 〈불국기〉, 혜초 스님의 〈왕오천축국전〉 등을 수험생이 벼락공부하듯 읽어치운 것이었다.

적음과 최림은 보무도 당당하게 호텔의 유리문을 밀고 나섰다. 호텔 입구에는 화분에 놓인 꽃들이 색색으로 눈부시게 피어 있고 늙고 뚱뚱한 외국인 남녀 관광객들이 한무리 떼지어 들어오고 있었다. 그들은 주로 적음을 쳐다보고는 주먹을 쥐어 흔들며 장난스런 표정으로 인사를 해오고 있었다. 바랑을 맨 적음이 소림사에서 무술을 연마한 중국영화 속의 승려라도 되는 양 그렇게 인사를 해오는 것이었다.

뿐만 아니었다.

적음은 호텔을 나서자마자 거리에 나와 있는 인도인들의 표적이 되어버렸다. 호텔을 나와 몇 십 보 걸음을 떼었을 때는 더 나아가지 못할 정도로 사람들에 둘러싸여버렸다.

"마부, 마부. 루피 루피."

"붓다, 캘커타. 텐 달라."

"저팬, 코리안."

국내에서 들었던 여행사 직원의 얘기는 조금도 과장이 아니었다. 거지 아이들이 집요하게 쫓아오면서 루피를 달라는 것이었고, 아기를 안은 여인이 캘커타를 안내하는 도록을 펼쳐보이며 텐 달라에 사라는 것이었고, 오토 릭샤와 인력거꾼이 달라붙으면서 쫓아오는 것이었다.

밤 공항에서 보았던 것과는 완전 반대의 풍경이 벌어지고 있었다. 그러므로 노점식당에 앉아서 무엇을 음미한다는 것은 생각조차 할 수 없는 일이 되어버리고 말았다. 인력거를 타든 릭샤를 타든 어서 빨리 지금 서 있는 곳을 탈출하고 싶은 마음뿐이었다.

적음과 최림은 눈 앞에 보이는 인력거를 흥정도 없이 타고 말았다. 그러자 인력거꾼은 달라붙는 사람들을 떼기 위해 필사의 힘으로 달리기 시작하는 것이었다. 그것이 자신의 인력거를 타준 것에 대한 예의이고 그들을 격리시키는 방법인 모양이었다. 인력거의 바퀴가 무섭게 구르자 아이들이 몸을 피하며 하나 둘씩 떨어져나갔던 것이다.

100미터쯤 달린 후에야 가쁜 숨을 몰아쉬며 인력거꾼이 영어로 물었다.

"손님, 어디까지 모실까요."

"시바 사원."

"칼리 가트가 아니구요."

외국인들이 오면 꼭 들르는 곳이 칼리 가트인 모양으로 인력거꾼이 의외라는 표정을 지었다. 최림은 인력거꾼의 등을 유심히 쳐다보았다. 그의 등을 타고 바퀴벌레 한 마리가 아까부터 목부근을 들락거리고 있는 것이었다. 그런데도 그는 전혀 벌레의 존재를 의식하지 않고 인력거를 끄는 데만 온 힘을 다 쏟고 있었다.

그의 인력거에도 코끼리 머리를 한 힌두 신상(神像)의 포스터가 붙어 있었다. 인력거가 지나가고 있는 거리 곳곳에도 온갖 모양의 신들이 받들어 모셔지고 있는 게 눈에 띄었다.

인력거꾼이 잠시 멈추자 바퀴벌레가 그의 목에서 나오더니 잽싸게 인력거의 손잡이를 타고 바퀴쪽으로 도망쳐버렸다. 땀을 닦는 그의 얼굴은 수분이 말라버린 과일처럼 쪼글쪼글했다. 그의 나이를 최림이 묻자 그가 자랑스럽게 말을 하였다.

"올해 서른 셋입니다. 다른 인력거꾼들이 부러워하는 나이지요."

"인력거꾼치고 나이가 많다는 겁니까. 적다는 겁니까."

"많은 거지요. 인력거꾼은 대개 서른을 넘기지 못하거든요."

"나이 제한이 있습니까."

"아니오. 힘이 들어 대부분 죽지요."

"뭐라구요. 그러면 자전거 페달을 단 인력거를 끌면 돼잖소."

"그걸 릭샤라고 합니다만 자전거 위에서 하루에 12시간 이상 사타구니를 비벼댄다고 생각해 보세요. 그 일도 간단치 않은뎁쇼. 처음에는 사타구니에 온통 종기가 나고 나중에는 불알이 흐물흐물해져 성교도 할 수 없게 되어버리고 말지요. 불구가 되는 것보다는 그래도 이런 인력거가 낫지요."

땀을 닦느라고 웃옷을 벗자 그의 앙상한 가슴뼈가 곧 살을 뚫고 나올 것처럼 보였다. 두 사람을 태운 자체가 그에게는 힘에 버거운 일임에 틀림없어 보였다.

"짜이 한잔 하겠소."

"괜찮아요. 곧 하우라 다리가 나와요. 다리를 건너기 전에 한 번만 더 쉬겠습니다. 손님."

"아니, 쉴 수 있는 시간은 언제든지 주겠소. 여기서 요기를 좀 하고 가지요."

최림은 억지로 인력거를 세우고 노점식당 앞에서 내렸다. 밀가루를 반죽하여 구운 둥근 빵을 주문한 다음 짜이를 시켜 먼저 마셨다. 적음은 짜이를 사양했다. 홍차에 우유를 탄 것이 짜이인데 그것을 담아 온 유리잔이 더럽기 때문이었다. 유리잔에는 시커면 땟국물이 유리잔에 새겨진 무늬를 따라 절어 있는 것이었다. 그러나 적음은 짜파티라고 부르는 밀빵은 배가 고팠던지 서너 개를 허둥지둥 먹어치우고 있었다.

　　인도에 와서 처음으로 먹어보는 음식물이었다. 짜파티에 찍어 먹는 자장처럼 진흙 빛깔인 소스가 그런 대로 입맛을 돋구어 주어 최림도 포식을 할 수 있었다. 강물을 그대로 떠온 듯한 구정물 같은 물만 마시지 않았다면 그 노점 식당의 식사는 오래도록 기억에 남게 되었을 것이다. 그 물을 두 사람이 다 꿀꺽꿀꺽 마신 게 그만 힘든 인도 여행의 원인이 되고 말았기 때문이었다.

　　인력거가 다시 천천히 움직이기 시작하였다. 자세히 보니 인력거는 바퀴가 있어 구르는 것이 아니라 완급을 조절하는 그의 숙달된 솜씨에 의해서 굴러가고 있었다. 그는 택시와 버스들을 피해가며 뒤에 탄 손님에게 안정감을 주려고 혼신의 힘을 다해 손잡이를 잡는 위치를 높게 낮게 조정해가며 움직이고 있는 것이었다.

　　택시와 트럭들은 인력거꾼들을 경멸하듯 달리고들 있었다. 경적을 울려대며 소몰이를 하듯 인력거꾼을 추월을 하기도 하고 길 한켠으로 내모는 것이었다. 때문에 인력거꾼들은 경적소리를 들어가며 쉴 새 없이 두 눈을 두리번거리지 않으면 사고가 나기 십상일 것 같았다.

그는 곡예를 하고 있었다. 차들을 피해가며 안전하게 인력거를 몰고 있는 것이었다. 드디어 적음이 참다 못해 인력거를 세웠다.

"이봐요. 힘이 들면 나는 걸어가겠소."

그러자 인력거꾼이 울상을 지었다.

"손님, 그래도 여기까지는 쉬운 곳인뎁쇼."

인력거꾼은 절대로 두 사람의 손님을 놓치지 않겠다는 의지를 보여주고 있었다. 인력거를 타고 있는 게 자신에게 도움이 된다는 그런 표정을 짓고 있었다.

"지금부터 제 실력을 보여드리고 싶습니다."

"난 괜찮아요. 걸으면서 따라가겠소."

"하우라 다리는 아무라도 안전하게 넘어갈 수 없는 다리죠. 저 같은 경력자나 안전하게 모실 수 있죠."

내리지 말라고 애원을 하는 인력거꾼의 호의도 무시할 수 없어 계속 타고는 있지만 적음은 마음이 편치 못했다.

"좋소. 올 때는 그냥 가시오. 대신 왕복 차비를 물어주겠소."

"고맙습니다."

적음과 최림은 귀가 멍멍했다. 차 앞의 번호판 우측 밑에 부적처럼 헌 구두짝을 달고 꽁무니에 호온 프리즈(HORN PLEASE)라고 쓴 버스의 경적소리가 귀청이 찢어질 정도로 쉴 새 없이 빵빵 울려오고, 오토 릭샤가 뿜어대는 소음 소리, 마차와 소마차들이 서로 뒤엉켜 울리는 방울소리 등이 한데 섞여 소음의 장막을 이루고 있었으며, 하늘에서까지 까마귀떼들이 음산한 울음을 떨어뜨리며 선회하고 있었다.

보로 바자르 네거리를 지나 왼쪽으로 꺾어들면서 하우라 다리가 가까워오자 목을 지나는 물살처럼 엉키는 것들이 더 많아졌다. 멀리 보이는 6차선 다리 위까지 인력거꾼의 주장처럼 움직이는 것들로 인해 홍수를 이루고 있었다. 끼어들어 우왕좌왕하고 있는 소와 돼지, 염소들로 인해 수백 대의 차량이 옴짝달싹을 못하고 있었으며, 보도에는 이미 상인들이 점령을 하고 있어 사람들이 뚫고 지나갈 공간이 한뼘도 없어 보이고 있었다.

그런데도 인력거꾼은 곡예를 하듯 차의 물결과 인파를 헤쳐가고 있었다. 더욱 이 다리에 진입해서는 그의 말대로 인력거꾼으로서 자신의 경력을 유감없이 발휘하고 있는 것이었다. 두 사람이 인파에 겁을 먹고 입을 다물고 있자 안심시키려는 듯 계속 말을 걸어오기도 하였다.

"칼리 가트는 제가 모시겠습니다."

무료로 자신의 인력거로 안내하겠다는 것이었다. 칼리는 캘커타에 사는 모든 힌두교도들의 자존심인 모양이었다. 그는 칼리 가트를 들먹이면서 더 힘이 나는 듯 인력거의 속도를 내고 있었다.

칼리란 캘커타의 수호신으로서 시바의 아내로 시간을 지배한다는 여신. 그리고 가트란 강물에 목욕하는 장소라는 뜻. 그러므로 인력거꾼은 칼리에게 기도를 하고 강물에 목욕을 하게 되면 시간은 자기 편이 되어주고 죄도 없어진다고 믿고 있는 것이었다.

바로 눈 아래 후글리 강이 보였다. 흐름이 느리고 흙탕물처럼 보이는데 캘커타 사람들은 저 물을 떠다 성수(聖水)로 섬긴다. 저 물이 자신이 지은 업장을 소멸시켜 준다고 믿는 것이다. 그래서 화장을 하면 반드시 저 강물에 뼈와 재가 버려지는 것이다.

물론 화장을 하지 않고도 버려지는 사람들이 있다. 죄를 짓지 않았다고 인정해주는 사람들이다. 아이나 처녀, 그리고 불구자들이 바로 그들이다. 신들이 더 나은 신분을 주어 좋은 세상으로 윤회를 시켜주기 때문에 갠지스 강은 그들의 고향이 되는 것이다.

인력거는 아직도 다리 초입에 머무른 상태였다. 지그재그로 빠져나가지만 차와 사람들로 인산인해를 이뤄 조금씩밖에 전진할 수 없기 때문이었다. 과연 이 세상에서 가장 혼잡한 다리라는 데 이의를 제기할 사람은 아무도 없을 것 같았다. 어떻게 설계한 다리이길래 아직까지 버티고 있다는 게 오히려 신기할 정도였다.

수백만의 사람들과 수십만의 자동차가 매일 이 다리를 건너 다닌다고 하는데 더 설명이 필요없었다. 뒤엉켜 있는 것들 가운데 휘말려들게 되자 움짝달싹도 못하고 그만 정신이 돌아버릴 지경이 되는 것이었다.

다리 양켠에는 없는 것이 없었다. 피라미드 모형으로 쌓아올린 귤을 비롯한 과일들. 라디오, 선글라스, 신발, 원색의 사리, 가방. 그런가 하면 리어카에서 내어놓은 음료수와 아이스크림, 간이음식점에서 막 튀겨내고 있는 튀김 종류와 도넛 모형의 빵들. 다리 난간에 거울을 걸쳐놓고 의자를 하나 두고 있는 노상 이발소, 행인을 붙들고 있는 나병환자와 점쟁이, 항아리에 떠온 후글리 강물을 몇 방울씩 떨어뜨려 주며 돈을 받는 승려, 노상의 주거지처럼 아직도 넝마를 뒤짚어 쓰고 죽은 듯 잠을 자고 있는 사람 등등 다리 양켠은 캘커타를 축소해 놓은 듯한 느낌이었다.

다리 끝 부근쯤에서 드디어 모든 것이 일시에 멈추어버렸다. 아무리 인력거꾼이 자신의 경력을 이용한다고 해도 어쩔 수 없는 멈춤이었다. 차에서 사람들이 내려 다리난간 쪽으로 몰려가 흐르는 강을 내려다보고 있었다.

와아와아.

말없이 보는 게 아니라 함성을 내지르고 있었다. 인력거꾼도 포기를 한 채 씹는 담배를 꺼내 입 안에서 우물거렸다가는 기침을 쿨럭쿨럭하면서 뱉어내곤 하였다. 그럴 때마다 그의 이빨은 붉은 색으로 물들었고, 핏덩어리 같은 타액은 다리 바닥을 붉은 얼룩이 지게 하고 있었다. 기침을 멈추기 위해서 진정제처럼 담배를 씹고 있는 것인지, 아니면 담배가 그의 목구멍을 자극하여 기침이 터져나오는지는 알 수 없지만 그는 갑자기 마른 기침을 토해내고 있었다.

최림과 적음이 붉은 타액을 유심히 쳐다보고 있자 무슨 비밀을 들킨 사람처럼 그가 화들짝 놀라면서 화제를 돌리고 있었다.

"손님, 아무래도 시간이 좀 지나야 풀릴 것 같습니다. 구경이나 하시죠."

"뭐가 있습니까."

"뭐, 사람 시체가 떠내려가겠죠."

최림은 다리 바닥에 떨어진 붉은 타액을 뇌리 속에 잔상으로 남긴 채 적음을 따라서 인력거에서 내렸다. 구경꾼들이 적음에게 강 아래의 풍경이 잘 보이도록 자리를 비켜주고 있었다.

강물에 떠내려오고 있는 것은 인력거꾼의 말대로 시체였다. 사리가 감아진 걸로 보아 여자임이 분명하였다. 시체도 여자여야만이 대접을 받는가 싶었다. 사람들이 함성을 지른 것은 여자의 시체이기 때문이었다.

그러나 그 시체는 사람들의 주목을 더 이상 받지는 못했다. 다리를 스쳐지나가자 그만이었다. 거짓말처럼 아무도 그것에 관심을 주는 사람은 없었다. 까마귀인지 독수리인지 분간할 수 없는 새 몇 마리가 여자의 시체 위에 어디선가 날아와 앉아 함께 떠내려가고 있을 뿐이었다.

여자는 어느새 통나무처럼 작아졌다가는 이내 작은 점으로 사라져버리고 말았다. 그제야 꿈쩍않던 움직임이 서서히 풀리고 있었다. 인력거꾼도 잠시 사라졌다가는 붉게 충혈된 눈을 하고 다시 나타나 손가락에 낀 인력거꾼의 표시이기도 한 방울을 흔들었다.

"손님, 저건 캘커타에서 흔한 풍경이죠."

시바 힌두 사원에 도착한 때는 해가 중천에서 많이 기울어 있었다. 먼지가 허공에 가득 쌓여 심한 먼지층의 현상을 일으키고 있으므로 해는 그것을 뚫지 못하고 윤곽만을 보여주고 있었다. 그러나 두꺼운 먼지층도 끓어오르는 태양열을 차단시켜주지는 못하고 있었다. 혹서기를 향해 치닫고 있는 날씨였으므로 햇볕에 조금만 노출되어도 금세 얼굴이 홍시처럼 익어버리는 듯하였다.

그래서 적음과 최림은 차양이 쳐진 인력거 안에서 시바 사원으로 들어간 인력거꾼을 기다렸다. 언어가 통하지 않으므로 무작정 들어갈 수 없어서 일단 인력거꾼을 들여보낸 것이었다.

한참만에 나온 인력거꾼의 표정은 어두웠다. 잘못 찾아왔거나 뭔가 일이 잘못된 것이 분명해 보였다. 길을 잘못 안내하였다면 인력거값을 받을 수 없을 것이기 때문이었다.

최림이 참지 못하고 먼저 말했다.

"길을 잘못 든 게 아닙니까."

"아닙니다. 시바 사원이 맞습니다."

"그럼, 뭐가 잘못되었습니까."

"몇 년 전에 사원이 불이 나 당시에 있던 사람들이 하나도 없습니다. 도망쳐버린 거죠."

"지금은 힌두 사원이 아니란 말입니까."

"그렇습니다. 주인 없는 건물을 시 당국에서 환수하여 집 없는 사람들에게 세를 내주고 있다고 합니다."

적음과 최림은 갑자기 절벽과 맞닥뜨린 느낌이었다. 전혀 예상치 못한 일이었다. 실화의 책임을 모면하기 위해 당시 힌두 사원의 책임자가 도망을 쳐버렸다는 것이다.

그러나 그는 캘커타를 떠나지 않고 어디 숨어 있을지도 모른다. 캘커타를 칼리 여신이 돌보아주듯 시간이 자신의 죄를 멸죄시켜주리라 믿으면서.

"그 사람을 찾을 수는 없겠습니까."

"아까 지나왔던 보로 바자르 골목에서 가게를 냈다는 소문이 있습니다만."

최림의 추측은 정확하였지만 오늘은 엄두를 낼 수 없었다. 하우라 다리를 건너오면서 너무 많은 것을 보아 과식해버린 듯한 기분이 들어서였다. 이제 더 본다면 소화불량인 채로 토해버릴지도 모르는 일이었다.

"거긴 내일 가보기로 하지요."

"나마스테."

적음과 최림은 인력거를 보내고 택시를 탔다. 택시 안에서 적음이 말했다.

"좀전의 인력거꾼이 아까 피를 토하는 것을 봤어요."

"다리에서 말이죠."

"씹는 담배는 우리를 속이려고 그랬을 거예요."

"결핵환자인 줄 알면 우리가 기피할 줄 알고 그랬을 겁니다."

첫번째로 법상을 찾아나선 길은 보기 좋게 실패로 끝나고 만 셈이었다. 시바 힌두 사원이 화재로 인하여 건물의 용도가 바뀐 것도 그렇고, 결핵환자의 인력거꾼이 끄는 인력거를 탔다는 것도 안쓰러움이 들어 기분이 찜찜했다. 달려드는 사람들 때문에 마지못해 탄 인력거이긴 하지만 다시 타고 싶지 않은 탈것인 것이었다.

호텔로 돌아온 최림은 맥주를 두 병 시켰다. 필스너(Pilsner)라는 상표가 붙은 맥주였는데 한 병에 1백 루피나 하였다. 우리 돈으로 환산을 하니 3,500원 정도가 되었다. 공항에서 호텔까지 온 오토 릭샤의 요금보다 20루피 정도 비싼 것을 보니 결코 싼 것은 아니라는 생각이 들었다.

소음과 갈증에 시달린 탓인지 맥주 맛은 뱃속 깊이 시원했다. 적음은 안주만을 먹었고 최림은 단숨에 한 병을 비워버렸다. 그런데 배탈이 난 것은 그때부터였다. 비상약으로 가지고 온 지사제를 먹었지만 설사는 좀처럼 멈추지 않는 것이었다.

갑자기 찬 맥주를 들이켜서 난 탈 같지는 않았다. 맥주를 마시지 않은 적음도 뒤따라 배탈을 호소했기 때문이었다. 그래도 적음은 한두 번 화장실을 다녀온 뒤 약을 먹고는 금세 뱃속이 진정되었지만 최림은 그때부터 밤새 화장실을 들락거리기 시작하였던 것이다.

짜이를 사랑하라는 금언을 지켰지만 소용없는 일이었다. 갑자기 급습한 배탈에는 속수무책인 것이었다. 너무 많이 항문으로 수분을 쏟아버린 탓에 새벽에는 탈수 현상까지 와 온몸에 오한이 일기도 하였다.

아침이 되자 최림은 거의 초주검이 되어버렸다. 적음이 호텔 식당에서 미음을 얻어왔지만 넘기면 넘긴 대로 순식간에 화장실로 기어가 다 쏟아내버릴 정도였다.

그 노점 식당의 물 때문임이 분명하였다. 쌀뜨물 빛깔의 그 구정물처럼 탁한 물이 뱃속으로 들어가 독이 되어버린 결과였다. 붉은 반점이 몸에 돋기도 하여 주사를 맞고도 싶었지만 의사를 부르기는 또 싫었다. 더 버티어 보자는 오기와 객기가 그나마 최림의 정신을 잃지 않게 하고 있었다.

적음은 인력거꾼이 오기로 한 시각에 혼자 나갔다. 보로 바자르로 가서 그 힌두 책임자를 만나기 위해서였다. 그러나 만날 확률은 거의 희박했다. 캘커타까지 왔으므로 그냥 물러서기가 억울해서 가보는 것이기도 하였다.

하긴 그를 만난다고 해도 법상을 찾는 데 결정적으로 큰 도움을 주지 못할 것이었다. 그에게서 확인하고자 하는 것은 정말 법상이 부처의 진신사리를 가져갔는가라는 사실을 확인하는 일뿐이었다.

그러나 법상은 분명 부처의 진신사리를 건네받았을 것이다. 지웅은 추호의 의심없이 그렇게 믿고 있는 것이다. 부처의 진신사리와 교환을 조건으로 보낸 거금이긴 하지만 그 거액의 기부금에 의해 고아원이 지어졌다는 것을 초청장 형식의 힌두 사원의 서신을 받아 알고 있으므로.

초청장이 온 것은 두말할 필요도 없이 법상이 다녀갔다는 사실을 명백히 말해주는 증거였다. 힌두 사원에서 기부금을 받지 않고 부처의 진신사리를 내어주었을 리 만무한 것이다. 또한 그런 사실이 없다면 어떻게 고아원을 지어 지웅에게 참석해 달라는 초청장을 보냈을 것인가.

최림은 침대에 누워서 까마귀 울음소리를 들었다. 한국에서는 까치 울음소리로 반갑게 잠을 깬다는 말이 있지만 이곳에서는 까마귀가 길조로 받들어지고 있었다. 그러나 살아온 문화의 차이인가. 허공을 날으는 까마귀떼를 보자 불안감이 드는 것은 어쩔 수 없었다.

최림은 가물거리는 눈에 힘을 주며 중얼거렸다.

"무슨 일이 있더라도 법상을 찾고야 말리라."

그러나 문득 최림은 혜초의 시 한 구절이 생각이 나 코끝이 찡했다.

살면서 눈물 흘리는 일 없었는데
오늘만은 천 줄이나 뿌리는구나.

平生不們淚
今日灑千行

혜초(慧超)는 누구인가.

그는 신라 성덕왕 3년(704년)에 태어났다고 한다. 그의 나이 16세 때에 중국의 광주(廣州)에서 인도의 승려 금강지(金剛智) 와 불공(不空)을 만나 불법과 인도어를 사사받다가 약관의 나이 로 구법의 여행을 떠나게 된다. 혜초는 광주에서 바닷길로 동천 축국으로 먼저 들어갔다.

동천축국이라 하면 오늘날 캘커타 이남 지역인 것이다. 지금으 로부터 1천2백년 전에 혜초는 최림이 누워 있는 땅을 먼저 밟은 것이다. 더욱이 그가 쓴 〈왕오천축국전〉의 첫부분이 다음과 같 아서 흥미를 끌고 있다.

맨발에 나체며 외도라 옷을 입지 않는다
赤足裸形 外道不著衣

우연의 일치인지는 모르나 아직도 캘커타에는 파르슈나트 템 플이라는 자이나교의 자이나 사원이 있는데 그곳에는 무소유의 극치는 옷을 벗는 것이라면서 나체주의를 주장하는 수행승들이 있다.

자이나교는 불교와 동시대에 발생한 종교로서 엄한 계율과 혹 독한 고행을 강조하는 게 특색. 석가모니의 친족이자 죽어 지옥 에 떨어졌다는 데바닷타가 교주라는 주장이 있으나 아직 정설은 없는 형편이다.

아무튼 동천축국으로 들어간 혜초는 중천축국, 남천축국, 서천 축국, 북천축국을 지나 오늘날의 캐시미르 지방, 파키스탄, 아프

가니스탄 등을 거쳐 천신만고 끝에 파미르 고원을 넘어 중국의
신강성으로 들어오게 된다.

이때 평생 눈물을 흘려본 일이 없는 수도승인 그였지만 천축국
의 불법(佛法)을 안고 감에도 불구하고 여행의 고통을 견디지 못
하여 눈물을 천 줄이나 뿌렸다고 〈왕오천축국전〉에 스스로 기록
하여 남기고 있는 것이다.

그대는 서번(西蕃)이 먼 것을 한탄하나
나는 동방으로 가는 길이 먼 것을 한한다
길은 거칠고 눈은 엄청나게 산 위에 쌓였는데
험한 산골짜기에는 도적떼가 많구나
새는 날아 깎아지른 산 위에서 놀라고
사람은 좁은 다리를 건너기 어려워하는구나
살면서 눈물 흘리는 일 없었는데
오늘만은 천 줄이나 뿌리는구나.

뿐 아니라 파밀(播蜜), 글자 그대로 번역하면 꿀이 뿌려져 있
는 곳, 오늘날의 파미르 고원을 넘어가면서는 이런 오언시를 남
기고 있다.

차가운 눈은 얼음과 겹쳐 있는데
찬바람은 땅이 갈라지도록 매섭구나
큰 바다는 얼어 편편한 단(壇)이요
강물은 낭떠러지를 능멸하여 깎아먹누나

용문(龍門)엔 폭포조차 끊어지고
정구(井口)엔 서린 뱀같이 얼음이 엉키어 있구나
불을 가지고 땅끝에 올라 노래를 부르니
어떻게 파미르 고원을 넘어갈 것인가.

용문이나 정구는 중국의 험한 요새의 지명을 말함인데 다 파미르 부근의 험로를 비유하고 있는 시어가 아닐 것인가. 드디어 신라승 혜초는 727년 11월 상순에 중국의 변방인 안서도호부가 있는 곳에 도착하였다. 그후 장안에 머무르다가 733년 정월 초하루부터는 장안의 천복사(薦福寺)에서 스승인 금강지를 모시고 밀교 경전을 8년에 걸쳐 연구하게 된다. 그리고 나서 740년부터는 경전의 번역에 착수하고 필수(筆受)를 한다.

밀교 경전의 이름은 〈대승유가 금강성해 만수실리 천비천발 대교왕경(大乘瑜伽 金剛成海 曼殊室利 千臂千鉢 大敎王經)〉.

스승 금강지가 741년에 죽어 번역 사업은 중단되고 말지만 혜초의 열정은 결코 식지 않는다. 즉 금강지가 죽고 나자 773년에 10월 대흥선사(大興禪寺)로 금강지의 또 다른 제자 인도승 불공을 찾아가 마저 밀교 경전을 배우게 되는 것이다.

혜초의 구도심에 감복한 인도승 불공은 자신의 6대 제자 중에 그를 제 2인자라고 유촉을 내렸는데 거기에는 혜초가 신라승이라는 사실을 분명하게 밝히고 있어 훗날 역사의 미아가 될 뻔했던 혜초의 국적 문제에 종지부가 찍히게 되는 것이다.

이후 혜초는 중국 밀교의 계승자가 되어 장안에 머물다가 어느 날 오대산 건원보리사(乾元菩提寺)로 들어가 787년 그가 입적할 때까지 평생 동안 그곳에서 불경의 오묘한 뜻을 번역하여 밀교를 알고자 중국의 도처에서 몰려드는 후학들을 제도했다고 한다.

어쨌든 혜초의 최대 업적을 꼽자면 천축의 다섯 나라를 답사하며 완성한 〈왕오천축국전〉을 들지 않을 수 없을 것이다. 우리 나라 최초의 천축 기행문이자, 천년 동안이나 막고굴의 한 석굴에 감추어져 비서(秘書)로만 알려져 온 〈왕오천축국전〉.

후일, 최남선(崔南善)은 〈왕오천축국전〉의 가치를 여러 천축 구도기(求道記)와 비교하며 여행 경로를 구분하여 명쾌하게 설명을 하고 있다.

'법현의 〈불국기〉는 육지로 갔다가 바다로 온 기록이요, 현장의 〈대당서역기〉는 육지로 갔다가 육지로 돌아온 기록이며, 의정의 〈남해기귀전〉은 바다로 갔다가 바다로 돌아온 기록인데 대하여 이 〈왕오천축국전〉은 바다로 갔다가 육지로 돌아온 점에 특색이 있다.'

혜초가 중국승에서 신라승으로 복권된 것은 1915년 일본인 학자 다카스기(高楠順次郞)가 〈혜초전고(慧超傳考)〉를 발표하면서부터였다. 그 이전에는 혜초가 중국승이었고 〈왕오천축국전〉은 중국의 서책으로 잘못 알려져 왔던 것이다.

〈왕오천축국전〉이 발견되었던 곳은 중국의 한 변방에 있는 석굴. 돈황으로부터 동남쪽으로 20킬로미터쯤에 '우는 모래'로 이루어진 산이라 하여 명사산(鳴沙山), 혹은 '신의 모래'로 쌓여진 산이라 하여 신사산(神沙山)이라고 부르기도 하는 산이 있는데, 그 전설적인 산의 동쪽 절벽에 벌집처럼 수많은 석굴이 있는 것이다. 이름하여 천불동(千佛洞), 그러나 본래의 명칭은 막고굴

(莫高窟)이었다고 한다.

5세기 경 북위(北魏) 시대에 석굴들이 뚫리기 시작하여 당나라 때에 대부분 만들어지고 그 후 청나라 때에도 몇 개가 더 뚫렸다고 하는데, 이 1천여 개의 석굴이 1900년도에 와서야 세상을 깜짝 놀라게 한 것은 그곳에서 발견된 엄청난 양의 고서(古書)들 때문이었다.

중국 병졸 출신의 왕원록(王圓籙)이라는 도사가 있었다. 그가 1900년 5월에 인부를 데리고 막고굴 북단의 제 16호 굴, 지금의 장경동(藏經洞)을 수리하던 중 입구 부근의 벽 아래쪽이 갈라져 있는 현장을 발견하고 그 처녀막 같은 벽 안을 들여다보면서부터 세상이 놀라게 된 것이었다.

인부가 입구 밑에 쌓인 모래를 치우자 벽의 갈라진 틈이 자동문처럼 더욱 벌어지고 있었다. 당시 왕원록은 매우 이상하게 여겨 벽에 귀를 대고 조심스럽게 두드려 보았고, 그때마다 벽 저쪽에서는 나직한 공명음이 들려오곤 하는 것이었다. 순간 그는 벽 저쪽에 무엇이 있다는 것을 직감하고는 인부에게 벽을 헐도록 지시하였다고 한다.

과연 천년 역사의 처녀막 같은 벽이 헐려지자 조그만 문이 드러났고 또 그 문 안에는 수많은 고서들로 가득찬 방들이 나타났다고 한다.

소문은 곧 퍼져 영국인, 러시아인, 일본인 등 탐험가를 자처한 문화적 첩자들에 의해 귀중한 고서들이 그들 자국으로 팔려 흩어지게 되었는데, 〈왕오천축국전〉도 프랑스인 펠리오에 의해 파리의 한 박물관으로 옮겨지게 된 것이었다.

지금까지도 우리 나라로 돌아오지 않고 있는 〈왕오천축국전〉, 천년 역사의 처녀막을 뚫고 발견되어 가까스로 복권이 된 우리 나라 최초의 천축 기행문, 구도승 혜초가 천 줄의 눈물을 흩뿌리며 천신만고 끝에 완성한 보권(寶卷)이 아직까지도 국내로 돌아오지 않고 파리의 한 박물관에 유배당하고 있는 현실이 안타까울 뿐이다.

　외출했다가 돌아온 적음은 몹시 지쳐 있었다. 법상에게 부처의 진신사리를 건네주었다는 시바 사원의 그 힌디를 만나지 못하고 허탕을 친 것임이 분명했다. 적음은 호텔빵 몇 개를 최림에게 주고는 아무 말 없이 자신의 침대로 가 드러누워 버렸다.

　잠시 후에 적음이 다시 일어나 구겨진 지도를 펴든 채 한마디 했다.

　"아무래도 캘커타를 떠나야 하겠소."

　최림은 실망을 하지 않았다. 최림 자신도 빨리 캘커타를 떠나야 한다고 결심을 하고 있었고, 4월의 혹서기로 접어들어 기온이 50도를 넘어서버리게 되면 옴쭉달싹도 못하는 처지가 되고 말 것이기 때문이었다. 문제는 자신의 건강 상태였다. 빨리 회복되어야만 적음과 강행군을 하며 법상을 찾아나설 수 있을 것이 아닌가.

　두 사람이 들여다보고 있는 인도의 지명은 비하르 주였다. '비하르'란 승원(僧院)이란 뜻으로 주명(州名)만 보아도 종교적 유물과 유적이 많은 성스러운 땅임을 짐작할 수 있는 곳이었다. 그런데 오늘날의 비하르 주는 도저히 이해가 안 될 만큼 예전의 영화는 신기루처럼 사라져 보이지 않고, 인도 전 지역 중에서 가장

소득이 낮고 궁핍한 곳이라고 하니 역사의 아이러니가 아닐 수 없는 것이다.

또한 갠지스 강을 끼고 있는 내륙의 북부 평원지대여서 혹서기에는 온도가 엄청나게 고온으로 상승하여 사람은 물론 수많은 원숭이와 쥐와 고양이 등의 동물들이 입에 피를 흘리고 떼죽음을 당하는 폭염(暴炎)의 땅이 비하르 주이기도 한 것이었다.

최림은 기를 쓰고 일어나 앉았다. 아직까지 아무 것도 먹지는 못했지만 아침에 바나나 몇 쪽을 억지로 우겨넣은 탓인지 간밤의 탈진 상태에서는 겨우 벗어난 느낌이 들었다.

"스님, 제 걱정 말고 계획을 다시 세워 떠나지요."

"처사님은 무립니다."

"하루만 쉬면 괜찮겠지요, 뭐."

"여행은 잘 먹고 잘 자고 잘 누는 게 최곱니다. 그런데 처사님은 세 가지가 다 고장이 나 있는 상탭니다. 그러니까 만용을 부려서는 곤란합니다."

"아무튼 배탈이 좀 덜한 것도 같으니 내일 아침이면 움직일 수도 있을지 모릅니다. 일단 여행 경로는 원래의 계획을 수정하여 다시 결정하는 게 좋을 것 같습니다."

원래의 계획은 델리에서 현지 안내원을 소개받은 후 움직이는 것이었는데, 캘커타를 먼저 들른 바람에 그와의 접선이 불가능해져 차질이 빚어지고 있는 형편이었다. 국내의 여행사 직원으로부터 소개받은 현지 안내인은 몇 번씩 전화로 확인해 본 결과 지금 델리에 없을 뿐더러 그가 캘커타로 올 때까지 무작정 기다릴 수도 없는 형편이었다. 그는 지금 다른 여행객의 안내를 위해

떠나고 없는데 식구들의 대답에 의하면 10여 일 후에나 돌아올
지 모른다는 것이었다.

국내의 K대학에서 한국어를 연수한 그였다. 어쩌면 인도의 현
지 가이드를 하기 위해서 한국어 연수를 했는지는 모르지만 여
행사 직원한테서 받은 그의 명함은 이러했다.

SALEEM KHAN
1749 Noorganj Azad Market Delhi - 110806
Tel.6872685
INDIA

이름이 '쌀림'으로 그의 집은 마켓 즉 가게를 운영하고 있음을
알려주는 명함이었다. 인도에서 가게를 가지고 있고 대학을 나
왔으며 한국에까지 어학 연수를 올 정도면 힌두의 네 계급 중에
서 바이샤 이상의 사람임이 분명했다. 그러나 어쩔 수 없지 않은
가. 쌀림이 안내인으로서 더 바랄 게 없는 적임자이지만 지금의
형편은 그를 기대할 수 없는 것이다.

그렇다고 말이 통하지 않는 인도인을 아무 데서라도 구할 수는
없었다. 신뢰할 수 없기도 하지만 그가 강행군을 견디어줄지도
의문이 들었다. 일단 소개받은 현지 안내인 쌀림과의 동행은 무
산된 셈이었다. 그러므로 두 사람은 스스로 움직일 수밖에 없었
고 버스 여행을 할 것인지, 기차로 이동할 것인지를 먼저 결정을
해야 하였다.

두 사람이 가야 할 곳은 꼭 거쳐야 하는 크고 작은 도시와 불

교 성지들이었다. 석가모니가 성불한 땅인 보드가야, 왕사성과 영취산이 있는 라즈기르, 파트나, 사리불의 고향인 날란다, 유마 거사의 활동 무대였던 바이샬리, 부처가 열반한 쿠쉬나가라, 기원정사가 가까운 발람푸르, 부처의 유골이 발견된 피프와라, 부처의 출생지인 룸비니, 힌두 사원이 많은 바라나시, 타지마할이 있는 아그라 등등의 촌락과 도시가 법상이 아직도 순례를 하고 있음직한 도시들이었다.

일단은 보드가야로 가기로 하였다. 캘커타에서 보드가야까지의 거리가 가장 가깝기 때문이었다. 캘커타와 보드가야의 거리를 대충 500km 정도라고 보면 인도 버스의 최고 속도가 시속 60km이므로 적어도 여덟 시간 내지는 아홉 시간을 쉬지 않고 달려야 하였다.

열차도 사정은 마찬가지일 것이었다. 모든 역마다 정차한다고 볼 때 시간은 엇비슷하게 걸릴 것 같았다. 다만 밤열차의 침대칸만 얻을 수 있다면 시간을 절약하는 한 방법이 되어 법상을 찾는 데 낮 시간을 더 많이 이용하는 셈이 될 것이었다. 버스는 밤버스가 없이 낮에만 달리므로 낮시간을 아껴야 할 두 사람에게는 그러하였다.

"가는 데 걸리는 시간은 엇비슷할 것 같습니다. 그렇다면 밤기차를 타는 게 어떻습니까."

"침대칸을 구할 수만 있다면 그렇게 합시다."

보드가야에서 다음 행선지로는 라즈기르로 잡았다. 법상에게서 온 우편물에 라즈기르란 소인이 찍혀 있었으므로 그곳 어디쯤에는 반드시 법상이 묵고 간 흔적이 있을 것이었다.

보드가야.

지금도 한적한 시골이어서 2천5백년 전에 석가모니가 고행하며 살던 당시와 별로 달라진 것이 없다고 여행 안내서에 쓰여져 있는 곳이다. 그러나 최림은 불교 신자가 아니었으므로 보드가야를 찾아간다는 것이 별 감흥은 없었다. 불교 성지를 직접 순례한다는 사실 때문에 가슴을 설레이는 적음과는 그 점에서 분명히 차이가 났다.

최림으로서는 법상을 찾는다는 목적뿐, 그밖의 것은 생각할 엄두를 못내고 있었다. 다만, 시공을 초월하여 2천5백년 전의 거리와 그때 그 사람들을 필름을 인화하여 재생하듯 다시 보고 만난다고 생각하니 가벼운 기대와 홍분이 이는 것도 사실이었다. 이러한 기분은 최림처럼 무종교인은 물론 종교가 다른 여타 신도들에게도 별 거부감 없이 들 것 같았다. 마치 생생한 유적지와 유물들을 통하여 과거로의 시간 여행이 가능한 박물관에 들어선 느낌이 들 것이기 때문이었다.

보드가야는 석가모니라는 한 성인의 발자취가 그대로 생생하게 전해지고 있는, 그래서 인도 정부는 관광 도시로 개발하여 외화벌이로 열을 올리고 있는 유적지이기도 한 것이다.

석가모니가 목숨을 걸고 고행을 하였던 가야산과 전정각산(前正覺山). 고행이 무의미하다는 것을 깨닫고 눈을 지그시 반쯤 뜨고 조용히 걸어갔던 네란자라 강가. 그때 강변 마을의 한 처녀에게 우유죽을 보시받고 다시 기운을 내어 걸어갔던 보드가야의 길. 그리하여 정각(正覺)을 이루었던 보리수 그늘 등등이 그대로 남아 전해지고 있음이다.

석가모니는 고행을 하기 위해서 히말라야 산록쪽에서 네란자라 강 가까이에 있는 가야산을 찾아들었다고 한다. 말하자면 석가모니는 혹독한 고행에 들어간 것이다. 이러한 석가모니의 진실한 태도는 당시 네란자라 강가에서 수행을 하던 몇몇 수행자를 감동시켰고, 그들의 입에서 이런 말이 나오게끔 하였다.

"수행한 지 얼마인가. 그러나 우리는 스승의 경지에 오르지 못했다. 그런데 저 범상치 않은 사문을 보라. 짧은 기간의 고행으로 스승의 경지에 도달해 있지 않은가. 뿐 아니라 더 높은 경지를 얻으려고 고행을 계속하고 있지 않은가. 보기 드문 사문이다. 필경 저 사문은 최고의 깨달음을 보여주고 말 것이리라."

수행자들은 라즈기르에서 당시 최고의 존경을 받던 우드카라 라마푸트라라는 선인(仙人)의 제자였는데, 그날 이후부터는 석가모니 곁을 떠나지 않기로 해버린 것이었다.

그러니까 석가모니의 수행을 보고 그들이 감동한 것을 보면 2천5백년 전 당시에도 출가자라고 해서 진실한 수행의 길을 걷고 있는 수행자는 드물었던 듯하다. 수행자들 무리 속에는 실제로 속인처럼 생활하면서도 겉으로는 청정한 수행의 길을 걷고 있는 것처럼 자신과 신도를 속이는 수행자가 많았던 것을 짐작해 볼 수 있는 것이다.

석가모니는 고행 중에도 명상을 계속했다.

"세상의 수행자들 가운데는 몸과 마음이 방일(放逸)에 빠져 있는 이들이 많다. 그들은 탐욕의 삶을 여의지 못하고 욕망으로부터 벗어나지 못한 채 고행을 하고 있다. 이것은 무엇인가. 마치 불을 얻고자 하면서 젖은 나무를 물 속에서 마주 비비는 것과 같지 않은가. 이래 가지고 어찌 깨달음을 얻을 수 있겠는가.

또한 그들 중에는 비록 몸으로는 탐욕을 행하지 않더라도 마음속에서는 여전히 애착을 버리지 못하는 이가 있다. 이것 역시 불을 얻고자 하면서 물 속에서 젖은 나무를 비비는 것과 같지 않은가. 이 또한 깨달음을 얻지 못하리라.

그런데 그들 중에는 이러한 이도 있다. 몸과 마음을 바르게 닦고 탐욕을 떠나 조용한 곳에서 수행한 이가 있다. 이것은 무엇인가. 비유컨대 잘 마른 나무를 마른 땅 위에서 비비는 것과 같아 비로소 불을 얻을 수 있는 것이다. 고행을 잘하여 몸과 마음이 맑고 고요하게 되어야만 참으로 깨달음에 이를 수 있지 않겠는가."

명상이 끝나면 석가모니는 산책로를 따라 네란자라 강가로 내려와 농부들이 심어놓은 밭작물의 꽃과 열매들을 보면서 거닐기도 하였다.

네란자라 강가에는 수많은 수행자들이 각기 독특한 방법으로 수행을 하고 있었는데, 석가모니도 그들 중 한 사람이었다.

2천5백년이 지난 지금도 인도에는 당시 독특한 수행자들의 후예가 갠지스 강을 중심으로 남아 있다고 한다. 설탕과 꿀과 초를 먹지 않는 수행자. 먹는 음식의 양을 극도로 제한하는 수행자. 하루 한 끼, 이틀에 한 끼, 한 달에 한 끼밖에 먹지 않는 수행자. 식물의 껍질로 몸을 가리거나 아예 벗어버린 수행자, 목욕을 하지 않는 수행자, 몸에 재를 바른 수행자, 하루에 한 알의 보리나 쌀이나 삼(麻)씨로 연명하는 수행자, 굶어죽으면 천국에 태어난다고 믿는 수행자, 몸에 오물을 바르는 수행자, 몇 달 동안이나 벌을 받듯 손을 들고 있는 수행자, 못을 박은 판자 위에서 자는 수행자, 온갖 신들을 향해 비는 수행자, 해와 달만을 쳐다보는 수행자 등등이 갠지스 강의 지류인 네란자라 강가에서 수행을 하고 있었던 것이다.

석가모니의 수행은 선정(禪定)으로 밀어붙이는 고행이었다. 고행의 방법은 좌선과 단식의 수행을 취했다고 한다. 좌선이란 다리를 포개어 앉은 채 허리를 곧게 펴고 두 손을 단전 위에 모아 잡은 자세를 말하는데, 마음을 집중하고 호흡을 다스리며 정진하는 수행법이었다. 단순한 자세 같지만 불을 지른 것처럼 몸 안에 화기(火氣)가 가득 차 어느새 겨드랑이와 얼굴 등에서 땀을 비오듯 쏟아 내게 하는 모진 수행법이었다. 호흡을 다스리는 것도 몸을 고문하는 것과 마찬가지라고 한다. 호흡을 멈추게 되면 풍기(風氣)가 귀로 빠져나가려고 풀무질 소리를 낸다고 하는데, 귀와 입과 코를 더 막아버리고 나면 퇴로가 차단된 풍기가 회오리바람처럼 머리로 치솟아 엄청난 고통을 가하며 벼락치는 소리와 함께 당장이라도 온몸을 풍지박산 낼 것만 같아진다고 한다.

그러나 석가모니는 이러한 고행을 하루 한시도 멈추지 않고 계속한 것이었다. 부처가 되고자 하는, 즉 완전한 지혜를 얻어 삶의 고통으로부터 해탈하고자 하는 일념이 너무나 강렬했기 때문에 모진 고행을 계속 밀고 나아갈 수 있었다.

석가모니는 단식도 계속하였다. 하루의 두 끼를 한 끼로 줄여갔고, 한 끼는 다시 한 알의 쌀과 보리로 제한하여 자신의 몸에 살이 다 빠져나가버리고 뼈와 가죽만 남게 될 때까지 밀고 나아갔다. 누가 보더라도 그는 살아 있는 육신의 몸이 아니었다. 배와 갈비뼈와 등뼈가 달라붙은 미이라의 모습을 하고 있는 것이었다. 그런데도 그는 더욱 단식을 밀고 나가 나중에는 삼씨 한 개만을 입에 넣고도 연명을 하는 단식법을 터득하게 되었다.

이때 마왕(魔王)이 나타나 석가모니를 유혹했다고 경전은 기록하고 있다. 마왕이란 심신이 극도로 피곤할 때 나타나는 망상이나 번뇌의 투사물(投射物)인 허깨비 같은 것이 아닐까. 그러니까 허깨비란 것도 자신이 만드는 환시 환청 같은 것과 다름아닌 것이다.

그런데 이러한 체험이 석가모니의 경우는 유별났다. 따라서 그가 무엇 때문에 고행을 했는지 고행을 하여 그 결과 극복할 대상이 무엇이었는지를 마왕의 모습을 살펴봄으로써 간접적으로나마 헤아려볼 수 있는 것이다. 고행 중에 그는 마왕과 흥미로운 논전을 벌이게 된다.

"뭐니뭐니해도 목숨처럼 소중한 것은 없다오. 목숨이 있어야만 종교도 수행도 있는 것이 아니겠소. 당신이 하는 고행으로는 천에 하나도 성공할 가망이 없는 것이오. 마음을 다스리거나 번뇌를 없앤다는 일은 처음부터 불가능한 일이었소. 그러니 헛수고를 마시오. 고행을 하지 말고 즐거운 방법으로 깨달음을 얻으시오. 바라문들을 보시오. 불을 섬기고 제물을 바치어 얼마든지 공덕을 쌓고 있지 않습니까."

"마왕이여, 내가 구하고자 하는 것은 바라문처럼 그러한 공덕이 아니라오. 목숨은 언젠가 죽음으로 끝날 것이니 나는 죽음을 두려워하지 않소. 강물도 바람이 쉴 새 없이 불면 말라버리듯이 고행을 계속하면 나의 육체나 피가 말라 마음만 고요히 가라앉게 될 것이오. 나에게는 불굴의 정진과 선정이 갖추어져 있소. 지혜도 있소. 그런데 헛되이 살아서 무엇하겠소. 죽음을 두려워하지 않는 용감한 군인처럼 그대와 나는 싸우리라. 나는 그대의 군대를 잘 알고 있소. 제 1군은 애욕이고, 제 2군은 정진 상실이고, 제 3군은 배고픔과 목마름이며, 제 4군은 갈망이오. 또 제 5군은 비겁이고, 제 6군은 공포이며, 제 7군은 의혹이고, 제 8군은 분노이며, 제 9군은 슬픔이오. 거기에 그대의 군대는 명예욕까지 갖추고 있소. 이렇게 나는 그대의 군대를 꿰뚫어보고 있소."

출가하여 이처럼 마왕과의 논전을 벌이던 6년이란 세월이 흘러갔다. 이제 석가모니의 눈 앞에는 마왕이 보이지 않게 되었다. 다시 말하면 욕망이 지배하는 욕계(欲界)를 극복하고, 욕망이 사라지어 형태만 남은 선정(禪定)의 세계라고도 하는 색계(色界)에 도달한 것이었다.

번뇌와 망상으로부터 놓여나고 싶지 않은 사람은 아무도 없을 것이다. 2천5백년 전의 석가모니도 마찬가지였다. 말하자면 그도 역시 오늘날의 선남선녀들이 갖고 있는 똑같은 고민으로부터 벗어나고자 수행을 했던 것이다. 오늘날에도 석가모니가 구분한 제 9군까지의 마왕의 군대가 사람들을 고독케 하고 번뇌를 주고 있지 않은가.

마침내 석가모니는 고행을 중단하기로 하였다. 누구의 눈치를 볼 것 없이 스스로 결단을 내린 것이었다. 쇠약해진 체력으로는 더 이상의 정진이 불가능할 것 같아서였다. 그러자 석가모니의 고행 자체를 놀라워하여 우러러보던 카운디냐를 비롯한 다섯 명의 수행자가 실망을 하고는 바라나시 교외에 있는 녹야원으로 떠나버렸다.

"고행을 하면 끝까지 할 일이지 중단해버린 사문은 우리의 스승이 될 자격이 없다. 단식을 중단하고 어찌 최상의 깨달음을 얻을 수 있을까."

그러나 석가모니는 그들의 실망에 조금도 동요를 일으키지 않았다. 이미 마왕의 군대인 명예욕의 군병들도 제압해버렸기 때문이었다. 오히려 수행자들의 눈에 띄지 않게 몰래 공양을 받는 게 아니라 당당하게 스스로 우루빌라 마을로 나아갔다. 당시 우루빌라 마을은 마가다국의 한 장수의 영지였는데, 그에게는 열 명의 딸이 있었다고 한다. 그녀들 모두가 신앙심이 깊어 수행자들에게 보시하는 것을 큰 기쁨으로 여겼는데, 그 중에서도 막내 딸인 수자타는 석가모니를 존경하고 흠모하였다고 한다. 처녀인 수자타 아가씨의 한역은 '선한 인생'이라는 이름의 선생(善生).

그때 석가모니는 화장터에 널려 있는 옷조각을 꿰매 만든, 오늘날 일부 수행자들이 무슨 패션처럼 일부러 천을 잘라 만든 조각천의 장삼이 아닌 넝마 부스러기의 분소의(糞掃衣)를 입고 있었다. 그러나 그 분소의는 위의(威儀)가 있고 정갈했다. 석가모니를 위해 누군가가 빨아주겠다고 했지만 손수 돌에 문질러 빨아 말려 입은 분소의였던 것이다.

석가모니가 자기 집으로 온다는 소식을 들은 수자타는 정성을 다해 공양을 준비하였다. 젖소 천 마리 가운데서 골라 젖을 짜 일곱 번이나 끓였으며 그 가운데서도 양질의 젖을 새 그릇에 따로 담았다. 그리고는 그 그릇에 새 쌀을 넣고 죽을 끓였었는데 죽 위에 卍자의 문양이 나타나 수자타는 더욱 들뜨게 되었다. 이

옥고 석가모니는 수자타가 황금바리때에 담아 올린 죽을 보고는 지그시 눈을 감으며 중얼거린다.

'이 우유죽으로 나는 최고의 깨달음을 얻게 될 것이다.'

수자타의 공양으로 인하여 세상을 향해 자신의 깨달음을 예언한 것이었다. 공양이란 원래 부처에게 음식을 올리는 것을 말함인데 수자타의 우유죽이야말로 최초의 공양이 된 것이다. 순수한 보시, 즉 간절함에서 우러나온 나눔이 이처럼 한 성자를 탄생케 하는 사건이 되고 만 것이다. 이후 불교는 깨달음과 더불어 순수한 보시가 강조되는 대승의 종교로 발전을 거듭하게 된다. 순수한 나눔의 행위야말로 너와 나에게 깨달음을 주는 최상의 방편이라고 믿게 되었기 때문이다.

아무튼 불교도들에게는 석가모니 부처를 열반에 들게 한 춘다의 공양과 함께 수자타의 공양을 2대공양이라고 부르고 있다. 그만큼 수자타의 공양은 종교적 비의가 담겨 있는 것이다.

이때까지도 석가모니에게는 바리때라고 불리는 밥그릇이 없었던 듯하다. 식사가 끝나고 나서 수자타에게 이렇게 묻고 있는 것이다.

"식사가 끝나고 나면 이 바리때를 누구에게 돌려주어야 하는가."

그러자 수자타가 말했다.

"바리때째 공양을 올린 것이오니 마음대로 하셔요."

물론 석가모니가 황금바리때에 욕심이 생겨 그렇게 물은 것은 아니었다. 지금까지 탁발을 한 적이 없었으므로 늘 그래왔듯 그릇의 주인에게 돌려주려고 한 것인지도 모를 일이었다.

공양을 끝낸 석가모니가 네란자라 강으로 나가 머리카락과 수염을 깎고 목욕을 한 후 그 황금바리때를 강에 던져버린 것만 보아도 그에게 욕심이 없었음이 증명되는 것이다.

네란자라 강물 속에는 오늘날에도 석가모니가 버린 황금바리때가 가라앉아 있을까. 불경에는 인드라가 금시조(金翅鳥)의 모습으로 날아와 그 바리때를 낚아채어 천상으로 가지고 가 탑을 세워 안치했다고 기록되어 있는데 모를 일이다.

기운을 얻어 체력이 회복된 석가모니는 드디어 보드가야의 보리수를 향해 천천히 발걸음을 떼었다. 목욕을 한 네란자라 강가에서 보리수까지는 약 2km의 거리. 석가모니는 멀리 서 있는 보리수를 보며 그곳에서 다시 정진할 것을 결심한다.

보리수의 원래 이름은 아슈밧타 또는 핍팔라. 그러던 것이 석가모니가 그 아래에서 깨달음을 얻었다고 해서 보리(菩提)의 나무, 즉 보리수라고 불린 것이다.

석가모니는 그곳으로 가는 도중에 깔고 앉을 풀을 스바스티카에게서 얻었다. 스바스티카란 한역으로 길상(吉祥)이라고 하는데, 길상이란 석가모니가 지금 얻고자 하는 '위 없이 바른 최고의 깨달음'인 무상정등각(無上正等覺)의 다른 이름인 것이다.

석가모니가 쥐고 있는 풀이름은 쿠샤. 석가모니가 깔고 앉은 인연으로 길상초(吉祥草)라고 불리게 된 이 풀은 마가다에 많이 자생하고 돗자리나 옷의 재료로 쓰인다고 하는데 공작새의 깃털처럼 부드럽고 긴 것이 특징이라고 한다.

마침내 보리수에 당도한 석가모니는 길상초를 안고 존경하는 스승에게 인사를 하듯 보리수를 세 번 돌았다. 그리고는 길상초를 깔고 동쪽을 향해 몸을 바르게 하여 곧추세워 앉았다. 앉으면서 석가모니는 이렇게 맹세하였다.

"여기 이 자리에서 내 몸은 메말라도 좋다. 가죽과 뼈와 살이 없어져도 좋다. 어느 세상에서도 얻기 어려운 저 깨달음에 이르기까지는 이 자리에서 죽어도 일어서지 않으리."

석가모니는 또다시 마왕과의 온갖 대결을 벌인다. 이번에는 마왕의 딸들까지 동원되어 석가모니를 유혹한다.

"청춘은 두 번 다시 돌아오지 않아요. 당신은 젊고 아름답군요. 우리들의 예쁜 자태를 보세요. 함께 놀지 않겠어요. 좌선을 해서 깨닫는다니 믿어지지 않는군요."

"쾌락에는 고뇌가 따르는 법. 나는 오래 전에 쾌락의 고뇌를 초월해버렸소. 사람들은 이 도리를 알지 못하기에 욕정에 빠지는 것이오. 나는 이제 완전한 해탈을 이루려 하오. 내가 먼저 해탈을 이루고 난 뒤에 사람들도 해탈케 할 것이오. 그러니 물러가시오. 허공을 불어가는 바람처럼 자유로운 나를 그 무엇이 어떻게 잡아 매둘 수가 있겠소."

마왕은 딸을 보내도 석가모니가 조금도 동요되지 않자 자신이 직접 나서고 만다.

"부처가 된다거나 해탈을 얻겠다는 것은 도저히 이룰 수 없는 일이오. 그보다는 이 세상의 지배자로서 황제가 되는 것이 좋을 것이오."

"마왕이여, 그대는 단 한 번 한 공양으로 욕계의 지배자가 된 것이오. 그러나 나는 수없이 많은 생애를 두고 내 몸과 소유물을 바쳐 중생들에게 베풀어 왔소. 그렇기 때문에 이제 부처의 자리에 오를 수 있을 것이오."

결국 마왕은 물러나고 만다. 이것을 불교에서는 항마(降魔)라고 하는데, 경주 석굴암의 석가여래상처럼 오른손을 무릎 위에 두고 왼손으로 옷깃을 잡은 인상(印相)을 항마인이라고 하는 것이다.

드디어 석가모니는 밤에서 아침으로 바뀌는 새벽녘, 샛별이 반짝이고 있을 무렵 최고의 깨달음에 도달하고 이런 말을 하게 되는 것이다.

"나의 해탈은 이제 흔들리지 않는다. 이것이 내 마지막 생애이고 이 이상 나는 다시 태어나는 일은 없을 것이다."

고뇌와 번뇌 덩어리인 생사의 윤회를 벗어나버린 것이었다. 비로소 보드가야의 보리수 아래에서 사문 석가모니는 석가모니 부처가 되는데, 이때 그의 나이는 서른다섯이었고, 왕자의 신분을 버리고 출가를 하여 온갖 고행을 한 지 6년 만의 일이었던 것이다. 때문에 보드가야는 불교 성지 중에서도 최대의 성지가 되어 오늘날에도 수많은 순례자의 발길이 끊이지 않고 있다고 한다.

최림과 적음은 일단 하루를 더 캘커타에서 묵고 보드가야로 가기 위해 가야까지 기차 여행을 하기로 하였다. 침대칸을 사려면 하루 전에 예약을 해야 하였고 최림의 건강이 문제가 되었기 때문이었다.

그러나 오후 늦게 인력거꾼이 다시 찾아와 적음은 마음을 바꾸어 좌석만 있으면 바로 밤기차로 떠나겠다고 제안을 하였다.

"처사님, 여기서 허송세월하는 것보다는 오늘밤이라도 떠나겠소. 그래야 하루라도 벌지 않겠소."

"보드가야에서 약속만 하면 됩니다. 어디 호텔이라도 잡아두었습니까."

"인력거꾼이 보드가야의 싯다르타 호텔을 전화로 예약해 주었습니다."

그렇다면 적음이 먼저 떠난다고 해서 여행에 차질이 생기는 것은 아니었다. 오히려 적음이 하루라도 빨리 보드가야로 가서 법상을 찾는 게 더 중요했다. 다만 적음으로서는 최림의 기력이 회복되는 것을 보지 못하고 먼저 떠나는 것이 마음에 좀 걸릴 뿐이었다.

사실 최림도 그 점이 마음에 걸려 불안한 구석을 떨쳐버릴 수는 없었다. 기력이 더 탈진되어 쓰러진다면 자신을 도와줄 사람이 아무도 없기 때문이었다. 인력거꾼이 있기는 하지만 그를 전적으로 믿을 수는 없었다.

최림은 누워서 적음이 바랑을 다시 챙기는 것을 바라보았다. 좀전에 빤 양말과 팬티는 비닐주머니에 따로 분류해 묶고, 두꺼운 점퍼를 맨 위에 넣고 있었다. 밤열차를 타려면 기온이 내려가므로 꺼내 입을 수 있도록 준비해야 한다는 인력거꾼의 충고에 따라 그렇게 챙기고 있었다.

"밤에는 굉장히 춥죠. 얼어죽기도 한답니다."

"몇 도나 내려가는데요."

"10도 이하로 떨어집니다."

그러나 인력거꾼이 엄살을 부리거나 과장을 하는 것은 아니었다. 낮이 엄청나게 덥기 때문에 일교차를 감안하면 그럴 만도 하였다. 여행객에게는 영상 10도지만 그들에게는 매우 추운 날씨인 것이다.

"스팀 장치는 없습니까."

"열대지방에 무슨 스팀이 있겠습니까. 침대칸을 타면 모포가 한 장씩 배당되는 게 고작이죠."

적음은 구급약 중에서 감기약을 따로 빼어내어 장삼 주머니에 넣고 있었다. 인력거꾼의 말대로라면 밤열차칸의 기온은 식어버린 대륙의 냉기에다 달리는 열차의 찬 바람까지 새어들어올 터이므로 감기 걸리기에 딱 알맞을 것이기 때문이었다.

최림은 지사제를 다시 털어넣었다.

바나나를 과식하면 변비가 생긴다고 하는데 차라리 그랬으면 하는 마음이 들었다. 지금까지 먹은 것이라고는 바나나 몇 쪽이 고작이었으므로 더 쏟아낼 것은 없었다. 그러나 아직도 물을 마시면 마시는 대로 진땀을 흘리며 화장실을 들락거려야 했다. 최림은 침대에 누운 채 짐을 꾸리고 있는 적음을 거들어주고 있는 인력거꾼을 올려다보았다. 그는 최림과 적음이 캘커타에 도착하여 이틀 동안이나 상대하고 있는 인도인이었다.

헝클어진 머리카락에다 먼지가 뿌연 콧수염까지 달고 있어 얼굴이 더 작고 시들어 보이는 힌두교도인 그였다. 뿐만 아니라 그의 두 눈은 시종 힘이 없었으며 이빨은 언제나 씹는 담배의 물이 들어 붉은색을 띠고 있었다. 그의 이름은 기나락. 힌두어로 강(江)이라는 뜻인데 그는 자신의 이름에 어떤 희망을 걸고 있는 것처럼 보였다. 자신의 이름을 말할 때 힘없는 두 눈이 갑자기 숯불처럼 반짝이는 것이었다. 그는 최림이 알아듣기 쉽게 영문으로 발음기호까지 적어주기도 하였던 것이다.

〔ginarac〕

그는 인력거를 끌지 않을 때도 엄지손가락에 낀 방울을 빼내지 않고 그대로 착용하고 있었다. 그것은 소마차의 방울과 같이 인력거꾼의 클랙슨인 셈이었다. 때문에 그가 손을 움직일 때마다 방울 소리가 딸랑딸랑 울리는 것이었다.

그는 방울을 쥐고 있는 자신을 결코 부끄럽게 여기지 않고 있었다. 말하자면 방울을 자신의 신분증처럼 소중히 다루고 있었으며, 인력거꾼인 자신의 처지에 최선을 다하고 있었다. 그에게 꿈이 있다면 그것은 새 인력거를 갖는 것이 전부였다. 지금의 인력거는 뼈마디가 부딪치는 것처럼 삐그덕거리는 낡은 고물이어서 뚱뚱한 사람이 타면 곧 주저앉아 버릴 듯하였기 때문이었다.

"기나락 씨. 새 인력거를 구입하는 것보다는 자전거로 끄는 릭샤를 장만하는 게 어때요."

"아이구 손님. 인력거를 끄는 것으로 만족한답니다."

"성교를 못할까 봐서요."

"하하. 릭샤를 오래 끌면 사타구니에 낀 딱딱한 자리에 불알이 흐물흐물해진다는 얘기가 있거든요."

자신의 인생을 인력거꾼으로 만족하고 사는 그의 대답이었다. 그러니까 그 이상의 직업은 그야말로 실현이 불가능한 꿈일 뿐인 것이다. 어쩌면 그는 꿈도 꾸고 있지 않은지 모른다. 가정이기는 하지만 그에게 오토 릭샤는 고사하고 자전거로 끄는 릭샤가 실제로 주어진다면 기절해버릴지도 모를 일이었다. 자신에게 주어진 인력거에 최선을 다하고 만족할 뿐 그 이상은 꿈도 꾸지 않는 그인 것이다.

쿨럭쿨럭.

그가 또 기침을 하면서 주저앉고 있었다. 그대로 방바닥에 쪼그리고 앉아서 호흡을 가다듬어보지만 계속 터져나오는 기침 때문에 그는 얼굴이 붉게 달아올라 술 취한 사람처럼 보이고 있었다.

기침이 발작적으로 쿨럭쿨럭 터져나오고 있었다. 마침내는 핏덩어리가 목구멍을 타고 튀어나오려 하자 도망치듯 화장실로 뛰어들어 가고 있었다. 어제도 눈치는 챘지만 그는 폐결핵 환자가 틀림없었다. 인력거꾼 치고 30살이 넘었다고 장수한 자신의 나이를 자랑했지만 그도 역시 인력거의 직업병이라고나 할까 육체적 노동의 과로에 침몰해버리고 말 것만 같았다.

쿨럭쿨럭. 화장실 안에서도 기침이 멎지 않는지 목젖을 쥐어짜는 파열음이 계속 들려오고 있었다. 그리고 잠시 후에는 수도꼭지에서 물이 터져흐르는 소리가 쏴아 들려오는 것이었다.

누가 보더라도 그는 절대 안정을 취해야 할 중증의 환자였다. 그런데도 그는 인력거를 끌고 아침부터 밤늦게까지 하루 종일 달려야 하는 것이다. 가래처럼 넘어오는 객혈을 위장하기 위해 베텔이라는 담배를 씹어 이빨에 붉은 물을 들이면서. 적음은 어제보다 그를 조금 이해할 것도 같았다. 동정을 하여 그를 멀리하는 것보다는 인력거를 타고 몇 십 루피를 주는 게 현실적으로 그에게 도움이 되는 일임을.

기침으로 힘을 소진한 그가 눈을 희번덕거리며 합장을 하자 적음이 바랑을 메고 앞장을 서 나갔다.

"나마스테."

그가 최림을 보고도 합장을 했다.

순간, 최림은 그를 인도 여행 중 안내원으로 쓸까 하고 망설여졌다. 마침 국내에서 소개받은 쌀림이 없으므로 영어를 구사할 줄 아는 그가 안내원으로서 요긴할 것도 같아서였다.

그러나 그는 이미 문을 닫고 나가버린 뒤였다. 적음을 역까지 인력거로 실어다 주고는 다시 나타나는 일은 없을 것이었다. 최림은 겨우 일어나 창 너머로 지는 해를 바라보았다.

석양도 역시 먼지와 연기 속에서 방금 사라진 기나락 씨처럼 지쳐보이기는 마찬가지였다. 오염되어 잿빛으로 변한 허공에다 검붉은 놀을 퍼뜨리며 서서히 지고 있는 것이었다. 거기에 먹물처럼 찍혀져 움직이는 날것들은 까마귀떼가 분명하였다.

싯타르타 호텔이라고 했지.

적음은 최소한 사흘을 보드가야의 싯타르타 호텔에서 머무를 것이라고 하였다. 그러니까 사흘 안에만 그곳으로 찾아가면 법상을 찾기 위한 나머지 여정은 함께 할 수 있는 것이다. 아무렴, 사흘 안으로는 힘을 내어 여행을 할 수 있겠지. 최림은 혼자 중얼거리며 스스로 다짐하였다. 무슨 일이 있더라도 내일 밤열차를 타고 보드가야로 떠나리라고.

키가 유난히 작은 호텔 보이가 노크도 없이 들어온 것은 바로 그때였다. 아마도 적음이 나가는 것을 보고 난 뒤, 방 정리를 하러 온 듯하였다. 그는 최림이 있자 무안한 표정을 지으며 당황하였다. 그래도 최림이 말이 없자 야릇한 눈짓을 보내며 아부하듯 말하였다.

"손님, 마사지 걸을 부를갑쇼."

"아니오."

"어리고 예쁜 소녀도 있죠."

"글쎄."

최림이 여전히 입을 다물고 있자 보이가 뒷걸음질을 치며 말했다.

"몸이 잘 빠진 여자도 있어요."

"아니라니까."

"까마수트라(힌두 性典)를 끝내주는 누나도 있고요."

그래도 호응이 없자 보이는 그에게 신임을 얻으려고 손짓 발짓을 하며 말하였다.

"걱정 마세요. 병 없는 건강한 여자니까요."

최림이 들은 체도 안하니까 문을 반쯤 열고는 보이가 실망한 표정을 지었다.

"손님, 죄송합니다. 제가 잘못 짚었네요. 여자보다는 남자를 더 좋아하는 분이군요. 야들야들한 게이(여장 남자)를 불러올까요, 아니면 계집애처럼 아주 상냥한 소년을 불러올까요."

"아니오."

"손님, 주문만 내리세요. 뭐든지 다 서비스해 드릴 수 있답니다."

그러나 최림이 보이에게 원하는 것은 아무 것도 없었다. 마사지를 받을 만한 힘도 없었으므로 여자를 껴안을 기분은 더더욱 나지 않았으며 동성연애자가 아니었으므로 게이나 미소년이 그에게는 필요치 않았다. 당장 필요한 것이라고는 딱 한가지뿐이었다. 최림은 힘을 내어 보이에게 소리쳤다.

"위스키, 작은 병으로."

그러자 보이가 체면을 회복한 듯 가까스로 물러나고 있었다. 캘커타 사람들은 다 그러한가. 순박하고 여려 보이면서도 흥정에는 접착제처럼 악착 같은 데가 있는 것이다. 새벽의 공항에서 만난 오토 릭샤의 운전수가 그러했으며, 좀전에 헤어진 인력거꾼 기나락 씨가 그러했고, 호텔의 키 작은 보이 역시 질려버릴 정도로 찰싹 달라붙었다가 떨어져 나간 것이다.

그대 안의 빛

승 행자는 다시 절을 찾고야 말았다.

지웅이 소개해 준 절은 K시 부근의 큰 호수가 내려다보이는 풍광이 수려한 암자였다. 승 행자에게 맡겨진 소임은 부엌일을 도맡아 하는 소위 공양주보살이었다. 그러나 주지스님이 지웅에게 지시를 받았음인지 승 행자에게는 직접 힘든 일을 못하게 하였다. 대신 비구니 행자들을 거느리고 쌀과 보리쌀, 콩, 배추와 무, 미역 등등 주식과 부식의 출납을 관리하도록 하였다.

아무튼 승 행자에게 가장 행복한 시간은 점심과 저녁 공양 사이의 오후 빈 시간이었다. 며칠 되지는 않았지만 승 행자는 꼭 호수로 내려가 출렁거리는 수면을 바라보고는 명상에 잠겼다가 올라오고는 하였다.

승 행자가 다시 절을 찾게 된 것은 순전히 지웅의 배려 때문이었다. 한달 전쯤, 비구니 절에서 공양주보살이나 하며 살라는 지웅의 배려를 망설임없이 받아들였던 것이다. 미소사를 떠나 속가에 돌아왔지만 뱃속에 아기를 가지고 있어서 친지들의 눈치가 보였을 뿐더러 더욱이 부모를 대하기가 불편했기 때문이었다. 그래서 그녀는 자신을 잊지 않고 불러준 지웅의 충고를 받아들였던 것이다.

지웅은 승 행자만큼 명민한 여자를 본 적이 없었으므로 늘 안타깝게 여길 수밖에 없었다. 비록 여자라고는 하지만 미소사의 비구 승려들이 힘을 모아도 할 수 없는 일을 해내었던 것이다. 신도 관리 프로그램을 최림의 도움을 받았다고는 하지만 단 몇 주만에 전산화시킨 것은 누구도 흉내낼 수 없는 일이 아닐 수 없었다.

지웅이 불자들 중에서 믿는 사람이 있다면 오직 승 행자뿐이었다. 최림을 믿어 인도에 보냈다고는 하지만, 그것은 천불탑에 쏟는 그의 야심을 이용한 믿음일 뿐이었다. 불멸의 명작을 남기고 싶다는 천불탑에 대한 야심이 없다면 최림이 인도로 간다는 것은 상상조차 할 수 없는 일이었다. 그에게는 종교적 믿음이 있는 게 아니라 자신의 작품에 대한 야심이 있을 뿐이었다. 때문에 어쩌면 최림 역시 법상처럼 돌아오지 않거나 지웅을 속일지도 모를 일이었다. 그러나 승 행자는 절대로 그럴 여자가 아니었다. 무슨 일이 있더라도 부처의 진신사리를 가져오고야 말 굳센 신심(信心)이 그녀에게는 있기 때문이었다.

그러므로 숨겨둔 카드와도 같은 승 행자에 대한 지웅의 관심은 대단할 수밖에 없었다. 자신의 운전수를 시켜 승 행자를 K시로 실어다 주었을 뿐더러 자신이 직접 동행해주기도 했었다. 또한 딸을 시집 보내는 아버지처럼 절에 대해서 시시콜콜한 이야기까지 다 해주었다.

"절처럼 말이 많은 곳도 없다. 도 닦는 곳이라고 조용한 줄 알지만 사실은 가만히 들어보면 고막이 찢어질 정도로 시끄러운 데가 도량이니라. 입 조심해야 하느니라. 부처님 말씀에도 있느니라. 침은 허공에 머무르지 않고 뱉은 얼굴에 떨어지게 마련이고 바람을 거슬러 티끌을 뿌리면 도리어 자기가 뒤집어 쓰게 되느니라."

구업(口業)을 짓지 말라는 지웅의 당부였다. 그때 승 행자는 미소사에서 읽었던 경집(經集)의 한 구절을 떠올려 스스로 다짐하였었는데, 이러한 말이었다.

사람은 태어날 때에
그 입 안에 도끼를 가지고 나온다.
어리석은 자는 말을 함부로 함으로써
그 도끼로 자신을 찍고 만다.

뿐만 아니라 공양주보살의 소임도 사실은 도 닦는 일이니 소홀히 하지 말라고 당부를 하였다.

"수행을 하는 스님들에게 끼니마다 음식공양을 하는 보시만큼 큰 공덕도 없을 것이다. 음식을 올릴 때는 이러한 마음으로 하라. 수행을 잘하는 스님이건 못하는 스님이건, 나이가 많은 스님이건 적은 스님이건 간에 평등한 마음으로 해야 한다. 공양을 올린 후에는 대가를 바라거나 이익을 바라지 말라. 스님들의 배고품을 해결하고 수행을 더 잘하게끔 작은 힘이 되기만을 바랄 것이니라."

여기서도 승 행자는 경전의 한 구절을 떠올려 보고는 지웅의 말에 공감을 하였었다. 그 구절은 이렇게 시작되고 있었다.

'보살과 여래는 자비심이 근본이다. 보살이 자비심을 일으키면 한량없는 선행을 할 수 있다. 어떤 사람이 무엇이 모든 선행의 근본이냐고 물으면 자비심이라고 대답하라. 자비심은 진실해서 헛되지 않고, 선한 행은 진실한 생각에서 일어난다. 그러니 진실한 생각은 곧 자비심이며, 자비심은 곧 여래다.'

그러니 수행이란 머리를 깎고 출가를 해야만 되는 것이 아니었다. 뿐만 아니라 수행의 장소가 선방이나 토굴 등 정해져 있는 것도 아니었다. 머리를 기르고도 선방이 아닌 부엌에서도 얼마든지 부처가 될 수 있음이었다. 진실한 생각이 자비심이고 자비심이 곧 부처이기 때문이다. 성불이야말로 수행의 목적이 아닌가.

그렇다면 승 행자에게는 부엌이 스님들 성불하라고 기도하는 법당이나 다름없었다. 불길 활활 이글거리는 부엌이 자신의 번뇌 망상을 태워버리는 선방이나 다름없었다. 그릇에 밥과 국을 평등하게 푸고 따르는 자비심을 키우는 복밭이나 다름없었다.

호숫가에는 정자가 두 개나 있었다. 정자에 올랐다가 호수로 내려가는 것이 승 행자의 산책 코스였다.

정자 중의 하나의 이름은 제월당(濟月堂).

글자대로 풀이하면 '달을 건지는 정자'라는 뜻인데 거기에 어떤 역사가 서려 있는지는 알 수 없었다. 다만, 호수의 물길이 정자 앞으로 나 있어 달이 어릴 것은 분명하였다.

또 하나의 정자 이름은 세심당(洗心堂).

'마음을 씻는다'는 정자인 바 제월당이 낭만적인 정자라면 세심당은 현실적인 느낌을 주었다. 승 행자는 은근한 제월당이 더 마음에 들어 그곳에서 시간을 보내다가 호숫가로 내려가곤 하였었다.

햇볕을 받는 호수는 말할 수 없이 눈이 부셨다. K시가 식수원으로 사용하기 위해 만든 인공 호수였지만 아주 오래되어 자연 호수나 다름없었다. 호숫가에는 미루나무들이 거목으로 자라 있었고 그 이파리들이 거울조각처럼 빛을 되쏘았으며, 버드나무들이 머리카락 같은 긴 줄기들을 치렁치렁 흔들어대고 있는 것이었다.

승 행자는 늘 가서 앉는 바위에 걸터앉았다. 유원지가 되어서 휴일에는 많은 사람들이 찾아오지만 평일에는 드문드문 사람들이 찾는 것이었다. 사람들이 보이지 않았고, 대신 호수에는 하얀 배드민턴의 셔틀콕처럼 반원을 그리며 날아온 새들이 수면 위에 떠 유영을 하고 있었다. 다만 이삼일 전부터 건너편 벤치에 한 여자가 변함없이 앉아 있을 뿐이었다. 보통 키에 바지를 입고 어두운 얼굴을 하고 있는 여자였다. 호수를 바라보는 그녀의 얼굴에는 수심이 가득했고 호수로 뛰어들 것만 같은 자세로 앉아 있는 것이었다.

승 행자는 그녀가 앉아 있는 것만으로도 안심을 했다. 그러나 오늘은 그녀에게 다가가 무슨 말이든지 붙여보려고 결심하고 있었다. 승 행자는 사람에게도 등처럼 빛이 있다고 믿었다. 그러므로 빛을 스스로 꺼버리면 얼굴이 어두워질 수밖에 없었다. 부처야말로 가장 밝은 빛을 내쏘는 분인 것이다. 부처는 얼굴뿐만 아니라 온몸으로 빛을 발산하고 있지 않은가. 세상에 갓 태어난 아기들도 빛을 발산하기는 마찬가지. 그러나 세파에 시달리면서 그 빛이 점점 꺼져가고 마는 것이다.

그녀의 얼굴은 잿빛을 띠고 있었다. 자신의 가슴속에 켜진 등불의 빛이 가물거리고 있는 것만 같았다. 승 행자는 그녀에게 천천히 걸어가면서 중얼거렸다.

'불을 스스로 꺼버려서는 안 될 것이다.'

그러나 승 행자는 걸음을 멈추고 말았다. 뜻밖에도 그녀가 먼저 승 행자쪽으로 다가오면서 말을 걸고 있기 때문이었다.

"이곳에 사는 분인가 보죠."

"네, 저기 절에 있어요."

"절에는 스님만 사는 줄 알았는데."

"산다기보다는 그냥 머물고 있는 셈이에요."

그러자 낯선 여자가 자기 소개를 했다.

"서울에서 왔어요. 저기 여관에 머무르고 있죠."

"여행 중이군요."

"여행, 글쎄요. 아무 것도 아니에요."

고개를 젖는 그녀의 얼굴은 무겁고 어두웠다. 그녀의 내면에 켜진 불이 가물가물 꺼져가고 있는 느낌이었다. 그녀의 불을 다시 밝게 켤 수는 없을까. 승 행자는 왠지 안타까운 마음이 들었다.

그때 승 행자는 자신의 방을 떠올렸다. 혼자 쓰기에는 넓은 방이었다. 절에서 잠을 자는 것만도 도 닦는 일이고, 부처의 은덕을 입는 일이라고 하지 않은가. 때문에 절에서 하루이틀 생활하다 보면 그녀의 얼굴에 다시 활기가 돌지도 모른다.

"우리 절로 오시죠."

"전 기독교 신자예요. 십자가 목걸이를 하고 있는."

"우리 법당 부처님은 벙어리예요. 누가 오든 미소만 짓는 분인 걸요."

"재미있는 분이군요. 하지만 오늘 생각해 보고 내일 대답해도 괜찮겠죠."

"꼭 오세요. 기다리겠어요."

그러나 그녀는 승 행자의 호의를 못 믿고 있었다.

"절에서 무슨 일을 하고 있죠."

"부엌일을 하고 있어요."

"혼자서요."

"아니요, 스님들과 함께 하고 있어요."

"월급을 받겠군요."

"돈 때문에 하는 일은 아니예요. 어떤 스님은 평생 부엌일을 자청해서 하는 분도 있는 걸요."

이야기를 하는 동안 그녀의 얼굴이 조금은 밝아지는 것도 같았다. 호수에 반사하는 오후의 햇살 때문만은 아니었다. 물결에 난반사하는 빛살이 그녀의 얼굴을 감싸고 있기는 하지만 그녀의 굳은 얼굴은 처음보다는 많이 풀려 있었다.

그녀는 무엇 때문에 서울에서 이곳까지 내려와 낙심한 표정으로 호숫가에 앉아 있는 것일까.

그러나 승 행자는 저녁 공양을 준비하기 위해 절로 올라오고 말았다. 그리고는 우물가로 가 아침에 다듬다 만 나물을 끌어모았다. 그러자 행자 한 사람이 다가와 막았다.

"이리 주세요. 제가 다듬을게요."

"괜찮아요."

"뱃속에 아기씨가 힘들어 할거예요."

지웅의 상좌였던 주지가 행자들에게 지시를 했음이 분명했다. 홀몸이 아닌 승 행자에게 힘든 일을 못하게 다른 행자들에게 부탁을 하였음이 틀림없었다.

그래서 승 행자는 법당으로 가 앉았다. 눈을 감고 기도를 했다. 맨 처음 그녀가 한 기도의 대상은 지웅이었다.

미소사 주지이자 천불탑의 회주(會主)인 지웅.

그가 세운 서원은 중원 땅에 황룡사 9층탑을 완벽하게 재현하여 한반도를 다시 불국토로 만드는 것. 탑은 아직까지 별 사고 없이 한층 한층 올라가고 있어 오는 초파일에는 수십만 명의 신도가 운집한 가운데 회향식이 장엄하게 치러질 것이었다. 천불탑을 조성하기 위해 헌금을 낸 신도 수는 약 일백만 명.

그러나 그는 무엇엔가 쫓기듯 불안해 하고 있다. 그 이유는 무엇일까. 그래서 최림을 인도로 보낸 것은 아닐까. 승 행자는 지웅의 서원이 무사히 잘 이루어질 수 있도록 엎드려 기원을 했다.

'부처님. 지웅 스님께 밝은 지혜를 주세요. 지금 천불탑은 이삼 층만 더 올라가면 완공될 것이므로 초파일까지 아무런 사고도 나지 않게 하여 주십시오. 탑이 완성되어 갈수록 지웅 스님은 불안해 하고 있거든요. 만에 하나라도 불의의 사고가 날 경우 그동안 축원을 보냈던 신도님들을 실망시켜드리는 것이 아니겠어요. 높은 탑이 넘어지고 불타는 것은 인재(人災)도 있지만 벼락을 맞는 등 천재(天災)도 많다고 합니다. 지웅 스님은 바로 그러한 것을 우려하고 있는 줄 모릅니다.

부처님. 지웅 스님의 서원은 중원 땅에 9층탑을 우뚝 세워 백두에서 한라까지 온 나라에 부처님의 지혜 빛살이 눈부시게 퍼지도록 하는 것이랍니다. 그리하여 부처님의 법을 따르게 되고 무명(無明)에서 깨어나, 다시는 동서로 갈라지지 아니하고 남북으로 갈라지지 아니할 뿐더러, 서로 믿는 종교가 다르더라도 서로 화합하고 공존하는 세상이 오게 하는 것이 지웅 스님의 서원이랍니다.

부처님. 지웅 스님의 서원이 이렇듯 중생제도에 있지 않습니까. 지웅 스님은 중생제도를 위해 자신의 깨달음을 뒤로 미룬 채 천불탑에 혼신의 힘을 다 쏟고 있는 분이에요. 선방에 수좌들은 지웅 스님을 입방아에 올려놓고 무책임하게 비판을 하곤 합니다. 진리가 무엇인지도 모르는 사람이 어떻게 중생을 제도할 수 있느냐고 말입니다. 그러나 저는 생각이 다릅니다. 자비심이 곧 부처라는 말씀을 믿으니까요. 진리가 무엇인지 몰라도 중생을 위해 자비심을 드러내고 산다면 그가 곧 부처가 아닐까요.

부처님. 지웅 스님의 마구니는 이런 것이라고 생각합니다. 천불탑을 자신의 명예와 결부시켜 자신의 이름을 과시하고 남기려 하는 욕심일 거예요. 저는 그것을 명예라는 마구니라고 생각합니다. 부처님 제자된 지 얼마 되지 않았으므로 잘 모릅니다만 천불탑이 어찌 인간의 명예라는 마구니에 의해 조성될 수 있겠어요. 천불탑은 애당초 지웅 스님의 서원대로 중생들을 바른 삶으로 인도하는 방편이 되어야 한다고 믿어요. 중생들을 깨어난 삶으로 인도하는 뗏목이 되어야 할 것으로 생각합니다. 그러니 지웅 스님께 부디 마구니가 끼어들지 못하도록 도와주세요.'

승 행자는 뱃속에 아기가 숨쉬고 있으므로 백팔배는 올리지 않았다. 대신 편하게 앉아서 합장을 한 채 기도를 하였다. 법당 안은 언제나 부처가 내쏘는 금빛의 기(氣) 같은 것이 충만했다.

이번에는 자신의 컴퓨터로 천불탑을 설계한 최림을 위해서 기도를 해주었다. 무엇 때문에 인도를 간 것인지는 알 수 없지만 여행이 무사하도록 기원을 했다.

'저에게 컴퓨터를 가르쳐주신 것을 고맙게 생각합니다. 컴퓨터는 이제 미소사에서도 없어서는 안 될 필수품이 되고 말았습니다. 그 공덕은 다 최림 씨 덕분이지요. 그러나 컴퓨터는 필수품일 뿐 그 이상도 이하도 아니라고 생각합니다. 만능이 아니라는 사실입니다. 컴퓨터가 지식은 주지만 지혜는 주지 못하니까요. 그런데도 최림 씨는 컴퓨터가 만능이라고 믿고 있습니다. 하기는 9층탑을 재현해 준 것은 컴퓨터지요. 그리고 무엇보다도 컴퓨터는 친구가 하나도 없는 최림 씨의 유일한 동반자지요. 그러나 저는 만능이라는 것도 마구니라고 생각합니다.

부처님. 컴퓨터에는 진리도 없고 이상도 없습니다. 따라서 컴퓨터를 만능이라고 맹신하는 사람이란 또 하나의 과학을 믿는 맹신자일 뿐이죠. 인간의 가치보다도 컴퓨터 같은 기계의 가치를 더 존중하는 맹신자 말이에요. 광신자의 비극이 어떤 것인지 저는 잘 알고 있죠. 어쩌면 컴퓨터를 맹신하는 사람들끼리 모여 하나의 사교집단처럼 행동할지도 모릅니다.

부처님. 부디 최림 씨에게서 컴퓨터가 만능이라는 마구니를 쫓아주십시오. 인간이 자연으로부터 멀어질수록 병원이 가까워진 다는 말을 저는 기억하고 있습니다. 마찬가지로 인간이 기계에 가까워지는 것도 정신적인 병을 부르는 것이라고 믿습니다. 부디 최림 씨가 앞으로는 자연과 사람에게 좀더 가까이 지낼 수 있도록 도와주십시오.

부처님. 저는 인도를 가보지 못해서 잘 알지는 못합니다만 그곳은 부처님이 탄생하시고 진리를 깨우치고, 깨우친 그 진리를 제자들에게 설법하시다가 열반에 든 성지라고 알고 있습니다. 그곳을 찾아간 최림 씨에게도 부처님의 불은(佛恩)을 주십시오.'

뿐만 아니라 승 행자는 암자의 선방에서 정진을 하고 있는 비구니들을 위해서도, 부엌에서 함께 일하고 있는 행자들을 위해서도, 고향에 있는 식구들을 위해서도 기도를 하였다.

그리고 자신의 뱃속에서 커가고 있는 아기를 위해서도 기도를 하였다.

'부처님. 비록 원치 않는 아기를 가졌습니다만 이 아기 또한 부처님의 성품을 가지고 있는 생명이 아닐까요. 저는 아기를 부처님으로 알고 소중하게 키우겠습니다. 처음에 저는 이 아기가 마구니인 줄 알았습니다만 그러나 지금은 생각을 달리하고 있어요. 이 아기만 아니었더라면 저는 제가 소망했던 스님이 되었겠지요. 그래서 아기를 원망했더랬습니다. 그러나 지금 생각해보면 어찌 성불의 길이 삭발 출가에만 있겠어요. 아기를 키우더라도 수계식 때 마음속으로 맹세한 계율을 지키기만 한다면 그 역시 성불의 길을 걷는 것이라고 생각해요.

부처님. 저의 법당은 마음이에요. 그리고 저의 부처님은 아기죠. 부처님. 오늘은 저의 아기부처님을 위해서 기도를 합니다. 아기부처님이 아무 탈없이 자라주기를 부처님께 기도합니다.'

다음날 아침에도 승 행자는 부엌일을 마치고 법당에 앉아 기도를 하였다. 마음이 가장 편해지는 곳이 법당이었다. 법당은 K시 근교이자 관광지화된 호숫가에 있어 그런지 신도들이 드문드문 끊임없이 드나들곤 하였다.

행각길의 비구니들 또한 K시를 찾아와서 암자를 들렀다 가곤 하였다. 비록 작은 도량이기는 하지만 역사가 깊은 비구니 선원으로 널리 알려졌기 때문이었다. 그러기에 비구니 치고 행각철이 되면 선원을 보고 가지 않은 이가 없었다.

그러므로 미소사에서 승 행자와 한방에서 같이 지냈던 박 행자가 찾아온 것은 결코 우연한 일이라고 할 수 없었다. 그녀는 수계를 받아 스님이 된 후 처음으로 행각 중인 셈이었다.

법당에서 기도를 하고 있던 승 행자나 선원을 찾아 온 박 행자나 조금도 변한 게 없었으므로 금세 알아볼 수 있었다. 스님이 된 박 행자의 모습은 몇 달 전과 다름없이 통통하게 보였다.

그녀가 수계식 때 받은 계첩에 적힌 법명은 해인(海印).

해인이란 '온갖 진리가 도장처럼 찍힌 바다'를 말함인데 그와 같은 경지를 얻으라는 뜻으로 지웅이 내린 법명이었다. 그러나 행자들 사이에서는 그녀의 덩지를 빗대어 바닷가 절벽이라고 놀리곤 하였었다.

아무튼 승 행자는 너무나 반가워 박 행자의 두 손을 맞잡은 채 법당을 나와 밖으로 나왔다. 박 행자를 미소사에서 멀리 떨어진 이 암자에서 만나리라고는 꿈에도 생각지 못했기 때문이었다.

박 행자 역시도 마찬가지였다. 스님이 되어 약간은 우쭐한 기분으로 행각을 하고 있는데, 승 행자가 이곳에 있으리라고는 전혀 생각지 못했던 것이다.

"승 보살님이 이곳에 있을 줄은 정말 뜻밖이야."

"나도 박 행자님을 이곳에서 만나리라고는."

"승 보살님, 여기서 뭘 해."

"공양주보살."

"어머나. 안됐다."

"안되긴. 이곳 생활에 아주 만족하고 있는걸."

"정말 그럴까."

"그럼요. 그런데도 박 행자님 보기에 불행하게 보이는가 봐."

"그건 아니예요. 그런데 자꾸 박 행자라고 부르니까 어색해진다. 호호호."

"그럼, 해인 스님이라고 불러줄게요."

"아니 아니. 농담이에요. 승 보살님한테서만은 박 행자라고 불리는 게 왠지 좋아요. 고생한 행자시절이 그립기도 하고. 호호."

"저기 호숫가로 갈까."

"그래요."

박 행자는 행자라는 꼬리표를 떼고 스님이 된 것에 대해서 굉장한 자부심을 느끼고 있었다. 그런 그녀의 얼굴은 수정처럼 밝고 맑았다. 그녀 마음속의 불(佛)이 빛을 발산하고 있기 때문이라고 승 행자는 생각했다.

"며칠 머물다 가세요."

"잘 방이 있다면."

"내 방도 넓으니까요."

"그야 주지스님한테 허락을 맡아야죠."

"문제 없을 거예요. 사람을 아주 좋아하는 분이에요."

승 행자는 제월당이나 세심당은 다음날 가보기로 하고 바로 호수로 나갔다. 박 행자는 바다처럼 넓은 호수를 보더니 입을 다물 줄 몰랐다. 호숫가 늪지에는 갈대가 무성했다. 말라죽어가는지 마른 갈대들 사이로 여린 갈대들이 조금씩 푸른 빛을 내비치고 있었다.

"어머, 갈대가 병들어 죽고 있네."

박 행자가 소리쳤다. 그러자 승 행자가 암자의 정 처사한테서 들은 이야기를 해주었다. 정 처사는 절 땔감을 책임지고 있는 부목(負木)으로서 모르는 게 별로 없는 박학다식한 40대의 떠돌이였다.

"병든 갈대가 아니래."

"그럼."

"새끼 갈대가 다 자랄 때까지 의지가 되어주기 위해 서 있는 작년의 어미 갈대라고 그래요."

"어머머."

"새끼 갈대가 강한 바람에 견딜 만해지면 그때야 어미 갈대는 쓰러져 거름이 된대요."

"어머나. 갈대 부처님이네."

박 행자가 합장을 하며 '관세음보살'을 중얼거렸다.

'갈대 부처님.'

승 행자는 박 행자의 '갈대 부처님'이란 말에 공감했다. 이 세상의 모든 유,무정물(有,無情物)에 다 불성이 깃들어 있다는 말이 새삼 느껴지기도 하였다. 죽은 후에도 어린 새끼를 보살피는 어미 갈대야말로 말 못하는 식물이지만 자비심의 극치를 보여주고 있는 것이다.

그런데 어제 만났던 여자는 보이지 않았다. 오전 시간이기 때문에 나오지 않았을 수도 있고, 아니면 다른 지방으로 떠나버렸을지도 몰랐다. 그녀가 앉았던 벤치가 비어 있어 승 행자는 그곳으로 가 먼저 앉았다.

벤치에 앉자마자 박 행자는 미주알고주알 많은 얘기를 하였다. 천불탑의 공사가 의외로 빨리 진척되어 이제 단청과 주변 조경만 남았다는 등등 미소사와 관련된 이러저러한 얘기들을 계속 토해내고 있었다.

나중에는 김씨 얘기까지 승 행자의 눈치를 보지 않고 말했다.

"천불탑 공사장에서 쫓겨난 김씨가 글쎄 동사(凍死)를 했대요. 난 보지는 못했는데 절에서 화장을 시켜주었대요."

순간, 승 행자는 모래를 씹은 표정을 짓고 말았다. 그러나 박 행자는 물결이 출렁거리는 호수를 바라보며 자신의 얘기에 취한 듯 쉬지 않고 말했다.

"지웅 스님 말씀인즉 업보라고 하던데, 업보가 그렇게 가혹한 것인 줄 몰랐어요."

"뿌린 대로 거두는 거지요."

"김씨가 미소사에 또다른 잘못을 저질렀을지도 몰라. 얼어죽었다고 하니 그런 생각이 들어요."

"미소사에 저지른 게 아니라 자신에게 저지른 것일 거예요."

"승 보살님, 업보란 말이 두려워요. 낙태를 많이 시킨 난 지장 기도를 평생 해야 할 것 같아요."

승 행자는 대답 대신에 돌멩이 하나를 집어 호수에 던졌다. 그러자 돌멩이가 낙하한 곳에서부터 파문이 일고 있었다. 돌멩이를 던진 행위는 원인이 되고, 호수의 파문은 결과가 된다는 말이나 다름없었다.

박 행자가 소리없이 웃으면서 중얼거렸다.

"선업은 선한 열매를 맺고, 악업은 악한 열매를 맺는다, 그게 업보라는 것이네요."

"틀림없는 진리죠."

박 행자가 얘기하는 김씨의 죽음은 짐승이 먹이를 찾아 산야를 헤매다 죽은 것처럼 비참했다. 고향으로 돌아가지 못한 김씨는 공사장을 찾아 떠돌아다니다 다시 천불탑 공사 현장으로 돌아왔지만 아무도 그를 받아주지 않았다고 한다. 미소사 주지 지웅 스님이 엄명을 내린 때문이었다. 김씨가 천불탑에 무슨 사고를 일으킬지 모르고, 또한 그로 인하여 쓸 만한 승 행자가 미소사를 떠났기 때문이었다. 한번 불신을 하면 좀체로 선입관을 바꾸지 않는 미소사 승려들의 단순함도 그를 받아주지 않는 한 이유이기도 하였다.

그는 승려들이 좌선을 하듯 다리 부근에서 앉은 채 얼어죽어 있었다고 하는데, 그날 밤 폭설이 내려 눈 위에 그의 얼굴만 드러나 무슨 산짐승이 눈더미에 매장되어 죽어 있는 줄 착각했다고 한다. 산짐승이 추위를 피해 절 부근까지 왔다가 종종 그렇게 얼어죽는 경우가 있어왔기 때문이었다.

눈을 치우고 나서 김씨의 가족에게 연락을 하고 지웅 스님의 지시에 따라 바로 그 자리에서 화장을 시켜주었다고 한다. 그가 남기고 간 것은 마시다 만 소주 반병과 호주머니 속에 든 빛바랜 가족 사진 한 장이 전부였다고 하는데, 화장이 끝난 후에는 그것마저도 사라져버리고 말았다고 한다.

승 행자와 박 행자는 다시 절로 올라와 그동안의 회포를 풀듯 이야기를 계속했다. 밤이 깊어지자 소쩍새의 울음소리도 가깝게 소쩍소쩍 들려오고 있었다. 박 행자의 수다는 예나 지금이나 여전했다.

서로의 호칭은 계속 행자라고 부르기로 하였다.

"해인 스님. 저보고 보살 보살 하지 말아요. 어색하니까요."

"저두요. 승 행자님만은 저에게 스님이라고 부르지 말아요. 그래도 우리 사이는 행자시절이 좋았던 것 같아요."

박 행자에게는 '해인 스님' 이란 호칭이 맞고, 승 행자에게는 '공양주보살' 이라는 호칭이 맞겠지만, 두 사람은 혹독하게 고생했던 예전의 행자시절을 떠올리며 서로를 행자라고 불렀다.

"승 행자님, 스님 될 꿈 포기한 거야, 어쩐 거야."

"자격이 없는걸."

"자격이 어디 있어요. 마음만 먹으면 다 스님 되는 거지 뭐."

"그래도 난 파계를 했는걸."

"이미 파계한 것은 그렇다치고 다시 출가를 해서 행자생활을 하고 스님이 될 수도 있잖아요."

"물론 그럴 수도 있을 거예요. 부처님은 악독한 마구니도 성불할 수 있다고 말씀하셨으니까."

"그런데."

"난 그럴 수가 없어요."

"왜."

"몸에 아기가 있으니까요."

그러자 박 행자가 고개를 절래절래 흔들었다. 답답해서 견딜 수 없다는 듯 합장을 하고 눈을 잠시 감기도 하였다.

"승 행자님, 나 출가 전 직업이 무언지 기억나지요."

"간호사."

"병원은."

"산부인과."

"그래도 고집 부릴 거예요."

"박 행자님, 그건 악업을 짓는 거예요. 방금 전 업보가 두렵다고도 했잖아요."

"내 참, 아이를 낳아 어떡하겠다는 건지, 오죽 답답하면 나한테 악업 짓는 말을 하겠어요."

"이미 결심한 것이니 그 얘긴 다시 꺼내지 말았으면 좋겠어요. 박 행자님."

"승 행자님은 자신이 오만하다고 생각지는 않으세요. 아이를 낳아 어쩌자는 거예요. 아이의 운명을 책임질 수 있을까. 승 행자님 손에 자라면서 아이가 승 행자 의지와 상관없이 불행해질 수도 있다는 거예요. 아버지의 악업을 원망하면서 말이예요."

"업이 있다면 참회를 하고 멸죄를 해야지요."

"아유, 답답해. 승 행자님은 이상주의자예요. 아직도 꿈꾸는 소녀 같아요."

"난 이 아이를 꼭 부처님으로 키우고 말겠어요. 그렇게만 된다면 내 자신 스님이 못 되도 좋아요."

"승 행자님, 생각대로 된다고 믿는 것도 오만이고 집착이에요. 집착을 버리면 해탈이라고 귀에 못이 박히게 들었잖아요."

"아무럼 어때요."

"오해하지는 말아요. 난 승 행자님의 순수한 마음을 믿고 있기 때문에 이러는 것이에요. 사실 계율을 지킨다고 하는 스님들 중에도 마음은 이미 파계로 얼룩진 이들이 많잖아요. 거기에 비하면 승 행자님은 어쩔 수 없이 파계는 했지만 마음은 순수해요. 정말 난 믿어요."

밤이 더 깊어서는 목청을 높여 토론을 하듯 이야기를 하였다.

"그러니 아기를 떼고 홀가분하게 출가를 하세요. 난 승 행자님이 얼마나 스님이 되고 싶어했는지를 누구보다도 잘 알고 있어요."

"박 행자님, 생명을 두고 함부로 애기하지 마세요."

"다른 사람 같으면 이런 욕 먹을 애길 왜 하겠어요."

박 행자가 승 행자의 손을 잡고 진심으로 애원을 해도 승 행자의 결심은 금강석처럼 굳었다.

"지금도 위험하긴 하지만 늦진 않았어. 약물로도 잘하면 뗄 수 있어요."

"내 앞에서 그런 애기 다시는 하지 마세요."

승 행자의 뜻이 완고하여 조금도 물러서지 않자 박 행자는 숨을 고르듯 잠시 말을 끊었다.

그러자 승 행자가 못을 치듯 결론을 지어버렸다.

"아무리 내 아기지만 아기를 떼는 건 살생이에요."

"어휴, 참."

"경전에 이런 말씀도 있잖아요. '모든 것은 폭력을 두려워하고 죽음을 두려워한다. 이 이치를 자기 몸에 견주어 남을 죽이거나 죽게 하지 말자' 라고 말예요."

"누가 10계 중에서도 불살생계가 제1계라는 것을 모를까. 사실 승 행자님을 위해서 한 말이지요."

"박 행자님의 그 마음만은 고맙게 받아들이겠어요."

두 사람은 자기 주장으로 평행선을 긋다가 밤 늦게야 잠이 들었다. 그러나 아침 공양을 준비하기 위해 승 행자는 박 행자보다 자리에서 빨리 일어났다. 그래도 평소보다는 늦은 시각이었다. 그때는 이미 도량석이 끝나고 스님들이 법당 마당을 빗자루질하고 있는 시간이었기 때문이었다. 달빛도 별빛도 다 이울고, 먼동으로 하늘이 열리면서 호수로부터 안개가 자욱하게 밀려온 뒤였다.

박 행자는 허둥지둥 아침 공양을 하고 난 후, 바로 승 행자와 헤어졌다. K시까지는 마침 정 처사가 물건을 구입하러 갈 일이 있었으므로 절의 승합차를 타고 나가기로 하였던 것이다.

박 행자는 승합차를 타고 떠나는 순간에도 어젯밤의 이야기를 끄집어내고 있었다. 승합차 문이 막 닫히려는 순간이었다.

"결심하면 곧 연락해요. 즉시 내려올 테니까."

"됐어요."

정 처사는 무슨 말인 줄도 모르고 웃으며 차문을 빨리 닫으라는 눈짓을 보내고 있었다.

"그것도 시기를 놓치면 위험해요."

"해인 스님, 됐다니까."

"아참, 내 정신 좀 봐. 부처님께 하직 인사도 안 드리고 차를 탔어요. 처사님, 잠깐만 기다려주셔요."

"그냥 차 안에서 하시면 되잖아요."

정 처사가 면박을 주자, 박 행자는 차 안에서 법당을 향해 합장을 했다. 그러자 박 행자의 합장이 마치 출발의 신호라도 되는 것처럼 승합차는 절을 곧 떠나버렸다.

어느새 절에 가득찼던 안개는 말끔히 걷혀버리고 없었다. 그러나 호수쪽은 아직도 홑이불 같은 안개에 덮여 있었다. 해가 좀더 떠오르고 수면에 햇살이 떨어지기 시작하면 엷은 홑청 같은 안개도 개어지고 말리라.

승 행자는 방으로 돌아온 뒤, 박 행자의 말을 좀더 생각해 보았다. 박 행자의 말 중에는 옳은 부분도 있었다. 자신이 아기에게 마치 보상이라도 하려는 듯 집착하고 있다는 점도 그렇고, 아기의 운명을 책임질 수 있느냐는 점도 그랬다. 물론 아기를 부처님으로 키우겠다는 자신의 동기가 순수함에도 불구하고 이런저런 이유로 아기가 커가면서 불행해진다면 그 책임은 자신에게도 있을 것이었다.

그렇다면.

아기를 낳아도 업이 되고, 낳지 않아도 업이 아닌가. 그것이 선업이 될지 악업이 될지는 모르지만.

순간, 승 행자는 미궁으로 떨어지는 느낌이 들어 당황을 하였다. 바위처럼 버티었던 자신의 의지가 흔들리고 있는 것이었다.

아기가 태어나 세상의 축복을 받지 못한 채 고통을 받고 고독해진다면 그것은 나의 책임이 아닌가. 박 행자가 걱정을 한 이유는 바로 그 점일 것이었다.

'아비 없는 후레자식.'

세상 사람들이 그렇게 손가락질할지도 모른다.

'비구니가 숨겨둔 자식.'

이렇게도 오해를 하여 수군거릴지도 모른다. 그렇다면 아이에게는 얼마나 큰 상처가 될 것인가. 아이는 평생을 누군가를 원망하고 자신을 학대하며 보낼지도 모르는 것이다.

아. 그러나 그러나.

승 행자는 고개를 흔들며 일어났다. 벌떡 일어나 합장을 하며 다짐을 하였다. 혹독한 행자시절에 무엇을 배웠던가. 모든 생명에는 불성이 있다고 하지 않았던가. 이 세상의 모든 것에는 부처의 성품이 깃들어 있다고 하지 않았던가. 꾸물거리는 개미 한 마리에도, 더러운 구더기 한 마리에도, 생명 없는 빗방울 하나에도, 가느다란 풀잎 하나에도 부처의 성품이 있다고 하였던 것이다. 그런데 하물며 인간의 생명 속에 부처의 성품이 어찌 없을 것인가.

아기를 죽이는 것은 부처를 죽이는 것이리라.

나는 부처의 길을 따르겠다고 행자생활을 이겨내지 않았던가.

승 행자는 석가모니 부처의 어머니 마야 부인을 생각하고는 눈물을 흘렸다. 마야 부인은 룸비니에서 석가모니를 탄생시키고는 이레 만에 자신의 목숨을 잃었던 것이다. 석가모니를 죽여 꺼냈다면 자신의 목숨은 구할 수 있었겠지만 자신의 목숨을 돌보지 않고 옆구리를 절개하여 석가모니를 살려냈던 것이다.

룸비니.

현재 지명은 네팔의 룸민디.

룸비니는 마야 부인의 친정 어머니 이름에서 따온 지명으로 데바다하 성(天臂城) 부근의 보리수가 우거진 숲이었었다. 당시 석가족의 마을 카필라바스투(迦毘羅城)에서 숫도다나왕과 결혼하여 왕비가 되었던 마야 부인은 산월이 되어 친정이 있는 데바다하 성으로 가던 길이었다고 한다.

그것은 친정에서 산후 조리를 하기 위해서였다. 그런데 마야 부인은 친정 어머니가 기다리고 있는 데바다하 성(城)에 못 미쳐서 심한 분만의 통증으로 출산의 터를 잡아야만 했던 것이다.

그 터가 바로 룸비니.

석가모니 부처가 탄생한 곳으로서 불교의 4대 성지 중 하나가 되어 수많은 참배객들이 오늘에도 끊이지 않고 있는 곳이다. 실제 역사의 기록에도 참배객들이 의미있게 등장하고 있다. 그 기록 중에 최초의 참배객으로는 인도를 통일했고 천민 출신으로서 불교를 신봉했던 아쇼카 대왕을 들지 않을 수 없을 것이다.

그는 인도의 불교 성지를 순례하면서 야자수 모양의 돌기둥을 세우곤 하였었는데, 룸비니에도 들러 그 흔적을 남겨 오늘에 전하고 있다. 아쇼카 대왕의 명(命)에 의해 룸비니에 세워진 탑 같은 돌기둥, 그 반질반질한 겉면에 새겨진 넉줄 반의 비문은 이렇다.

'신들에게 사랑받는 인자한 왕(아쇼카 대왕)은 즉위 20년에 몸소 와서 예배드렸다. 이곳은 불타(佛陀) 석가모니께서 탄생하

신 곳이므로 돌을 깎아 마상(馬像)을 만들고 돌기둥을 세우도록
하였다. 이곳은 세존이 탄생하신 곳이므로 땅세를 감면, 8분의 1
세만 부과한다.'

이후에는 서기 405년 〈불국기〉의 저자 법현이 순례길에 찾아
와 그곳의 사정을 이렇게 기록하고 있다.

'가유라위 성(迦維羅衛城) 동쪽 50리에 왕원(王園)이 있는데
그 이름을 논민(論民)이라고 한다. 마야 부인이 못에 들어가 세
욕(洗浴)을 하고 나와 북쪽으로 스무 걸음 걸은 뒤 나뭇가지를
잡고 동향하여 태자를 낳았다. 태자는 태어나자마자 일곱 걸음
을 걸었으며 두 용왕이 태자에게 다가와 목욕을 시켜 주었다. 이
욕처(浴處)인 못은 나중에 우물로 만들었으며 지금도 승려들이
식수로 사용하고 있다.'

갓난아기인 태자의 목욕물로 사용됐다는 못이 구법승 법현이
그곳을 찾아갔을 때에도 있었다는 것이다. 그리고 태자의 탄생
지를 지키는 승려들이 기거하고 있었고. 물론 여기서의 논민이
란 룸비니의 음역(音譯).

이후에 또 현장이 찾은 때는 서기 633년.

현장은 좀더 세밀하게 룸비니를 묘사하고 있다. 못은 물이 맑
아 거울과 같고, 온갖 꽃이 다투어 피고 있으며 아쇼카 대왕이
세운 돌기둥이 있고, 두 마리의 용이 태자를 목욕시킨 곳이라고
서술하고 있음이다. 뿐만 아니라 두 마리의 용은 허공에 머물러
한마리는 찬물을, 또다른 한마리는 따뜻한 물을 내뿜었다고도
기록하고 있다. 오늘날로 치면 온수와 냉수를 내뿜는 샤워기를
두 마리의 용이 대신한 셈이다. 위와 같은 연못 말고도 마야 부

인이 태자를 분만하고 난 후 목욕을 했다는, 동남쪽으로 흐르는 시냇물인 유하(油河)까지 기록하고 있으며, 아쇼카 대왕의 돌기둥이 벼락을 맞아(현장은 악룡의 벼락 같은 큰 소리에 부러졌다고 표현하고 있음) 중간에서 꺾이어 상단의 마상(馬像;실제로는 사자상임)이 보이지 않고 있다는 것까지 자세히 기록하고 있는 것이다.

그리고 1천2백여 년 동안 룸비니는 정글 속에 묻히고 만다. 태자의 탄생지라 하여 그곳을 지키던 승려들도 어느덧 하나 둘 자취를 감추고, 주인 잃은 그곳은 정글의 무성한 숲과 덩굴들에 의해 사라져버린 것이었다. 1896년에 인도 정부의 관심으로 고고학자 휼러가 네팔의 영토가 된 그곳으로 들어갔을 때도 여전히 무성한 정글이었다고 한다.

물론 그때의 지명은 룸비니의 근대어인 룸민디.

기름이 떠 흘렀다는 유하는 어느새 티랄 강으로 바뀌어져 있었고. 그러나 그곳이 룸비니라는 결정적인 단서가 된 것은 아쇼카 대왕의 돌기둥인 석주(石柱)였다. 그 돌기둥은 현장이 보았던 대로 벼락에 꺾이어 아랫부분만 남아 있었지만 다행히 넉줄 반의 비문을 볼 수 있어 그곳이 태자의 탄생지라는 사실을 입증할 수 있었던 것이었다.

최근에는 1966년 UN 우탄트 사무총장이 방문을 하여 '룸비니 개발위원회'가 결성되고 난 후 성지로서 그 모습을 되찾아가고 있는데, 참배객들은 날이 갈수록 밀물처럼 몰려들지만 아직도 공사는 자금난을 겪으면서 느리게 느리게 계속되고 있는 형편이라고 한다.

아무튼 태자의 탄생을 상징하는 탄생불(誕生佛)을 보면 갓난 아기가 직립하여 걸으면서 약간은 장난기를 보이며 한손을 번쩍 치켜들고 있는 모습이다. 왜 그런 모습일까. 승 행자는 탄생불의 그런 모습에 몹시 궁금했던 적이 한두 번이 아니었다.

태자는 그렇게 손을 들고서 일곱 걸음을 한발짝씩 걸으며 천상 천하 유아독존(天上天下 唯我獨尊)이라는 말을 했다고 한다. 우주 가운데 나야말로 더없이 존귀한 존재라는 뜻. 그런 의미를 함축하여 손을 치켜들지 않았을까. 얼마나 한 인간의 생명을 존중했으면 걸음마도 아직 힘든 갓난아기를 통해서 그렇게까지 표현했을까.

'그런 아기를 떼어내려고 하다니.'

승 행자는 힘껏 도리질을 하였다.

태어나자마자 강조했던 부처님의 간곡한 당부를 무너뜨릴 수는 없었다.

나는 무슨 일이 있더라도 아기를 낳아 부처님으로 키워야 한다. 그것만이 비록 파계는 하였지만 불도의 길을 걷는 도리이리라.

조용한 절에 잠시 소동이 일어났다. 저녁 공양을 준비하고 있는 시간이었다. 정 처사가 몰고 간 승합차가 한번도 그런 일이 없었는데 바로 요사채의 주지실 쪽으로 달려가 멈추고 있었다. 따라서 승 행자는 삼십여 걸음쯤 떨어져서 볼 수밖에 없었다.

정 처사의 목소리가 다급했다.

"주지스님, 주지스님."

정 처사의 옷은 물에 흠뻑 젖어 있었고, 금세 달려나온 비구니

스님들이 승합차 꽁무니 쪽으로 몰려들었다.

"스님, 담요 좀 갖다 주세요."

어느새 원주도 달려와 정 처사를 거들고 있었다.

열려진 승합차 뒷문으로 들어가 정 처사와 비구니 두 명이 무언가를 급하게 끌어내리고 있는 게 보였다. 정 처사와 비구니들에게 들려진 것은 담요로 둘둘 말려져 있었다.

승 행자는 곧 짐작할 수 있었다.

그것은 자살하려고 호수에 뛰어든 사람임이 분명했다. 가끔 그런 일이 있다고 주지스님한테서 들었던 것이다. 실제로 지금 선원에서 정진을 하고 있는 비구니 중에도 그런 과거가 있는 스님이 있었다.

아마도 호숫물이 말라서 호수가 사라지지 않는 한 이러한 사건은 결코 끊어지지 않을 것이었다. 이 세상이 사바세계임을 증명이라도 하듯. K시가 호수를 식수원으로 이용하는 한 자살을 방지하겠다는 명분만으로는 결코 그것을 없애지 못할 것이었다.

승 행자는 누구에게 시키지 않고 스스로 미음을 준비했다. 그러면서 부모미생전(父母未生前)이라는 불가에 전해내려 오는 말을 떠올려 보았다.

'부모님 몸을 빌어 태어나기 전에 나는 누구였을까.'

'그때도 나의 성과 이름이 지금과 같았을까.'

아닐 것이다.

분명히 말해서 아닐 것이다. 지금이 나의 참모습일까, 부모를 만나기 전이 나의 참모습일까.

지금 담요에 말려 방에 뉘여진 저 사람도 마찬가지다. 저 사람

나름대로 참모습이 있을 것이다. 적어도 자살하려고 호수에 뛰어든 저 모습이 참모습은 아닐 것이다.

불가에서는 무슨 예를 들 것도 없이 깨달은 모습, 즉 부처의 상태를 참모습으로 보고 있다. 부모한테서 받은 몸이란 진짜 살아 있는 목숨이라고 할 것 없는 미망의 중생일 뿐, 그러므로 저 사람이나 나나 번뇌투성이인 중생. 저 사람이나 나나 진짜의 모습이 아니라 미망의 허상인 것이다.

찹쌀과 녹두가 섞여 푹푹 끓어갈 즈음 정 처사가 툴툴거리며 부엌으로 들어왔다. 호수로 들어가 헤엄을 친 듯 소나기 맞은 사람처럼 옷이 흠뻑 젖어 있는 모습이었다.

"목숨을 구했군요, 처사님."

"그럼요. 하지만 제가 구한 것은 아닙니다. 구하러 뛰어든 사람들을 거들었을 뿐이지요."

"남잔가요, 여잔가요."

"여자예요. 그것도 아주 젊은 여자예요."

"젊은 여자라니요."

승 행자는 솥에 넣고서 휘휘 젓던 국자를 놓아버렸다. 그녀는 할일을 잠시 잊고 갑자기 멍해져버렸다.

"아니, 보살님. 아는 분이십니까."

"혹시."

"목에 십자가를 하고 있던데요."

"머리는요."

"단발이구요."

그래, 그 여자가 틀림없구나. 호숫가 산책길에서 가끔 만났던,

서울에서 내려와 여관에 투숙하고 있다던, 얼굴이 어두워 보였던 단발머리의 그 여자가 틀림없구나. 저 사람이 누구인지도 모르고 미음을 쑤었던 것인데 이것도 기연이구나.

"죽을 쑤고 있는 거 맞죠."

"네."

"하지만 저 여자는 지금 정신이 없을 겁니다."

"그러겠죠. 제 방으로 가져갔다가 밤중에라도 들고 가려구요."

어두워져버리면 공양간 출입은 누구라도 금지되어 버린다. 간식을 독약처럼 여기라는 선승들의 묵계가 선방에 전해져 내려오고 있기 때문이다. 그래서 승 행자는 저 방에 누운 사람이 누구인지도 모르고 지혜를 내어서 미리 미음을 쑤었던 것이다.

"역시 보살님은 다르십니다."

"다르긴요."

"주지스님께서 보살님 칭찬을 얼마나 많이 하시는데요. 왠만한 선방 수좌보다 더 낫다고 말입니다."

"지나친 말씀이네요."

승 행자는 미음을 바리때에 옮겨 담은 후 요사채의 자기 방으로 옮겨다 놓았다. 그런 다음에야 그녀가 누워 있는 방으로 갔다. 주지스님과 원주스님이 그녀의 머리맡에 앉아서 간호를 하고 있었다.

"보살이 웬일이야."

주지스님이 눈을 감고 있는 여자를 바라보고 있다가 고개를 들어 물었다.

"정 처사님 얘기를 듣고 왔습니다."

"쯧쯧. 무슨 번뇌가 그리 많아 이러는지. 나무 관세음보살."

여자는 생각보다 평온한 얼굴을 하고 있었다. 그녀의 목에 걸려 있는 십자가 목걸이가 승방임에도 이질적으로 보이지는 않고 있었다. 다만 원주스님이 십자가를 볼 때마다 난처한 표정을 짓곤 할 뿐, 주지스님 역시 그런 것에는 전혀 상관을 하지 않는 느낌이었다.

원주스님은 확실히 그런 상황을 빨리 벗어나고 싶은 듯 안달을 했다.

"경찰에 신고를 할까요. 주지스님."

"부를 거 없어요. 아무 일도 없을 테니까."

"우리 절에서 병간할 이유는 없지 않습니까. 저기 아랫마을에 교회도 있는데요."

"쯧쯧. 목숨을 살려내는 일인데 교회면 어떻고 절이면 어떤가. 답답하기는."

주지스님이 혀를 차는 소리에 여자가 눈을 반쯤 뜨고 있었다. 그러더니 차츰 눈을 크게 뜨고는 한동안 멍하니 있다가 눈가에 눈물을 비쳤다.

아, 아무 탈이 없구나.

승 행자는 안심을 하며 합장을 했다. 그러자 여자가 승 행자를 단번에 알아보고는 고개를 끄덕거리는 시늉을 했다. 원주가 몹시 놀라는 표정을 지으며 승 행자를 보며 물었다.

"아는 분이군요."

"네, 초면은 아니죠."

주지스님도 고개를 끄덕거렸다.

"그럼, 지금부터는 보살이 간호를 하세요. 안면이 있다니 평상심을 되찾는 데 도움이 될 테니까."

주지와 원주가 나간 뒤에 승 행자는 여자의 손을 꼭 잡아 주었다.

"아무 걱정 말고 어서 힘을 내세요."

"다시 만났군요."

"깊은 인연인가 봐요."

승 행자는 미소를 지어 보였다. 힘을 조금씩 되찾고 있는 여자가 고마울 뿐이었다. 지난 번에 만났을 때 좀더 따뜻하게 대해주지 못한 것이 미안하기도 하였다.

"고마워요."

여자는 대답 대신에 힘없이 고개를 끄덕였다.

"미안하기도 하구요."

역시 고갯짓만 하였다.

"아무 걱정 말고 푹 쉬세요. 그럼, 힘이 날 거예요."

서너 시간이 더 지나서야 여자가 미음을 들고는 말을 하기 시작했다. 일단 말문이 터지자 숨김없이 자신을 드러내놓고 있었다.

"제 이름은 방문희라고 해요. 직업은 방송국 분장사구요. 집은 서울에 있어요."

"집에 연락을 대신 해드릴까요."

"그럴 필요없어요. 서울을 탈출해 왔는 걸요."

그녀는 서울을 무서워하고 있는 듯 몸서리를 쳤다. 갇혀 있다가 풀려나온 짐승처럼 진저리를 치고 있는 것이었다.

"여기서 무작정 있을 수는 없잖아요. 믿을 만한 친구를 알려주면 제가 연결을 시켜줄게요. 물론 비밀을 지켜드릴 것이고."

"소용없어요."

"정말 보호자가 없는가요."

"보호자, 이제 저밖에 없어요."

그녀는 느닷없이 비웃음 같은 것을 흘리고 있었다. 승 행자는 뜻밖에 한대 얻어맞은 느낌이었다. 그녀는 배신만 당해온 사람처럼 불신감에 사로잡혀 있었다. 그런 그녀의 귀에다 대고 말을 하고 있으니 비웃음을 흘릴 만도 했다.

"부모가 있냐구요, 물론 있지요. 하지만 날 버린 지 오랜걸요. 친구가 있냐구요, 물론 있지요. 하지만 이런 비참한 꼴을 보이기 싫군요. 애인이 있냐구요, 물론 있지요. 살다가 헤어진 남자들이 서너 명 되죠. 하지만 다시 만나고 싶은 사람은 없어요. 다만."

"다만이라뇨."

승 행자는 그녀가 참으로 불편한 여자라는 것을 느꼈다. 이야기를 하는 게 아니라 무언가 밀고 당기며 대결을 하는 기분이었다.

갑자기 승 행자는 부아가 치밀었다. 그녀의 비뚤어진 자존심을 꺾어주고 싶었다. 그녀가 호수로 뛰어든 것은 바로 그 비뚤어진 자존심 때문인 것 같았다. 망가져가는 자존심을 바라보고 있자니 자신이 비참해져서 호수로 뛰어든 것이 아닌가도 싶은 것이었다.

그렇다면.

그런 자존심이라면 비난받아 마땅했다. 방문회의 오만과 편견, 그런 맹독을 무엇으로 씻나. 오만과 편견의 독성이 점점 퍼져 생가지처럼 풋풋해야 할 그녀의 삶이 시들시들 죽어가고 있는 것이다. 사람들과의 관계가 깊어지지 못하고 고립되어 있는 것도 그녀의 오만과 편견 때문이 아닐까. 자살을 쉽게 선택한 것도 겸손하게 기다리고 사랑해야 할 삶에 대한 오만과 편견의 결과가 아니고 무엇일까.

"문희 씨."

"네."

"저는 부처님을 닮으려고 힘쓰고 있어요. 문희 씨는 하느님을 닮도록 노력해 보세요."

"나같은 여자가 말인가요."

"문희 씨가 어때서요. 불교에서는 나를 버리라고 하죠. 이 말은, 오만하고 편견에 사로잡힌 나를 버리면 지혜로운 부처님이 될 수 있다는 얘기죠. 오만과 편견은 사람의 눈을 어둡게 하는 어리석음이니까요. 먼지를 닦아내면 밝고 맑은 거울이 드러나듯, 오만과 편견의 나를 버리면 본래의 지혜로운 나를 되찾을 수 있어요. 이게 불교 신자들이 믿는 행복을 찾는 방법이고 지름길이죠."

"하느님은 예나 지금이나 이 세상에서 가장 밝고 맑은 거울 같은 분일 거예요."

"부처님도 그런 분이에요."

잠시 후에는 방문희가 무엇이 짚히는 듯 망설이지 않고 물었다.

"혹시 최림이란 이름, 들어보셨나요. 절에 계시니까 아실지도 모르겠네요. 어디서 탑을 공사하고 있다는 말을 들었어요."

"지금 최림 씨라고 했나요. 그 사람이 보호잔가요."

"아니요. 과거에 다 끝난 사이예요."

승 행자는 기가 막히고 소스라치게 놀랄 수밖에 없었다. 바로 오늘 호수에 빠져 자살하려고 했던 여자의 입에서 최림이라는 말이 흘러나오다니, 순간 승 행자는 찌르르르 감전이 되는 느낌이었다.

화들짝 놀라는 승 행자를 쳐다보던 방문희는 뭔가 알겠다는 듯이 고개를 끄덕였다. 그리고는 차분히 가라앉은 목소리로 말을 시작하였다.

"제가 만난 남자 중에 가장 욕심이 많은 사람이었어요. 하지만 괜찮기도 하고."

"최림 씨를 찾고 있나요."

"찾지 않아요. 최고의 걸작 건축물을 남기겠다는 욕망뿐인 남자죠. 그밖에는 아무 것도 관심을 두지 않는 남자니까요."

"잘 아시는군요."

"한때 제 애인이었죠."

승 행자는 입을 다물었다. 그리고는 방을 나와 버렸다. 하늘에는 별들이 홍보석처럼 박혀 반짝이고 있었으며, 멀리 캄캄한 허공에다 별똥별이 죽죽 노란 선을 그어대고도 있었다.

승 행자는 방문희와의 첫만남에 대해서 정리를 해보았다. 그러고 보니 이 암자는 무슨 간이역 같은 느낌이 들었다. 지웅의 소개로 이 암자에 머문 후, 처음에는 미소사에서 함께 행자 교육을 받았던 박 행자를 만났으며, 지금은 최림의 한때 애인이었다는 방문희를 만나고 있는 것이다. 그밖에도 주지스님과 정 처사, 원주스님, 공양간에서 행자생활을 하고 있는 행자들… 선방을 보러 순례길에 들렀다 간 수많은 비구니들과 신도들도 알게 모르게 승 행자와의 만남이 이루어져온 것이다.

어디 그뿐인가.

물결이 찰랑거리는 호수, 그 호수면에서 배드민턴의 셔틀콕처럼 튀어오르는 흰 물새들, 호숫가의 벤치, 그리고 이른 새벽이면 몰려와 절을 덮는 홑이불 같은 안개, 늠름한 낙락장송, 달을 건진다는 제월당, 마음의 얼룩을 씻는다는 세심당 등등의 무정물과도 이미 깊은 인연을 맺은 것이다.

오! 밤기차여

두번째의 인도 여행임에도 적음은 대인기피증에 걸려 있었다. 자신의 손가락을 자르면서까지 무사처럼 무섭게 정진했던 그였지만 낯선 외국에서는 소용없었다. 특히 역광장을 지나칠 때는 어디로 납치나 되지 않을까 하고 조바심이 나기도 하였다. 다행히 낮보다는 밤이 되면 그런 증세가 덜하기는 했지만. 또한 인력거꾼 기나락 씨가 안내를 해주고는 있지만.

확실히 밤의 역광장은 번잡하고 소란스럽기가 낮보다는 덜했다. 그러나 낮에 보았던 소란스러움이 아주 사라져버린 것은 아니고 그 기세가 좀 꺾여 있을 뿐이었다. 허기를 채우려 무를 씹는 사람들, 대나무봉을 들고 순찰하는 경찰들, 거적을 질질 끌고서 잠자리를 찾아 흐느적거리고 있는 사람들, 뼈만 남은 것 같은 거지 아이들, 눈을 희번덕거리는 불량배들, 쓰레기 더미를 뒤지고 있는 더러운 흰소나 개들 등등이 광장을 한가득 메우고 있는 것이었다.

적음은 밤기차를 타고 난 뒤에야 안심을 했다. 이등 열차의 침대칸 자리를 받아 다리를 뻗고 난 뒤에야 한숨을 돌릴 수 있었다. 광장은 광장대로 플랫폼은 플랫폼대로 사람들로 질서 없이 뒤엉켜 있었는데, 적음은 그런 사람들의 무리에서 비로소 떨어져나온 느낌이었다.

침대칸을 구할 수 있었던 것은 그나마 행운이었다. 인력거꾼 기나락 씨가 웃돈을 얹어 역직원에게 수완을 발휘한 덕분이었다. 기나락 씨는 여전히 플랫폼에 서서 뭔가 아쉬운 얼굴을 하고 있었다.

마음 같아서는 정표로 팁을 더 쥐어쥐고 싶지만 솔직히 열차칸에서 내려가기가 겁이 났다. 그렇다고 해서 창문을 내릴 수도 없었다. 차창은 원래 여닫게 되어 있는 구조였지만 먼지가 덕지덕지 뭉치로 끼어 꿈쩍을 안하는 것이었다.

인력거꾼 기나락 씨가 아쉬운 표정을 계속 보내고 있지만 어쩔 수 없는 노릇이었다. 반사적으로 소리쳐 보았지만 차창 밖으로 적음의 목소리가 새어나갈 리 만무했다.

'잠깐 들어와요. 어서.'

그러나 기나락 씨는 순찰하는 경찰이 대나무봉으로 툭툭 건드리는 바람에 저만큼 밀려났다가 다시 다가서곤 할 뿐이었다. 경찰들은 한눈에 뒤엉켜 있는 무리 중에서 승객과 짐꾼과 인력거꾼을 분별해내는 모양이었다.

'위험, 위험해. 저리 비켜.'

열차가 출발하려 하자 경찰들이 더 큰 동작으로 설치고 있었다. 그러자 기나락 씨는 울상을 지으며 달리는 열차 방향을 향해 쫓아오고 있었다. 마치 헤어지기 싫은 사람과 생이별을 하는 것처럼.

적음은 한 경찰의 우스꽝스런 몸짓에 기나락 씨를 생각해서라도 그래서는 안 되는데 그만 피식 웃음을 짓고 말았다. 그 경찰은 남루한 카키색 제복을 입고 있었는데, 겨드랑이 부분의 천을 바늘로 엉성하게 짜깁기하여 손을 쳐들 때마다 그곳의 맨살이 보이곤 하였다.

이윽고 열차는 정시보다 20여 분이 지나서야 슬슬 움직이기 시작하였다. 광장의 모든 것들을 뒤로 한 채 서북쪽으로 서행을 하였다.

광장의 모든 것.

사람들 말고도 퀴퀴한 냄새와 지독한 먼지들과도 헤어지고 있는 것이었다. 소똥 냄새, 인도인들이 풍기는 특유의 향신료 냄새, 시궁창 냄새, 땀이 썩고 있는 냄새, 최루 연막 같은 먼지 등등과 멀어지고 있는 느낌이었다.

그러나 그것은 적음의 희망사항일 뿐 오산임이 금세 드러났다.

여유를 가지고 침대칸을 둘러보았을 때 적음은 열차 안에도 인도의 냄새가 짙게 배어 있다는 것을 깨달았다. 침대칸을 차지하고 있는 승객들 모두가 인도인이었으므로.

다만 열차가 속도를 내어 달리고 있을 무렵, 배낭을 멘 한 여자가 적음의 맞은편으로 찾아왔는데, 그녀가 유일한 외국인으로서 일본 여자였다. 여자는 불교신자인 듯 적음에게 합장의 예를 올리고 있었다.

침대칸은 말이 침대이지 딱딱한 선반이나 다름없었다. 베개나 침구는 물론이고 모포 같은 것이 전혀 준비되어 있지 않았다. 하나의 객실 몸체를 마디벌레로 치자면 한 마디마다 여섯 개의 선반 같은 침대가 설치되어 있었다. 여섯 개를 다시 나누자면 통로를 사이에 두고 한쪽은 이층침대가 두 개, 다른 한쪽은 이층침대 하나가 고정되어 있었다.

적음은 이층침대가 두 개인 쪽에서 일본인 여자와 마주보고 있는 형국이었다. 어쨌든 호텔 싯타르타가 있는 가야(Gaya)까지 가려면 밤열차를 적어도 8시간쯤은 타고 가야 할 것이었다. 그곳 시간으로 아침 6시나 7시에 열차가 도착될 것이기 때문이었다. 잠이 금세 올 것 같지는 않았다.

적음은 어두운 차창 밖을 응시했다. 열차는 그야말로 완벽하게 어두운 대지를 달리고 있었다. 검은 숯무더기 같은 어둠속에서 드문드문 보이던 불티 같은 불빛의 점들도 이제는 보이지 않고 있었다.

대지의 기온이 뚝 떨어진 듯 인도인의 승객들은 두꺼운 옷을 꺼내 이불처럼 덮고 있었다. 적음은 나침반을 꺼내어 확인해 보았다. 나침반은 다용도 계기(計器)로서 고도계와 또 다른 면에는 온도계가 부착된 것이었다. 서울에서 출발하기 전날 대형문구점에 가서 준비해온 여행 물품이었다.

고도 : 200m
온도 : 7도
밤기차가 달리는 방향 : 서북쪽

열차가 간이역을 몇 개 지나치고 있을 무렵 적음은 인도인들이 덜덜 떨고 있는 것을 이해하였다. 그것은 심한 일교차 때문이었다. 한낮의 기온이 35도인데 밤기온이 7도라면 일교차가 무려 28도나 되는 것이었다. 게다가 달리는 열차 안의 온도는 식어버린 대지에 수분의 증발현상처럼 온기를 빼앗기기 때문에 더 내려가 있지 않을까도 싶은 것이었다.

사실, 어느새 적음도 어깨가 먼저 으실으실해지는 것을 느꼈다. 일본인 여자도 추운지 베개처럼 베고 있던 배낭을 풀어 옷가지를 꺼내 반팔 위에 두꺼운 점퍼를 껴입고 있었다.

더구나 문이 잘 닫혀지지 않는 출입문에서는 싸늘하게 냉각된 대지의 밤 바람이 계속 쏟아져 들어오고 있었다. 출입문 밖의 객차 사이는 아예 셔터가 내려져 있었는데, 그것은 기차표만 가지고 침대칸으로 들어오려는 얌체 승객들을 막기 위해서 그런 방책을 세운 것이라고 열차 차장이 일러주었다.

차장은 셔터의 열쇠를 가지고서 여러 객실을 오가고 있는 듯했다. 그런데 그는 머리에 붕대를 감은 채 제복을 입고 있었다. 그리고 그의 너덜너덜한 제복 가슴에는 훈장 같은 메달이 달려 있었다.

적음은 가부좌를 틀고 기도를 하였다.

'저의 은사인 법상 스님께서 부처님의 성소를 순례하고 있습니다. 그러기를 벌써 8년째입니다. 성지순례단에 참가하여 한번 주마간산으로 둘러보고 마는 스님들과 비교하자면 이해할 수 없는 일입니다. 그것도 들리는 소문에 의하면 부처님이 팔십 평생을 길 위에 계셨듯 우리 스님께서도 그렇게 순례하고 있다는 것입니다.

소승 적음은 스승을 찾아나섰습니다. 반드시 법상 스님을 찾아 또 하나의 화두를 받아 더욱더 정진하려고 합니다. 또한 법상 스님의 명예에 누가 될지도 모를 비화 하나를 확인해 보고자 합니다. 법상 스님께서 화두로 주신 적음, 즉 적(寂)자 음(音)자의 경계는 감히 체득한 것으로 믿는 바, 이제 또다른 하나의 화두를 받아 정진하는 것이 사문(沙門)의 길 아니겠습니까.

뿐만 아닙니다. 우리 스님은 조선의 달마이십니다. 저는 그렇게 믿고 있습니다. 현존하는 어떤 고승도 우리 스님의 도력에는 미치지 못할 것입니다. 부처님의 선지(禪旨)가 중국으로 건너가 달마에서 혜가, 승찬, 도신, 홍인, 혜능, 남전, 조주, 임제로 이어지다가 다시 조선으로 건너와 보우, 청허, 서산, 경허, 만공, 성철에서 우리 스님에게로 이어졌다고 봐야 할 것입니다.

이런 분에게 세속의 티가 있다니 저는 믿어지지가 않습니다. 그래서 소승 적음은 스승의 명예를 지키고자 이렇게 인도로 나선 것입니다. 스승의 명예가 불도의 명예도 되기 때문입니다. 스승의 얼룩은 불도의 얼룩도 되기 때문입니다. 우리 불가를 위해서도, 아니 우리 나라가 낳은 성인을 위해서도 법상 스님의 명예는 지켜져야 되지 않겠습니까.'

적음은 어깨에 얼음장이 올려진 듯하여 잠시 기도를 멈추었다. 달리는 열차의 냉기로 인하여 몸의 체온이 달아나 얼어가고 있는 느낌이었다. 그러나 적음은 아무런 대책이 없었다. 그저 웅크리고서 밤을 세우는 수밖에 달리 도리가 없었다. 이따금 나타나는 머리에 붕대를 감은 차장처럼 술을 마셔 추위를 견디었으면 좋겠지만 승려 신분으로 그럴 처지도 못 되었다. 일본인 여자도 추위를 참지 못하겠는지 자꾸 몸을 뒤척거리고 있었다.

차창 밖은 여전히 심연 같은 어두움뿐이었다. 시간이 정지되어 버린 것 같은 캄캄한 어두움이었다. 이 세상에서 가장 크고 깊은 어두움 같기도 하였다. 밤기차는 바로 그런 어두움 속을, 어디가 어딘지 이정표 하나 보이지 않으므로 도무지 분간할 수 없는 지점을 덜컹거리며 달리고 있었다.

덜컹덜컹. 덜커덕 덜컹.

유일하게 들려오는 레일과 밤기차 간의 금속성의 마찰음이었다. 열차가 낡아서 그런지 레일이 낡아서 그런지는 알 수 없으나 열차는 비포장도로를 달리는 버스처럼 어느 곳에서는 심하게 요동을 치며 덜커덩거리며 달리는 것이었다.

이층침대에서 숄을 둘러쓰고서 자고 있던 인도인 하나가 굴러 떨어지기도 하였다. 깜짝 놀라 그를 바라보았으나 그는 다친 데가 없는 모양이었다. 커다란 눈을 두리번거리더니 이층으로 오르는 사다리를 붙잡고 있었다.

불평을 하지 않는 게 인도인의 특징인지 모른다.

침대칸이면서도 모포는 물론이고 침구류 하나 갖추어져 있지 않은 것을 보고도 차장에게 불평을 하는 인도인 승객은 아무도 없다. 침대에 누워서 상체를 칙칙한 숄이나 옷가지로 가린 채 꼼짝을 않고 있는 것이다.

쿵 소리에 놀라 달려온 사람은 차장이었다. 모두 누워 있자 적음에게 다가와 물었다.

"코리안, 프로블렘.(한국인입니까. 무슨 문제가 있습니까.)"

적음은 영어로 어색하게 말했다.

"사우스 코리안(남한 사람입니다), 노 프로블렘(아무런 문제가 없습니다.)"

그러자 이미 술에 취해버린 차장이 비틀거리며 아주 반갑게 큰소리로 떠들었다. 머리에 감고 있는 붕대가 벗겨질지도 모를 만큼 고갯짓을 크게 하면서 소리치고 있었다.

"오. 올림픽 호키, 호키."

올림픽 호키라니, 호키가 무슨 말인지 몰랐으므로 적음은 흐느적거리는 차장을 뚫어지게 바라보았다. 그러자 그가 자신의 가슴에 달고 있는 메달을 가리키며 더 큰소리로 '호키'를 연발했다.

그러고 보니 메달에는 하키 경기의 상징이 양각되어 있었다. 또한 놀랍게도 거기에는 88서울 올림픽이라는 글자도 새겨져 있었다.

"오. 하키."

"야쓰(예)."

직접 하키선수로 참가하여 받은 메달인지, 아니면 하키광(狂)인 자신을 드러내기 위해 88서울 올림픽의 기념 메달을 사서 달고 다니는 것인지는 알 수 없었다. 선수라면 대체로 20대의 나이겠지만 외모만으로는 인도인의 나이를 종잡을 수 없기 때문에 더욱 분간이 안 되는 것이었다. 차장의 외모도 이빨까지 하나 빠진 데다 살갗이 마른 과일처럼 쭈글쭈글하였다.

"오. 코리안, 호키 호키 호키."

그러나 적음은 차장의 수다가 술주정에 가까웠으므로 더 이상 대꾸를 안했다. 그러자 차장은 실망한 얼굴로 곧 다음 칸으로 건너가버렸다.

적음은 다시 기도를 하였다.

'삼세(三世)에 두루 계신 부처님이시여.

사문 적음이 법상 스님을 찾고자 하는 이유는 또 있습니다. 사문 역시도 부처님 법을 따르고자 출가한 승려이옵니다. 어찌 다른 도반들처럼 부처님의 여로에 대해서 관심이 없겠습니까. 어찌 부처님의 여로를 순례하고 싶지 않겠습니까. 부처님이 탄생하신 룸비니에서부터 성도하신 보드가야, 불법을 펴신 기원정사가 있는 발람푸르, 열반에 드신 쿠쉬나가라 등등의 성지로 가서 부처님을 발견해보고 싶사옵니다. 그게 어렵다면 사문 적음은 부처님의 흔적이라도 만나보고 싶사옵니다.

부처님이시여,

〈왕오천축국전〉을 남긴 신라의 혜초 스님도 저와 같은 심정으로 부처님 땅을 순례한 것이 아니겠습니까. 혜초 스님 역시 부처님께서 탄생하신 룸비니로 가서 부처님께서 탄생하실 때 목욕수로 사용하셨던 연못의 물을 마셔 보고 법열에 잠기지 않았겠습니까. 부처님이시여, 사문 적음에게도 그런 감로수를 주시옵소서.

부처님이시여,

〈불국기〉를 남긴 옛 중국의 법현 스님도 저와 같은 심정으로 부처님 땅을 순례한 것이 아니겠습니까. 법현 스님 역시 부처님께서 성도하신 보드가야로 가서 부처님께서 정각을 이룬 보리수 그늘 아래 앉아 명상을 하고는 법열에 잠기지 않았겠습니까. 부처님이시여, 사문 적음에게도 그런 법열을 주시옵소서.

부처님이시여,

〈대당서역기〉를 남긴 당나라의 현장 스님도 저와 같은 심정으로 부처님 땅을 순례한 것이 아니겠습니까. 현장 스님 역시 부처님께서 열반하신 쿠쉬나가라에 도착하여 열반상 앞에서 합장하며 부처님의 열반을 목도한 아난처럼 눈물을 흘리지 않았겠습니까. 부처님이시여, 사문 적음에게도 그런 눈물을 주시옵소서.

삼세(三世)에 두루 계신 부처님이시여.

비록 법상 스님을 찾기 위해 부처님 땅을 밟고 있습니다만 이것 역시 출가의 큰 공덕이 아니겠습니까. 부처님의 여로를 따라 순례하는 동안 부처님의 가피로 불은(佛恩)을 내려주옵소서. 그리하면 사문 적음의 소망이 더 이상 없겠나이다. 인천(人天)의 스승이신 부처님이시여.'

적음은 기도를 하다 말고 다시 멈추었다. 일본인 여자가 갑자기 기침을 터뜨리고 있는 것이었다. 밖은 달도 뜨지 않은 밤이었고 열차 안은 냉동칸처럼 추웠다. 어깨의 근육이 굳고 뼈마디가 쑤실 정도로 열차 안은 냉골이었다.

또다시 차장이 출입문을 밀고 소음을 꼬리처럼 달고 들어왔다. 그는 여전히 술에 취해 몸을 잘 가누지 못하고 있었다. 그리고 엄지손가락을 내보이며 예의 그 '호키 타령'도 계속했다.

잠을 쫓기 위해 술을 마시는가.

심야에도 잠을 자지 않고, 말하자면 요령을 피우지 않고 불침번의 병사처럼 고지식하게 순찰을 하는 그였다. 머리에 붕대를 감아 곧 병원으로 가봐야 될 사람 같았지만 자신의 직무에 충실하고 있는 그였다. 적음은 그에게 별 기대를 하지 않고 모포 한 장을 부탁했다. 그러자 호키 호키, 하며 단번에 적음의 부탁을 들어주었다. 88서울 올림픽을 개최한 나라의 손님이 부탁하므로 특별히 들어준다는 것이었다.

그리고 그는 부탁을 하지 않았는데도 낡은 보온병을 들고 들어왔다. 물론 그 안에는 외국인의 커피 같은 음료수 짜이가 들어 있었고, 한잔에 5루피씩에 팔았다. 원래는 침대칸 열차 사이에서만 판매원이 팔도록 되어 있으나 차장이 봐주는 셈이었다.

적음은 모포를 콜록거리는 일본인 여자에게 덮어주었다. 자신은 짜이를 한잔 마셨다. 보온병만 깨끗했다면 맛이 더 좋았을 것이었다. 보온병은 뚜껑부터 잔에 이르기까지 때가 끼어 있었는데, 그나마 밤기차의 희미한 불빛이 그것의 더러움을 위장해 주고 있어 다행이었다.

아무튼 어묵 국물처럼 뜨거운 짜이를 마시고 나자 얼었던 몸이 좀 풀리는 느낌이었다. 더구나 빈속이었으므로 속이 풀리는 데는 그만이었다. 적음은 아예 빈병은 나중에 반납하기로 하고 짜이가 든 보온병 하나를 사버렸다.

나침반이 가리키고 있는 방향은 서북쪽에서 서쪽으로 바뀌었을 뿐, 200m인 고도나 7도인 온도는 서뱅골 주를 달릴 때나 비하르 주를 달릴 때나 마찬가지였다. 밤기차는 여전히 일정한 고도의 끝도 없는 평야를 달리고 있었다.

맞은편 여자가 또다시 콜록거리더니 눈을 뜨고 있었다. 모포가 덮여져 있는 자신을 발견하고는 열차가 출발할 때와 달리 수척해진 얼굴에 고마워하는 빛을 띠고 있는 그녀였다.

적음은 그런 그녀에게 합장을 했다. 그리고는 짜이를 권했다.

"아주 뜨거워서 속이 좀 풀릴 거요."

"고맙습니다. 스님."

여자는 잔이 지저분했지만 너무 맛있게 후후 불어가며 잘 마시고 있었다. 일본식으로 무릎을 꿇고 마시는 그녀의 얼굴을 비로소 적음은 자세히 보았다. 20대 후반으로 요즘 유행하는 배낭 여행족임이 분명하였다.

적음이 그녀의 팔목에 낀 단주를 보고는

"불교 신자군요." 하고 묻자 그녀는 합장을 하며 대답을 했다.

"하이(예)."

"어디로 가는 길이오."

"부처님 성지로 갑니다."

"학생이오."

"아니예요. 직장을 휴직하고 그냥 여행을 하고 있어요. 벌써 몇 번째 와보는 인도예요."

여자가 기침을 하는 바람에 적음은 더 묻지 않고 입을 다물었다. 직장을 휴직할 정도라면 대단한 여행광(狂)이라고 할 수 있었다. 아니면 조직에 몰두하여 희생하기보다는 자신의 개성을 살려 자유분방하게 사는 요즘 젊은 세대의 한 사람임이 틀림없었다.

여자는 짜이 한잔을 더 마시고는 묻지도 않았는데 자신의 이름을 밝히고 있었다.

"스님, 제 이름은 유키코예요."

"그렇군요."

"스님. 술 좀 드시겠어요."

여자는 무례하게 배낭 속에서 종이팩에 담긴 일본제 술을 꺼내 적음에게 내밀고 있었다. 물론 일본에서는 승려들이 신도 집에 초대되어 고기와 술을 먹는다는 얘기를 들어본 적은 있지만 그러나 적음은 한국 승려의 법도를 따르고 있는 수도승이었다.

젊은 유키코는 가냘퍼 보이는 외모와는 다르게 당돌하기 짝이 없었다. 적음에게 술을 거절당하자 혼자서 홀짝홀짝 마시고 있었다.

물론, 출가 전의 적음은 누구에게도 지지 않는 주량을 자랑했던 호주가였었다. 뿐만 아니라 여자와의 성 관계도 여러 번 맺어 애욕의 늪에 빠져보기도 하였던 것이다. 이를테면 설탕처럼 달콤한 세속의 쾌락에 깊이깊이 빠져들어가 보았던 것이다.

그러나 이제 그런 세속의 습(習)들을 아주 말끔히 씻어버렸다고 스스로 확신하고 있는 적음이었다. 그는 그런 확신을 다시 확인하면서 자신의 잘려진 손가락을 꼼지락거려 보았다. 출가 후, 적음은 부처님 앞에서 삭도로 자신의 오른쪽 엄지 손가락을 단지하면서 이렇게 맹세를 했던 것이다.

참선 정진할 결제 기간은 8년이다.

결제 기간 동안 망언을 하게 되면 입안의 혀를 잘라버릴 것이며, 또한 졸음을 이기지 못할 때에는 송곳으로 눈을 찔러버릴 것이며, 일주문을 벗어날 때면 다리를 스스로 부러뜨려 불구가 되어버릴 것이며, 애욕이 마음을 괴롭힐 때는 미련없이 성기를 잘라 없애버릴 것이다.

유키코는 거절을 하는 적음이 이상한 모양이었다. 모포를 덮어주고 짜이를 준 답례로 술을 꺼내어 대접하려는 것인데 적음이 단호하게 거절하고 있기 때문이었다.

"스님, 약한 술이에요."

"곡차를 끊은 지가 아주 오래됐습니다. 출가 전의 일이지요."

"죄송해요. 혼자만 마시게 돼서요."

"난 신경쓰지 마시오."

적음이 너무 근엄하게 말을 하자 유키코는 어두운 차창으로 돌아앉아서 종이팩에 담긴 술을 마저 비우고 있었다.

그때 또 차장이 다시 비틀거리며 다가왔다. 유키코가 마시는 술을 보자 그는 눈을 찡긋하며 불러주기를 기다렸다. 그러나 유키코는 콜록거리며 결코 그에게 술을 권하지 않고 있었다. 다시 잠을 자려고 배낭을 베개 삼아 불룩한 곳을 편편하게 두드리고 있는 것이었다.

"스님도 주무시죠."

"그렇잖아도 이제 한숨 눈을 붙여야겠습니다."

적음도 다리를 뻗고 누웠다. 그러자 차장이 어깨를 으쓱해 보이며 손을 흔들고는 이번에는 반대 방향의 출입문 쪽으로 사라져갔다.

문득, 적음은 법상 스님의 또 다른 비밀 하나를 떠올려 보았다. 그것은 자신만 알고 있는, 이번 여행의 동행자 최림에게도 발설치 않은 비밀이었다. 그러고 보니 그때 한 커피 숍에서 만났던 여자도 유키코와 나이 차이는 많이 났지만 분위기는 비슷했다. 낮에는 주로 음식을, 밤에는 술을 마시는 손님들로 북적거린다는 레스토랑에서 18년 전에 아르바이트를 했다는 여자였었다. 그 여자한테서 편지가 온 것은 한겨울이었다. 그때도 거리는 지금의 이 밤열차처럼 추웠다.

법상 스님에 관한 편지여서 적음은 모든 일을 제쳐놓고 그 여자와 만나기로 한 커피 숍으로 달려가지 않을 수 없었다. 두툼한 편지는 다소 감상적이지만 예의를 갖추려고 그런듯 정중하게 문장 끝마다 '입니다'의 문체로 씌어 있었다.

'스님께.

안녕하세요. 저는 18년 전에 음악대학을 다니면서 아르바이트를 하는 대학생이었습니다. 더 정확히 말씀드리자면 레스토랑에서 밤에 유시엽(柳始葉) 언니가 맡은 피아노 연주를 아르바이트로 보조하였던 여학생이었습니다. 지금은 평범한 30대 후반의 주부입니다.

스님께서는 아마 불쑥 18년 전의 일을 끄집어내려 하는 저의 편지를 보시고 몹시 의아해 하실지도 모르겠습니다. 그러나 18년 전의 일이 가끔 꿈에서도 나타나고 실제로 또한 저의 가슴 한 구석에 물혹처럼 남아 있어 부담스럽고 찜찜하기에 스님께 편지를 쓰기로 용기를 내었습니다.

18년 전에 제가 아르바이트를 했던 레스토랑은 지금도 주인이 바뀌지 않은 채 성업 중입니다. J구에서는 알 만한 사람은 다 아는, 피아노의 생음악 연주가 있는 명소이지요. 제가 일했던 레스토랑이 J구 거리에서 명소로 자리를 잡은 것은 어쩌면 다 저에게 아르바이트를 할 수 있도록 도움을 주었던 유시엽이라는 언니 때문일지도 모릅니다. 언니는 당시 최고의 재즈 피아노 연주자로서 무명의 레스토랑을 지식인들이 즐겨 찾는 인기있는 명소로 바꾼 장본인이기도 하답니다.

스님.

그런데 언니는 지금까지도 행방불명인 채 소식이 전혀 없습니다. 제가 아르바이트를 했던 그 시기부터니까 무려 18년이나 지난 셈이지요. 그래서 저는 스님께 이런 편지를 쓰고 있답니다. 당시 제가 조금만 신경을 썼더라면 제가 아닌 다른 사람에 의해서라도 유시엽 언니를 찾을 수 있었을 겁니다.

그러나 그때 저는 조금 찾는 시늉을 하다가 귀찮기도 하고, 또 더 이상 제 시간을 뺏기기가 싫어 방관해 버렸습니다. 무얼 찾는다는 것이 제 성정에도 맞지 않는 일이기도 하였구요. 그리고 부끄러운 고백입니다만 언니가 없으면 제가 보조연주자에서 메인 연주자로 승격되어 더 많은 돈을 벌 수 있다는 생각도 잠깐 동안이지만 해본 것도 사실이구요.

그때 저는 철이 없었던 게 분명합니다. 하지만 세상 일이란 그렇게 방관하고 싶다고 해서 마음대로 되지 않는다는 것을 최근에야 깨달았습니다. 그래서는 사람 도리가 아닌데 언니한테 방관했다는 빚진 기분을 문득문득 떨쳐버릴 수 없었으니까요. 스님, 그런 기분 있지 않습니까. 빚 갚을 기회를 자의반 타의반으로 잃어버리고 늘 마음속에 무거운 추(錐) 하나를 담은 것 같은 기분인 거 말입니다.

그래서 저는 18년이 지난 며칠 전에 그 레스토랑을 찾아가 보았답니다. 혹시나 언니가 나타나 다시 피아노 연주를 하고 있지 않나 하는 일말의 희망을 가지고 찾아가 보았답니다. 듣던 대로 레스토랑은 사람들로 북적거리고 있었고, 피아노도 그 자리에 있었습니다. 다만, 18년 전과 달리 언니 대신에 예복 차림의 남자 피아니스트가 연주를 하고 있을 뿐이었습니다.

마침 S대 교수 몇 사람도 18년 전과 다름없이 자리를 차지하고 있었습니다. 혹시나 하고 웨이터에게 S대 교수들이 있느냐고 물어보았던 것이지요. 그래서 저는 그 교수들에게 다가가서 법상 스님의 속가명(俗家名)을 대고 물어보았답니다. 그랬더니 한 교수가 너무도 친절하게 가르쳐주는 것이었습니다. "그 교수가 출가한 지 벌써 18년이 됐습니다. 법명이 법상이라고 하는데 아주 유명한 선승이라고 합니다." 물어본 김에 스님의 주소도 물어보았지요. "스님이 계신 곳을 알고 있습니까." "아니오. 만나러 갔다가 그의 상좌승만 보고 왔어요." "상좌승의 주소라도 가르쳐주세요." 이렇게 해서 적음 스님의 불이사(不二寺) 주소를 알게 되어 편지를 띄우게 된 것입니다. 물론 편지 한 장 띄운다고 해서 언니에게 진 빚이 갚아진다고는 생각지 않습니다. 스님의 도움을 받아 언니를 꼭 만나고 싶습니다. 저보다 5살 위였으니까 지금쯤 40대 초반의 여인으로 변하여 있을 것입니다.

제가 찾고 있는 유시엽 언니가 누구냐구요. 솔직히 말씀드려 그건 저도 잘 모른답니다. 밤이 되면 제가 아르바이트로 일하던 레스토랑으로 나와 피아노를 연주하고는 휑하니 사라져버렸다가 다음날 다시 나타나는 그런 언니였으므로 이런저런 긴 얘기를 단 한번도 나눌 기회가 없었기 때문입니다.

다만 연주 솜씨가 뛰어나 모든 손님들에게 인기가 있었고, 다른 밤무대에서도 몹시 탐을 내었던 것만은 자랑스럽게 말씀드릴 수가 있습니다. 재즈 피아노 연주는 아르바이트를 하는 제가 듣기에도 최고 수준급이었으니까요. 언니의 연주에는 푸른 슬픔이 언제나 묻어 있었지요. 푸른 슬픔이 어떤 슬픔이냐고요. 물이 깊어지면 푸르러지듯 깊은 강물 같은 슬픔을 저는 푸른 슬픔이라고 부른답니다. 손님들은 바로 그런 촉촉한 분위기 때문에 언니의 연주를 사랑하는 것 같았어요.

푸른 슬픔. 당시 저는 아직 나이가 어려 푸른 슬픔이 어떻게 고이는 건지 잘 몰랐습니다만 언니의 몸에서는 그게 느껴지곤 했지요. 그리고 언니의 기다란 열 손가락에서 짚어지는 음계에서도 푸른 슬픔이 묻어났고요. 저희 레스토랑 옆에 포교당이 하나 있는데 그곳 스님들도 언니의 연주를 들으면 그런 느낌이 든다고 그랬어요.

스님.

18년 전 그날 저는 어디가 아파서 하루쯤 쉬겠거니 하고 생각했지요. 그런 생각을 하면서 서툰 실력으로 그날밤 언니 타임에 혼자 2시간 동안이나 연주를 했었지요. 실수를 하여 얼마나 진땀이 났던지 지금도 생각하면 간담이 서늘해질 정도랍니다. 그래도 버틸 수 있었던 것은 다음날에는 언니가 나와 멋진 연주를 해줄 거라고 믿었기 때문입니다.

그러나 다음날에도 언니는 나타나지 않았어요. 그래서 저는 언니가 쉬는 김에 하루 정도 더 쉬는 줄만 알았습니다. 평소에도 언니는 건강한 편이 아니었답니다. 연주를 하다가도 현기증이 들면 참지 못하고 잠깐씩 저에게 피아노를 맡기곤 하였으니까요. 처음에 저는 언니의 그런 표정을 음악에 빠져 그러는 줄 잘못 알았었지요. 그러나 언니를 만난 뒤 며칠이 안 되어 눈치챌 수 있었습니다. 언니의 몸이 몹시 허약하다는 것을. 언니한테서

'난 아무래도 더 계속할 수 없을지도 몰라. 몸이 아파' 라는 혼잣말 비슷한 고백을 들었거든요.

사장님이 연락을 해보라고 하였지만 속수무책이었습니다. 언니가 사는 집의 전화번호를 아는 사람도 없었고, 대략의 약도는 커녕 주소도 오리무중이었기 때문입니다. 그래서 모두들 조금씩 걱정을 하면서 기다릴 수밖에 없었답니다. 저의 서툰 연주로 아르바이트를 하면서 말입니다.

스님.

언니는 끝내 한달이 지나도록 나타나주지를 않았습니다. 그래서 저는 18년 전 그때 할 수 없이 피아노 의자 속에 든 언니의 조그만 손가방을 열어보기로 하였습니다. 스님도 아실지 모르겠습니다만 피아노 의자뚜껑을 열면 악보집이나 간단한 잡물을 넣어둘 수 있도록 만든 서랍 같은 것이 있거든요. 거기에는 평소에도 언니가 두고 다녔던 손가방이 하나 있었는데, 물론 열쇠로 잠긴 조그만 것이었어요. 저는 그 손가방을 사장님에게 말하지 않고 열쇠집으로 가지고 나가 잠긴 꼬마자물쇠를 풀고 열어보았답니다.

하지만 거기에 들어 있던 것은 잔액이 몇 십만 원이 남아 있는 통장 하나와 편지 몇 통이 전부였습니다. 언니를 증명할 만한 신분증이나 증명서 같은 것은 샅샅이 찾아보았지만 없었습니다. 다만, 그 편지들을 통해서 언니를 알고 있는 발신인 주소 정도만 겨우 알 수 있었을 뿐이었습니다. 물론 그 편지들의 수신인 주소는 그 레스토랑이었구요. 그리고 발신인의 주소지는 S대학 의과대학이었습니다. S대에서 온 편지의 발신인은 언니보다 나이가 많고 S대의 교수 신분인 것 같았습니다. 당시 언니가 25살이었는데 언니보다 나이가 많은지 수신인 주소를 쓰는 편지 겉봉에 '유시엽 앞'이라고 쓰여 있고, 그가 사용한 편지 봉투는 S대 전용봉투로서 S대의 심벌마크와 주소가 인쇄된 것들이었기 때문입니다.

그리고 그때 저는 또 한가지 더 생각해 볼 수 있었습니다. 다른 편지들도 왔을 터인데, 굳이 그 교수한테서 온 편지만 보관하고 있는 것을 보면, 언니가 그 교수를 소중하게 여기고 있다는 것을 알 수 있었습니다. 아니면 반대로 그 교수가 언니를 각별하게 여기고 있었거나 말입니다. 물론 편지의 내용을 보면 금방 알 수 있었겠지만, 그것은 언니의 사생활을 훔쳐보는 일이므로 저는 그런 유혹을 물리치고 보지 않았었습니다.

스님.

잠시 후, 18년 전 그때 저는 문득 가슴이 뛰었습니다. 어쩌면 언니를 찾을 수도 있을 것 같았기 때문입니다. 저희 레스토랑에는 S대 교수들이 언니의 피아노 연주를 듣기 위해 가끔씩 들르곤 하였거든요. 그 S대의 손님들에게 그 교수의 주소를 물어 보면 좀더 뭔가를 알아낼 수 있을지 모른다는 생각이 들어서였습니다.

그런데 저의 예상은 빗나가고 말았습니다. 레스토랑에 들른 그들에게 그 교수에 대해서 여쭤어 보았더니 그 교수는 이미 퇴직을 하고 말았다는 것이었습니다. 그렇더라도 그 교수의 주소를 꼭 알고 싶으면 대학의 교무처에 가서 문의를 하면 될 것이라고 말했지만 그때 저는 갑자기 언니의 일에 빠져들기 싫은 기분이 되고 말았던 것입니다.

　스님.

　18년이 지난 지금까지도 찜찜한 무엇으로 남아 있을 줄 알았더라면 그때 저는 언니를 찾기 위해 S대의 교무과도 가보고 하여 그 교수의 집을 분명 찾았을 것입니다. 그러나 왠지 그때는 마음에 내키지 않았었지요. 마치 불륜을 좇는 잡지사의 여기자 같은 기분이 들어 그랬는지도 모르겠습니다. 제가 지금도 제일 싫어하는 것은 남의 사생활을 가지고 이러쿵 저러쿵 찧고 까부는 선정성 기사이거든요.

　스님. 저는 지금 교수직을 미련없이 버리고 출가하여 승려가 됐다는 법상 스님을 꼭 만나고 싶습니다. 그리하여 저에게 도움을 주었던 언니의 소식을 알고 싶습니다. 뿐만 아닙니다. 지금도 제가 보관하고 있는 몇 통의 편지와 언니의 통장을 돌려드리고 싶습니다. 어쩌면 언니는 법상 스님께 자신의 모든 것을 다 털어놓았을지도 모릅니다. 지금 생각해 보니 언니는 그때 법상 스님을 소중하게 여겼던 것으로 보입니다. 법상 스님한테서 온 편지만을 모아 꼬마자물쇠로 잠근 채 통장과 함께 보관하고 있었기 때문입니다.

　스님. 혹시 법상 스님께서 언니를 이야기한 적이 있었습니까. 저는 언니를 반드시 찾아내어 언니에게 진 빚을 꼭 갚고 말겠습니다. 그래야만 아르바이트를 하게끔 도와준 언니에게 조금이라도 보답을 할 수 있지 않겠습니까. 만약 언니가 저를 추천해 주지 않았더라면 저는 절대로 대학을 마치지 못했을 것입니다. 제가 학비를 벌어 무사히 대학을 마칠 수 있었던 것은 언니가 저를 보조 피아니스트로 채용한 덕분이기 때문입니다.

제 희망이기도 합니다만 만약에 만약에 언니가 다시 나타나기만 한다면 레스토랑의 피아노 연주자는 당장 언니로 바뀌어져야 한다고 생각합니다. 언니야말로 J구의 저 레스토랑을 저희 도시의 명소로 유명하게 만든 피아니스트이기 때문입니다. 그러므로 명기(名器)인 그 피아노의 주인공은 당연히 언니여야 하고, 주인공인 언니가 마땅히 연주를 해야 하지 않겠습니까.

스님.

처음 편지를 올리며 말이 너무 길어져 죄송합니다. 제 이야기를 너무 장황하게 하여 정작 하고 싶은 이야기를 흐뜨려 놓지는 않았는지 걱정이 앞섭니다. 그럼 스님께 다시 한번 더 법상 스님의 주소를 알려 줄 것을 부탁을 드리며 이만 펜을 놓겠습니다. 저희 집 전화 번호는 78-1620입니다.

안녕히 계십시오.'

적음은 지금도 기억이 생생하였다. 편지를 받고서 얼마나 떨었던지 글씨가 잘 안 보일 정도였었다. 만공 스님 이래 최고의 선승이라는 스승 법상 스님에게 출가 전 부인이 있었음에도 편지를 주고받을 정도의 사이인 또 한 여자가 있었다니 믿어지지가 않았었다. 말하기 좋아하는 승려들 사이에서 이런 소문이 과장되거나 곡해되어 퍼진다면 고고한 법상 스님의 명예에 커다란 생채기가 될 것임은 너무도 자명한 일이었다.

커피 숍에는 편지를 보낸 여자가 먼저 나와 있었다. 적음이 들어서자 그녀가 먼저 일어서서 목례를 보내왔다. 적음은 그녀를 보자마자 다시 흥분이 되었다.

"제가 적음입니다."

"스님이 계신 불이사로 제가 가야 되는 건데 미안해서 어쩌지요."

"아닙니다. 은사스님의 일인데 머뭇거려서야 제자된 도리가 아니지요."

"스님께 띄운 편지에 밝힌 대로 제가 18년 동안 보관해 왔던 편지와 통장이에요."

여자가 티 테이블 위에 예의 그 통장과 편지들을 내놓고 있었다. '柳始葉 앞'이라고 쓴 필체는 틀림없는 법상 스님의 것이었다. 내용을 꺼내 더 이상 확인할 필요가 없었다.

"이 편지들을 다른 분들이 혹시 보았습니까."

"아니예요. 스님."

"믿어도 되겠습니까. 18년 동안이나 말입니다."

"저도 보지 않았어요. 내용물을 꺼냈다가는 다시 집어넣어 버린 적은 한두 번 있지만요."

"고맙습니다."

갑자기 적음은 여자에게 넙죽 절이라도 하고 싶은 심정이었다. 18년 동안 누구에게도 보여주지 않았다니 일단 안심이 되었다. 그러나 여자는 적음이 왜 고맙다는 인사를 하는지 이해할 수 없었다.

"고맙다니요, 스님. 언니를 찾는데 도와주시려고 여기까지 오신 스님께 오히려 고맙다고 제가 인사를 드리고 싶은 걸요."

"출가 전의 일을 가지고 누군가가 큰스님께 누를 끼칠 수도 있으니까요."

"출가 전 일인데 누가 왈가왈부하겠어요. 근데 법상 스님은 어디에 계십니까."

"큰스님은 지금 여기에 안 계십니다."

"국내에 안 계신다는 말씀입니까."

"그렇습니다. 지금 인도에 계십니다."

"언제 귀국하시는데요."

"죄송하지만 모르겠습니다. 지금은 연락이 끊긴 상태이니까요."

여자는 적음의 솔직한 대답에 실망한 빛을 감추지 못하고 있었다. 성격이 활발한 듯했지만 더 이상 말을 못하고 있는 것이었다. 커피 잔에 묻은 루주를 티슈를 꺼내 닦고만 있었다. 마치 쓴 약을 앞에 놓고 마실까 말까 망설이고 있는 그런 자세로 앉아 있는 것이었다. 그러다가는 겨우 한마디 하고 있었다.

"당분간 법상 스님을 뵙기는 어렵겠군요. 스님."

"그렇습니다. 보살님. 하지만 언젠가는 법상 큰스님을 뵐 수 있을 겁니다. 어느 때인가는 인도에서 돌아오시지 않겠습니까."

"제가 법상 스님을 뵙고 싶은 것은 편지에 쓴 그대로예요. 스님."

"보살님은 선량한 분입니다. 18년 동안이나 유시엽이라는 여자분의 물건을 보관해 온 것이 바로 그 증거입니다. 그것만으로도 마음의 진 빚은 갚았다고 볼 수 있습니다. 그러니 더 이상 부담을 느낄 필요는 없어요."

"유시엽 언니를 찾지 못하면 무슨 벌을 받고야 말 것 같애요."

"무슨 벌을 말입니까."

"한 사람의 불행에 대해서 방관한 죄값인 것 같애요. 더구나 저는 언니의 도움으로 학비를 벌어 대학을 졸업할 수 있었거든요."

"허허. 누가 벌을 내린다는 겁니까."

"전 종교가 뭔지 잘 모르는 사람이에요. 하지만 죄를 짓게 되면 가장 먼저 자기 자신이 자신한테 벌을 내리는 것 같애요. 그것도 오랫동안 문득문득 말이에요."

"자기 자신이 벌을 내리기도 하고 벌을 받기도 한다는 말입니까."

"그럴 것 같아요, 스님."

"이럴 줄 알았으면 그때 무관심하지 말았어야지요."

"그땐 철이 없었어요. 언니가 없으면 제가 피아노를 차지할 수 있을 것 같았기도 하였고요. 그럼 월급을 더 받을 수 있었거든요. 사실 그랬구요."

적음과 이야기 끝에 무슨 생각이 들었던지 여자는 자신이 그동안 보관하고 있던 유시엽의 통장과 편지들을 조그만 손가방에 다시 집어넣더니 이렇게 부탁을 하는 것이었다.

"이것들을 스님께서 보관해 주세요."

"왜 그렇습니까."

"스님께서 보관하시는 것이 언니에게 더 빨리 전해질 것 같아서요."

"그럼."

여자의 그 부탁은 적음이 기다리고 있던 중이었다. 사실 적음이 여자를 만나기 위해 경주 불이사에서 황급히 올라온 것은 바로 여자가 보관하고 있는 편지들을 회수하기 위함이었다. 편지가 어찌어찌해서 절집으로 들어가 시비 좋아하는 승려들 손에 잡히는 날에는 법상 스님에게 큰 흠집이 될 수도 있기 때문이었다.

'이렇게 여자를 만나 편지를 건네받다니 그 여자야말로 관세

음보살님이다. 법상 스님을 지켜준 관세음보살님이다.'

　불이사로 돌아온 적음은 그 편지들을 하나씩 펼쳐 읽어보았는데, 그때 적음은 또 한번 더 놀라고 말았었다. 첫번째로 읽은 편지는 이러하였다.

　'시엽 씨의 팔에 새겨진 '葉'이라는 문신이 떠오릅니다. 별로 밝지 않은 조명이었지만 시엽 씨가 연주를 하는 동안 내내 그 문신만을 바라보며 이상한 기분에 사로잡혔었습니다. 누가 언제 새겨준 문신입니까. 백과사전을 보면 남녀가 사랑을 약속할 때 문신을 한다고 쓰여 있습니다만 시엽 씨는 저에게 지금까지 그 누구와도 사랑을 나누어본 적이 없다고 고백한 적이 있지 않습니까.

　물론 이름에 나오는 엽자라면 '나뭇잎'을 뜻하는 글자이겠지요. 혹시 부친께서 '늘 푸른 나뭇잎'처럼 살라고 그렇게 이름 지어준 것은 아닙니까. 억측인지는 모르겠습니다만 그 '葉'이란 문신을 보며 저는 시엽 씨의 운명을 보는 것 같았습니다. 끌어당기는 힘에 의해서 떨어지고 마는 낙엽 같다는 느낌 말입니다.

　시엽 씨.

　저의 불길한 예감을 지워주기 위해서라도 그 문신을 지울 수는 없습니까. 누군가와 사랑을 하고 있다는 신표로써 문신을 새긴 것이 아니라면 말입니다. 저는 이렇게도 생각해 보았습니다. 자기 자신을 너무 사랑하기 때문에 자기애(自己愛)를 그렇게 표현한 것이 아닐까 하고 말입니다.

　자기애.

그러나 시엽 씨, 자신을 너무 사랑하지는 마십시오. 자기를 사랑한 그만큼 남을 사랑하지 못할 수도 있으니까요. 문득 한용운의 '바람도 없는 공중에 수직의 파문을 일으키며 떨어지는 낙엽은 누구의 발자취입니까'라는 싯귀절이 떠오르는군요. 누구의 발자취이겠습니까.

오늘은 시엽 씨의 문신을 생각하며 이만 펜을 놓겠습니다.'

두번째로 꺼내 읽은 편지는 유시엽의 병(病)에 관한 내용으로 가득차 있었다. 어쩌면 그녀가 앓고 있는 유방암이 출가 전의 법상 스님과 운명적으로 가깝게 해준 원인이었음이 분명하였다. 그때 법상 스님은 S대 암연구소 임원이었으며 자신의 사설 연구소에서 암 정복을 위한 연구를 하고 있었기 때문이었다.

그가 연구하고 있는 테마는 표준화된 치료법이라고 할 수 있는 방사선치료나 항암약물치료가 아닌 유전자치료 요법이었다. 말하자면 지름 1cm의 종양 암세포 수만도 무려 10억 개가 넘기 때문에 물리적으로 그것을 고치는 것은 불가능에 가까우므로 암백신이나 종양 억제유전자를 개발하여 항암 면역 요법을 개발해내는 것이 그의 테마였었다.

그러나 그의 편지는 학자답지 않게 유시엽이라는 여자에게 뭔가 강력히 끌리고 있는 듯한 느낌을 주었다.

'시엽 씨.

시엽 씨가 유방암 말기라는 사실을 고백받고는 저는 잠을 이룰 수 없었습니다. 유방암 정도는 초기에 발견만 하면 완치가 가능한데 왜 일찍 정확한 진단을 받아보지 않았습니까. 열이 오르고 머리가 아파 해열제나 두통약으로 그때 그때를 모면해 왔다니 무모하기 짝이 없습니다. 믿어야 합니까. 정말로 남은 생이 얼마 되지 않는다는 것입니까. 그럼에도 불구하고 밤시간이 되면 피아노 앞에 앉아 연주를 하고 있으니 저로서는 정말 모를 일입니다.

시엽 씨가 알다시피 저는 암 정복을 위해 연구하고 있는 교수입니다. 그런데도 시엽 씨를 위해서 실제로 조치할 수 있는 방법이 아무 것도 없습니다. 치료하기에 너무 늦어버린 시간을 탓해 보지만 그렇더라도 무력해지기는 마찬가지입니다. 앞으로 몇 년 후면 암도 정복될 수 있을 거라고 합니다. 그러나 시엽 씨를 위하는 말이 아닌 것 같습니다. 오늘처럼 의사로서 한계를 느낀 적은 일찍이 없었습니다.

그러나 시엽 씨는 아무런 일도 없는 듯 평온하기만 합니다. 언제나 해왔던 일을 하고 있을 뿐입니다. 마치 의사가 오진을 한 것처럼 말입니다. 아니, 시엽 씨 자신이 암을 정복해버린 것처럼 말입니다.

바로 그 점이 저로서는 놀랍습니다. 어쩌면 그렇게 시치미를 떼고 다닐 수 있습니까. 그것은 의사가 흉내낼 수 없는 놀라운 능력입니다. 혹시 종교에 의지하고 있는 것은 아닙니까. 한 점 흐트러짐 없이 평상의 마음인 시엽 씨에게 최대의 찬사를 보내고 싶습니다.'

세번째 것은 여자가 보낸 편지의 답장 형식이어서 그녀를 대충은 짐작해 볼 수 있었다. 적음은 단숨에 세번째의 짧은 편지를

읽어내려갔다. 그녀는 결코 재즈 피아노곡만을 능란하게 다루
는, 감성만 발달한 여자는 아닌 것 같았다. 젊은 여자답지 않게
깊은 사색도 있었다.

'시엽 씨.

시엽 씨에게는 암 정복이란 말이 맞지 않는 말이겠군요. 미안
합니다. 학자로서 좁은 시야를 스스로 책망해 봅니다. 시엽 씨도
처음에는 암을 정복해 보려고 갖은 노력을 다했다지요. 그러나
그럴수록 절망스러웠고 괴로웠다지요. 저는 그 심정을 이해할
수 있습니다. 암을 정복한다는 것이 지금의 의학으로서는 불가
능하니까요. 그런데도 시엽 씨는 절망하지 않고 있습니다. 그러
기는커녕 오히려 평온해 보이기만 합니다. 평상심을 잃지 않고
있는 얼굴입니다.

그런 태도에 대해서 시엽 씨는 저에게 중요한 답변을 해주었습
니다. 암을 정복하려 하지 않고 그것 역시 더불어 살아가는 대상
으로 여기겠다구요. 인간이 무엇을 정복하려 하는 것이야말로
함께 살아가는 자세가 아닌 인간의 교만이라고요.

어쨌든 시엽 씨는 의학의 도움을 받지 않고서도 평온을 유지하
고 있습니다. 때문에 저는 시엽 씨의 생각을 일단 존중하고 싶습
니다.

이 세상의 모든 사람들이 암은 정복해야 할 대상이라고 하는데
시엽 씨만은 함께 껴안아야 할 대상이라고 말하는군요. 죽음을
눈 앞에 두고도 두렵지 않은 것은 바로 그런 생각을 하고 있기
때문이군요.

시엽 씨.

비록 저보다 나이가 10여 살 어리지만 사색의 연못은 그 누구보다 깊습니다. 사실 저는 문학 작품의 어느 구절에서도 시엽 씨의 그런 감동적인 태도를 발견하지 못했습니다. 불교나 카톨릭의 어느 수도승 같다는 느낌도 듭니다. 나약한 인간이 과연 그럴 수 있을까 싶은데 시엽 씨는 저뿐만 아니라 모든 사람들에게 아무 일도 없는 듯 보여주고 있기 때문입니다.

거듭 학자로서 좁은 시야를 책망해 봅니다. 그렇습니다. 삶이 있기에 죽음이 있고, 빛이 있기에 어둠이 있고, 행복이 있기에 불행이 있다는 것을 이제야 직시해 봅니다. 서로 두 가지는 짝을 이루며 더불어 있는 것이지 죽음을 버리고 삶이 있을 수 없고, 어둠을 버리고 빛이 있을 수 없으며, 불행을 버리고 행복이 있을 수 없다는 것을 생각해 봅니다.'

네번째의 편지는 여자의 가족관계를 알아볼 수 있는 가장 짧은 내용이었다. 그녀는 결코 평범한 여자는 아니었다.

'가족이 없다는 편지를 받고 놀랐었습니다. 대학 때 교통사고를 당하여 가족을 잃고 천애 고아가 되었다는 이야기가 왠지 믿어지지 않았습니다. 시엽 씨에게 그런 불행한 가족사가 있었다는 사실이 야속하였습니다. 그런데도 시엽 씨의 얼굴에서는 그런 어두운 그늘을 전혀 발견할 수가 없었습니다. 저는 그런 시엽 씨의 태도가 좋습니다. 어쩌면 시엽 씨의 인생 교사는 '매를 든 불행'이 아니었을까도 싶습니다.'

다섯번째의 편지는 법상이 출가하기 전 아내와의 결혼생활이
별로 평탄치 못했음을 나타내주고 있었다.

'남들은 신혼생활을 깨가 쏟아진다고들 합니다. 그러나 그 말
은 제 경우에는 전혀 맞지 않는 말입니다. 하루하루가 왜 그렇게
힘이 드는지 모르겠습니다. 서로가 쳐다보는 방향이 늘 다릅니
다. 생각이 다른 사람끼리 이인삼각(二人三脚)의 경기를 힘들게
하고 있는 느낌입니다. 물론 저에게 책임이 큽니다. 가족적이지
못하니까요.

 그러나 그건 제가 원해서가 아닙니다. 여기저기서 연구소의 회
의다 세미나다 해서 저의 시간을 빼앗고 있기 때문입니다. 제가
군이 시엽 씨를 찾아가 피아노 연주를 듣는 것은 그나마 위안이
되기에 그러는 것입니다. 그렇지 않다면 저는 암을 정복해야 한
다는 강박관념에 사로잡혀 정신병동에 입원해야 될 지도 모르기
때문이지요.

 솔직히 저는 결혼하기 이전의 상태로 돌아가고 싶습니다. 아내
를 행복하게 해줄 자신이 없으니까요. 시엽 씨는 소녀시절부터
결혼을 하지 않기로 하였다고 했지요. 여자는 본능적으로 결혼
후의 불행을 감지하는 능력이 있는가 봅니다. 다른 여자들도 소
녀 적에는 대부분 결혼을 하지 않겠다고 그런다니까요.

 아내와 결혼하지 않고 결혼 전처럼 친구 사이로 남아 있다면
어땠을까 하고 가끔 생각해 보지만 부질없는 것이어서 씁쓸하기
만 합니다. 확실히 결혼생활이란 사랑의 과정이라기보다는 화해
와 체념의 과정에 더 가까운 것 같습니다.

화해와 체념. 쉽게 할 수 있는 얘기이지만 얼마나 어려운 일인지 깨닫습니다.'

딱딱한 열차 침대 위에 누워 있던 적음은 어깨를 움츠렸다. 밤기차의 실내 온도는 더욱 떨어져 여기 저기서 기침 소리가 터져 나오고 있었다. 적음은 다시 일어나 앉아 법상 스님의 편지가 든 바랑을 끌어안았다. 아무래도 잠이 올 것 같지 않은 냉골의 밤기차 안이었다.

또다시 밤기차는 제법 큰 역의 플랫폼으로 들어서고 있었다. 한밤중이었으므로 플랫폼은 텅 비어 있었다. 쌓아놓은 짐처럼 노숙자들도 플랫폼의 한켠에서 모포를 뒤집어 쓴 채 잠들어 있는 것이었다. 다만 희미한 불빛 아래서 짜이를 파는 장사 몇 명이서 꾸물거리고 있는 게 보였다.

밤기차는 다른 역과는 달리 한동안 쉬었다가 가려는지 꿈쩍을 안하고 있었다. 그래서 적음은 추위로 굳은 다리 운동도 할 겸 열차에서 내렸다. 플랫폼 바닥의 한켠은 넝마 같은 모포를 뒤집어 쓴 노숙자들이 여기저기 점거하고 있었다. 그들에게는 역 건물이 바람막이 구실을 하고 있었다.

커다란 나무가 역 구내에 있는 것도 신기하였다. 그래서 그런지 나무를 신성시하는 인도인들의 내면을 보는 것도 같았다. 깊은 밤이어서 부옇게 떠돌던 먼지도 잠을 자는지 플랫폼 위로 터진 하늘은 자줏빛의 과일껍질처럼 반질거리고 있었다.

적음은 고개를 들어 심호흡을 하였다. 그러자 나뭇가지 너머로 별들이 또렷이 보였다. 인도로 온 이래 처음 보는 별이었다. 이번에는 다리의 근육을 풀어주려고 짜이를 파는 곳까지 걸어갔다.

"한잔 주세요."

이제는 적음도 더러움이란 것에 어느 정도 면역이 되어 있었다. 짜이를 파는 장사치의 불결한 손이나 물을 담아 놓은 위생상태가 안 좋아 보이는 항아리를 보아도 아무렇지 않은 것이었다.

한 잔에 5루피.

우리 돈으로 환산하자면 150원 정도이니 참으로 싼 음료수였다. 적어도 우리 나라에는 150원짜리의 음료수는 사라진 지 오래인 것이다. 그렇다고 짜이가 맹물은 아니었다. 홍차에 우유를 섞고 난 뒤, 다시 거기에 마시는 사람의 취향에 맞게 사카린을 넣어 마시는 인도의 서민들이 가장 사랑하는 음료수인 것이다. '짜이를 사랑하라. 그러면 인도의 풍토병에 걸리지 않을 것이다' 라는 이야기를 적음은 인도여행 안내서에서 보고 또 국내의 여행사 직원한테서 여러 번 들었던 기억이 났다.

미지근한 짜이였지만 그래도 속을 포근하게 해주었다. 돈을 막 계산하고 나자 등 뒤에서 역무원의 큰 소리가 들려왔다.

"레일가리 첼리. 첼리."

나중에 알게 된 단어였지만 '레일가리'란 기차를 말했고 '첼리'란 출발이란 뜻이었다. 물론 다급하게 외치는 소리인데다 기차가 슬슬 움직이고 있으므로 적음은 재빨리 기차칸으로 올라탔다.

밖을 나갔다가 온 적음에게 유키코가 물었다. 열차가 정차해 있는 동안 유키코는 잠에서 깨어나 있었던 모양이었다.

"어디 갔다 오세요."

"속이 떨려서 짜이 한 잔을 했어요."

"저는 또 스님이 이 역에서 내린 줄 알았어요."

"이 밤중에 어디로 가겠소."

"스님, 어디까지 가세요."

"가야까지 갑니다."

"저도 가야에서 내리는데요. 그리고 거기서 다시 보드가야로 나가 부처님 유적지를 보려고 해요."

"인도를 여러 번 왔다고 그랬는데 무슨 이유가 있습니까."

"아까 말씀드렸듯이 벌써 다섯번째예요. 인도는 자꾸 와보고 싶은 매력과 신비의 나라예요."

"아가씨는 전생에 인도인이었는지 모르겠소."

"예언자도 아닌 제가 그걸 어떻게 아나요. 스님이 맞추어 보세요."

"벌써 다섯번이나 왔다니 이곳이 전생의 고향이 아니고서야 어찌 여러 번이나 찾아올 수 있겠소. 모든 게 뒤죽박죽이고 불편하기 짝이 없는 나라인데."

"글쎄요. 이제는 힌디어를 대충은 알아들을 수 있어요. 그러다 보니 여행이 즐겁고 불편하지 않아요."

"매번 혼자 왔었나요."

"처음에는 친구들과 어울려서 왔었구요, 두번째부터는 혼자서 왔어요. 혼자 다니다 보면 가이드를 하여 여행 경비도 벌 수 있어요."

"사실은 나도 인도가 초행은 아니오. 하지만 인도가 워낙 넓은 땅덩어리여서 그런지 아무 것도 모르겠소."

"스님, 저에게 숙식만 해결해 주신다면 스님의 가이드가 될 수 있죠. 스님이 여행하는 코스나 제가 가야 할 곳이 비슷한 것 같으니까요."

"좋은 제안이오. 하지만 같이 여행을 하는 사람이 있어요. 그 사람이 동의를 해야 합니다."

최림을 무시하고 적음 혼자서 결정할 수는 없는 노릇이었다. 그러나 인도통이라는 유키코가 안내를 해준다면 일단 여행지를 이동하는 데에 쓸데없이 시간을 낭비하는 일은 없을 것도 같았다. 더구나 법상 스님을 찾는 인원이 한 명 더 느는 셈이어서 일석이조의 효과를 볼 수도 있었다.

이제 보니 유키코는 술에다 담배까지 하는 모양이었다. 적음에게 담배를 피우겠다고 양해를 구해오는 것이었다. 그런데 분명한 것은 그녀의 그런 행동이 천박해 보이지 않는다는 점이었다. 그러기는커녕 술과 담배가 남자만의 전유물이 아니라는 듯이 당당하게 마시고 피우고 있었다. 때문에 담배 연기를 푸우 하고 길게 내뿜는 유키코의 모습이 매력적으로 보이기까지 하는 것이었다.

유키코의 영어 실력은 초급 정도였지만 적음과 서로 의사소통을 하는 데는 지장이 없었다. 유키코의 성격은 활달했고 숨김이 없었다. 그녀는 교토의 불교대학을 졸업한 뒤, 지금은 그녀의 아버지가 경영하는 불교용품 회사에 다니고 있다고 술술 이야기를 하였다. 그리고 그녀 아버지의 회사는 원래 몇 대째 수공업으로 염주나 향(香) 등을 만들어 왔는데, 그녀 아버지대에 이르러 공장을 만들고 하여 중소기업 규모로 발전하였다고 이야기를 하였다. 〈금각사(金閣寺)〉라는 미시마 유키오의 소설이 유명해지면서 더불어 그 절 옆에 있는 그녀 아버지 회사도 명성을 얻은 것이 아니겠느냐고 그녀 나름대로 진단을 하였다.

적음은 출가 전에 〈금각사〉를 읽어본 적이 있지만 너무 오래되어 기억은 잘 나지 않았다. 주인공이 불구라는 사실과 소설 끝부분에 이르러 금각사라는 절이 불에 탄다는 것밖에는 떠오르지 않았다.

너무 일찍 빛과 어둠이 날카롭게 부딪치는 소설을 읽은 탓이었다고나 할까. 말하자면 현실과 소설의 세계를 분간하지 못하는 그런 나이에 읽었던 것이었다. 실제로 적음은 중 1땐가 불구자와 광인(狂人)을 구별하지 못하고 공연히 겁을 내던 시절이 있었었다. 같은 반 친구였던, 다리를 절룩거리던 아이의 눈을 바로보지 못하고 시선을 떨어뜨리고 다녔던 것이다. 갑자기 그 친구가 〈금각사〉의 주인공처럼 온순한 얼굴의 가면을 벗어던져 버리고 무서운 광기를 보일지도 모른다는 두려움 때문에 그러했다.

또 한가지 기억이 나는 것이 있다면 〈금각사〉의 묘사였다. 누각 같은 절이 금칠이 되어 그 빛깔이 연못에 어른거리는 장면이었는데, 적음에게 그것은 차라리 두려움이었다. 그 묘사를 보고 '황금의 집'을 연상하였는데 절이라는 아름다움보다는 왕의 군막 같은 어떤 폭력의 힘이 느껴지는 것이었다.

그러니까 미시마 유키오의 소설 〈금각사〉는 적음에게 일본을 부정적으로 받아들이게끔 영향을 준 작품이 되어버린 셈이었다. 온순한 얼굴 속에 광기를 감추고 있는 소설 속의 주인공이 일본인의 전형처럼 되어버렸으며, 금칠을 한 금각사처럼 일본의 아름다움 속에는 폭력의 힘이 감추어져 있다고 믿어버리게 된 것이었다.

더구나 미시마 유키오가 할복 자살을 했으며 생전의 그는 극우주의자였다고 전해지는 신문 기사를 접하면서 〈금각사〉의 섬짓한 주인공을 다시 보는 것처럼 적음은 몸서리를 친 적이 있는데, 그 순간이 아직도 선명할 정도였다.

그런 점에서 유키코는 적음의 그런 통념의 푸른 녹을 닦아주고 있는 역할을 하고 있었다. 하긴 적음의 통념이 어느 부분 맞는 것이라고 하더라도 유키코는 일본의 기성세대가 아닌 소위 X세대인 것이다. 아무튼 유키코의 행동은 서울의 명동 거리를 활보하는 여느 젊은이하고 조금도 다름이 없었다.

"스님, 그럼 한 분이 오케이하면 허락하시는 거죠."

"그렇소."

"가야에서 어디로 찾아가면 되는 거예요. 장소를 가르쳐주셔야죠."

"가야에서는 아마 싯타르타 호텔에서 묵게 될 터이니 그리 오시오."

"고맙습니다."

"그런데 아가씨에게 한 가지 묻고 싶은 게 있소."

"뭔데요, 스님."

"인도를 앞으로도 계속 다닐 작정이오."

"어쩌면 아예 주저앉아 버릴지도 모르겠어요."

"왜 그렇습니까."

"스님께서 좀전에 말씀해 주셨잖아요. 이곳이 고향일 거라고."

"그게 아닌 것 같소. 지금 문득 생각해보니."

또다시 적음은 〈금각사〉의 주인공을 떠올렸다. 물론 그의 이름도, 어디가 불구였는지도 자세히 떠오르지 않는 그 주인공이었다. 어쩌면 적음의 머리속에서 〈금각사〉와는 상관없이 변질되어버린 주인공인지도 모를 일이었다.

갑자기 유키코한테서 불구라기보다는 불구의식이 보이고 있는 것이었다. 불구의식. 다른 말로 열등의식이라고 해도 좋을지 판단은 잘 안 되었다. 계속 보아도 만족치 못하고 불만족을 느끼는 불구의식. 너무 큰 매력 앞에 주저앉아 버리고 싶다는 열등 의식. 앞으로도 계속 찾아오겠다는 광기.

적음은 자신이 유키코에 대해서 너무 비약을 한 것은 아닐까 하고 반성을 해보았다. 농구공을 바닥에 튀기듯 말을 순간순간 해버리는 유키코의 태도를 보면 다시 종잡을 수가 없어지고 마는 것이었다.

"소설 〈금각사〉를 읽은 적이 있겠지요."

"못 읽었어요."

"전후 일본 최고의 작품이라고 하던데."

"전 전후 세대가 아니잖아요. 스님."

"일본 최고의 작품이라고 하기도 하고."

"스님. 요즘 저희들은 그런 작품 읽지 않아요. 너무 무겁잖아요. 재미도 없고. 게다가 지루하고."

"그럼 어떤 소설을 읽습니까."

"추리소설요. 게임하듯 즐거우니까요. 만화도 유행이죠."

적음은 입을 다물었다. 그러자 잠시 후 유키코도 다시 잠을 자려고 드러눕고 있었다. 어서 새벽이 와 차창 밖의 풍경이라도 보였으면 좋으련만. 보이는 것이라곤 어둠뿐이고, 들리는 것이라곤 열차와 레일이 맞부딪치는 금속성 소리뿐이었다.

덜커덩 덜컹 덜커덩.

밤기차가 달리고 있는 방향은 여전히 서쪽이었다. 고도는 여전히 200미터였다. 말하자면 밤기차는 죽을 힘을 다해서 해발 200미터의 대지를 내달리고 있었다. 오르막도 없고 내리막도 없는 평원을 일정한 속도로 질주를 하고 있는 것이었다.

적음도 눈을 감았다.

그러자 이번에는 캘커타의 아스토리아 호텔에서 함께 출발하지 못한 최림이 떠올랐다. 그를 언제 처음 만났던가. 그래, 불이사로 먼저 그가 찾아왔었지. 무엇 때문에 나를 찾아왔던가. 그래, 법상 스님을 만나러 왔다고 했었지. 그가 법상 스님을 왜 만나겠다고 내게 말했던가. 그래, 인도를 함께 여행하며 말했었지. 부처님의 진신사리를 찾기 위해 법상 스님을 찾는다고. 그가 불교 신자인가. 아니지. 그는 자신의 야망을 위해서 부처님의 진신사리를 찾고 있었어. 어찌 보면 그도 역시 일등주의자지. 여행을 하면서 드러난 그의 성격이지. 먹고 마시는 것뿐 아니라 자는 숙소까지도 까탈스럽게 꼭 일류를 고집하는 그였어. 돈을 버는 것은 저축하기위해서라기보다 고급의 생활을 즐기려고 한다는 것이 그의 고백이었어.

그는 집념이 대단히 강한 사람이야. 그렇게 지독한 사람을 본적이 없으니까.

황룡사 9층탑을 재현해 놓은 천불탑에다 부처님의 진신사리를 봉안하여 천추만세에 남는 걸작품을 보여주려 하고 있는 야망의 설계사가 아닌가.

무서운 집념.

그런 점에서 그는 요즘의 30대 젊은이라고 할 수 있지. 물불을 가리지 않고 덤비는 30대 젊은이. 자신이 생각해도 스스로 진저리쳐지는 '무서운 집념'을 가지고 있지. 연애를 다시 한다면 '무서운 집념'으로 할 것 같아 거기에 빠져들기 싫은 그일 거야. 권력을 잡기 위해 정치를 한다 해도 그럴 것 같아 생각이 없는 게 아닐까. 차라리 탑에 미쳐 빠져든 것이 다행이라면 다행이지.

그런데 그는 사람을 좋아하지 않아. 뿐만 아니라 잘 믿지도 않지. 그래서 혼자 자신의 왕국을 소유하고 있어. 자폐아라고 할 수 있어. 그에게 복종을 잘하는 컴퓨터만이 그의 충직한 친구이지. 컴퓨터가 없었다면 그는 개를 키우고 있을지도 모르지. 사람과 비슷한 데가 있으면서도 사람과 가장 다르니까.

그는 싯타르타 호텔로 내일이나 모레쯤 오겠지. 그냥 물러설만큼 물컹한 젊은이는 아니니까. 심한 배탈이야말로 인도를 가볍게 생각한 그에게 인도가 안겨준 최초의 경고인지도 모르지.

적음은 자신의 스승 법상 스님에 대해서도 다시 떠올려 보았다. 몽매에도 잊지 못하는 법상 스님인 것이다. 적음은 중얼거렸다.

당신은 신라의 구법승 혜초처럼 부처님 성지를 순례하고 있는 분이지. 성지를 관광하고 있는 분하고는 다를 거야. 2천4백여 년 전에 열반한 부처가 아니라 아직까지 살아있는 오늘의 부처를 만나고자 성지를 돌고 있을테지. 관광객들이 보는 것은 2천4백여 년 전에 이미 열반한 '죽어 있는 부처'.

그러나 법상 스님이 만나고자 하는 오늘의 부처는 '살아 있는 부처'가 아닐까. 신라의 혜초도 부처의 유물을 보러 간 게 아니라 '살아 있는 부처'를 만나러 갔을 거야. 어디 혜초뿐이겠는가. 당나라 현장도 부처의 말씀인 불경을 구하러 간 게 아니라 '숨쉬고 있는 부처'를 만나러 갔을 테지.

그렇다면 '살아 있는 부처'란 무엇인가. 2천4백여 년 전에 이미 부처는 입멸에 들어버렸는데 부처가 예수처럼 부활이라도 했다는 말인가. 그러나 불경의 어느 구절을 보아도 부활이라는 단어는 나오지 않지. 그런데도 구법승들은 '살아 있는 부처'를 보기 위해 순례를 하고 있어. 처처에 부처들이 살아 숨쉬고 있다는 거야. 인도가 아닌 어디에도 수천 수만의 부처들이 있다는 거지. 인도를 굳이 순례하는 것은 다른 곳보다도 부처의 탄생국이므로 '살아 있는 부처'를 만나기가 더 쉽다는 거겠지.

그건 그렇다치고.

법상 스님은 유시엽에게 보낸 당신의 편지를 되돌려받고는 무어라 하실까. 출가 전의 일이니 불태워버리라고 하실까. 출가란 다른 말로 위대한 포기가 아닌가. 세속의 욕망도 사랑도 다 포기했기 때문에.

아니면 아무 말 없이 당신의 편지를 바랑 속에 넣어버릴지도 모르지. 편지가 돌아다니다 보면 스님을 시기하는 무리들의 시비에 말려들 위험이 있으니까. 시시비비에 상관 않는 게 수행승의 미덕이니까.

그것도 아니라면 미소를 지으시고 말테지. 그리고 이렇게 꾸짖으실 거야. 너도 참 할 일이 없구나. 고작 그걸 가지고 나를 찾다니. 너도 참 한심하구나. 네 수행은 하지 않고 신발값 밥값 낭비해가며 나를 찾다니. 너도 참 불쌍하구나. 너의 부처를 찾지 않고 나를 찾다니.

어디 그뿐이겠는가. 부처가 연꽃을 들고 침묵을 하셨던 것처럼 편지를 들고서 한 말씀도 없을지 모르지. 만약 법상 스님이 그렇게 나오신다면 나는 그때 어떻게 해야 하는가. 염화미소의 가섭처럼 빙그레 웃어야 하는가, 이해를 하지 못해 미간을 찡그려야 하는가.

어쨌든 법상 스님을 만나보면 알 수 있을 것이었다. 그와 이야기를 해보지 않고는 다 말장난에 지나지 않을 뿐이었다. 적음은 차창에 달린 손잡이를 꼭 잡았다가 놓았다. 열차가 심하게 요동을 치고 있기 때문이었다. 침목이 편편하지 않기 때문에 그러는 것인지 열차 자체가 낡아 그러는 것인지는 알 수 없지만 밤기차는 갑작스런 지진을 만난 것처럼 흔들리곤 하는 것이었다.

머리에 붕대를 맨 차장은 깊은 잠에 떨어졌는지 더 이상 오지 않았다. 먼동이 터 날이 희부옇게 밝아지고 대지의 모습이 거뭇거뭇 드러날 때까지도 '호키'를 외치던 차장은 나타나지 않고 있었다.

비상하는 탑

천불탑.

천불(千佛)이란 '천의 부처'를 말함인데, 여기서 천이란 실제로 1천의 숫자가 아니라 무한을 상징하는 의미이리라. 월인천강지곡(月印千江之曲)에서 천 강이 이 세상의 모든 강을 말하는 것처럼.

그러므로 천불탑이란 '이 세상 모든 부처의 탑'이라는 말도 되었다. 즉 석가모니 부처 이후에 올, 이 세상 모든 부처들을 위해 기도하는 탑이었다. 따라서 천불탑에는 아직 깨닫지 못한 이 세상의 모든 중생들이 성불하기를 기다리겠다는 성스러운 의미가 담겨 있는 것이었다.

그것은 지웅이 탑을 조성하면서 석가모니 부처 앞에 무릎 꿇고 빌었던 서원이기도 하였다. 천불탑을 찾는 모든 신도들이 거룩한 천불탑을 참예하고는 불심을 더욱 내어 성불하라는 서원인 것이었다.

'천불탑을 참예하여 성불하여지이다.'

지웅이 바라는 짧은 기도문이자 천불탑을 주관하는 스님으로서의 화두였다. 비록 짧은 기도문이지만 거기에는 그 어떤 선승의 법문이나 화두보다도 더 간절한 지웅의 축원이 담겨 있었다. 그것은 그럴 수밖에 없었다. 사실 지웅은 자신이 성불하는 데 상구보리(上求菩提)보다는 하화중생(下化衆生)의 길을 걸어왔고, 은사인 용제 스님의 유훈을 받들어 앞으로도 그 길을 걸어가려 하고 있기 때문이었다.

물론 황룡사 9층탑을 재현하는 의미는 또다른 것도 있었지만.

서라벌에 9층탑을 조성하였던 자장 대사와 선덕여왕의 서원이 결국에는 신라를 중심으로 주변의 적국들을 불국토화하였던 것처럼, 한반도의 배꼽 부위인 중원 땅에 황룡사 9층탑을 재현하여 한반도를 불국토로 만들겠다는 지웅의 장엄한 비원(悲願)이 담겨 있음인 것이다.

그런데 탑을 조성한다는 것은 말할 수 없이 고독하고, 감당할 수 없이 힘들고 고단한 길이었다. 소위 임전무퇴의 기개가 없으면 도저히 불가능한 공사이기 때문이었다. 선승들이 비아냥거릴 때는 지웅 자신도 바랑을 걸머지고 깊은 산으로 훌쩍 들어가버리고 싶은 것이었다.

"달마 스님이 뭐라 했던가. 가람을 짓는 일을 지옥 가는 업보라고 하지 않았던가. 수행의 본래 정신은 도(道)를 구하는 것이오. 공연히 불사를 일으켜 신도들을 현혹시키지 말라는 달마 스님의 사자후를 잊었단 말이오."

"신도들에게 기둥 하나 값, 기왓장 하나 값을 강요해 놓고 극락왕생을 보장해 준다고 하니 이게 사기가 아니고 무언가. 지옥에 떨어져 염라대왕 앞으로 끌려가서 신도들을 현혹한 죄의 업보로 뜨거운 철환(鐵丸)을 입에 물고 말 걸세."

"황룡사 9층탑을 재현하겠다고, 이 세상에 영원한 것이 어디 있나. 그 9층탑도 결국에는 기둥 하나 남지 않고 사라져버리고 말았지 않았는가. 부처님께서 말씀하신 대로 모든 것은 다 제행무상이야."

그들의 말대로라면 황룡사 9층탑을 조성하게 한 자장 대사는 지금쯤 지옥에서 고초를 겪고 있을지 모른다. 그러나 자장 대사가 지옥에서 벌을 받고 있다고 믿는 사람은 아무도 없다. 오히려 부처가 되어 모든 불도들에게 마음의 스승으로 존경을 받고 있지 않은가. 그들의 말대로라면 지웅은 신도들에게 극락왕생을 시켜주겠다고 속여 기왓장 한장 값, 기둥 하나 값을 받은 죄를 지었으니 틀림없이 무간지옥에 떨어져 고통을 받게 될 것이 분명하였다. 그러나 신도들 가운데서 지웅이 자신을 속였다고 생각하는 사람은 단 한 명도 없었다. 부처님 일에 동참하고 싶다며 오히려 지웅에게 매달렸던 것이다.

그들의 말대로라면 지웅은 부처가 말한 제행무상(諸行無常)도 모르는 일자 무식꾼이 되어버리고 만다. 그러나 과연 그러한가. 영원한 것이 없음을 알면서도 중생의 제도를 위해 허무에 빠지지 않고 용맹정진의 자세로 임하고 있는 것이다. 중생을 제도하는 일이라면 그 어떤 희생이든지 할 각오가 되어 있는 지웅인 것이었다.

어쨌든 지웅은 어쩔 수 없이 신도들을 속여온 것이다. 석가모니 부처의 진신사리를 인도로 가지러 간 법상이 아직까지 나타나지 않고 있으므로 법당에 봉안된 사리를 부처의 진신사리라고 속여온 것이다. 그리하여 수백만 신도들로부터 천불탑을 조성하는 데 필요한 기백억 원의 모금을 해온 것이었다.

법상이 돌아오기로 한 약속한 날이 지나서부터는 극도의 긴장으로 초주검이 되었었다. 창자 속의 똥이 검게 타서 숯덩이처럼 배설이 되기도 하였었다. 미소사의 모든 신도들이 법당에 봉안된 사리를 부처의 진신사리인 줄을 알고 법열에 취해 기도를 할 때마다 지웅은 차라리 어디론가 도망쳐 버리고 싶은 심정이었었다. 그 사리는 자신의 은사인 용제 스님의 사리였기 때문이었다. 용제 스님이 당신의 사리를 부질없이 줍지 말라고 유언을 남겼음에도 불구하고 스님의 맏상좌인 은계사 주지가 잠시 조는 새벽녘의 다비장에서 지웅은 자신도 모르게 그만 그것을 훔쳤던 것이다.

그때 장작불로 밤새 달구어진 뜨거운 철판 위에서 사리는 잉걸불빛을 받아 보석처럼 빛나고 있었으며, 지웅은 단번에 그것이 용제 스님의 사리라는 것을 알 수 있었다. 그리하여 지웅은 무엇에 홀린 듯 손을 내밀었고, 그 순간 자신의 검지 끝이 달구어진 철판에 닿아 우지직 타져버렸던 것이다.

뭉툭해진 검지 끝을 볼 때마다 역시 지웅은 괴로웠다. 은사의 유훈을 지키지 못하고 있는 자신이 못마땅했기 때문이었다. 징그럽기도 한 검지의 마디는 외면하고 싶어도 외면할 수 없는 지웅의 업보였다. 지워버릴 수 없는 지웅의 괴로움이었다. 그 어떤 선승도 지웅만큼 괴로움과 번민이 크지는 못할 것이었다. 그 어떤 선승도 지웅만큼 중생의 제도를 위해서 처절하지는 못했다.

그러나 부처를 속이고 은사를 속이고 신도들을 속인 업장은 결코 사라지지는 않을 것이었다. 그 어떤 식으로든 인과응보를 받아야만 업장이 소멸될 것이기 때문이었다. 지웅은 자신이 저질러 놓은 업장을 피해갈 생각은 조금도 없었다. 어떤 응보가 내려지든 그것을 받아 넘기며 천불탑을 완성하고야 말겠다는 일념뿐이었다. 법당에 가만히 앉아 염불하고 기도를 하는 것만으로도 업장이 다 소멸될 수 있겠지만 지웅은 그러고 싶지가 않았다. 천불탑을 완성해가는 것이 그에게는 염불이요 기도라고 믿었다. 뿐만 아니라 그에게는 사판승으로서의 참선이요 정진이라고 믿었다.

그래서 지웅은 상좌들이 말렸지만 손수 기둥을 세우고 기왓장을 나르고 돌을 깎기도 하였던 것이다. 상처를 입은 적이 한두 번이 아니었다. 어제도 지웅은 9층 추녀 끝에서 떨어져내린 기왓장에 찍혀 어깨에 큰 상처를 입어 드러눕고 말았던 것이다. 그러나 지웅은 입원을 권유하는 상좌들의 의견을 강력히 뿌리쳤다.

"말도 안 되는 소리다. 나는 이 응보를 다 받겠느니라."

"주지스님, 무슨 응보란 말씀입니까."

"찢어진 어깻죽지가 응보가 아니고 무엇이란 말이냐."

지웅이 고통 때문에 숨을 몰아쉬면서 나직이 말하였다. 그래도 상좌는 큰 눈을 굴리고만 있었다.

"이렇게 스님의 상처가 깊을 만큼의 응보가 있었다니 저는 믿어지지가 않습니다."

"나를 바로 보게 되면 이해할 수 있을 것이다."

"저는 스님을 십년도 넘게 모셔왔습니다. 그런데 무얼 모른다는 말씀입니까. 어서 일러 주십시오."

"나는 인과를 부정할 생각도 없고, 응보를 피할 생각도 없다."

"주지스님, 무슨 인과에 매였다고 스님답지 않게 응보를 말씀하시는 겁니까."

상좌는 지웅의 짙은 눈썹을 바라보면서 고개를 갸웃거리고 있었다. 지웅은 그러한 모습의 상좌가 친자식처럼 귀엽기도 하였다. 그래서 지웅은 기왓장이 자신의 한쪽 어깨를 찢어 고통이 심하였지만 옛날 이야기를 들려주듯 법문을 하였다.

그것은 선가에 전해내려 오는 백장야호(百丈野狐)라는 화두에 얽힌 이야기였다.

"하루 일하지 않으면 하루 먹지 말라(一日不作 一日不食)는 법문으로 유명한 백장 스님이란 분이 있었지. 그 스님의 법당은 저 가람이 아니라 밭이었지. 씨 뿌리고 김매는 것이 참선이었고, 호미나 괭이가 불경(佛經)이었어."

백장 스님이 설법을 할 때마다 꼭 한 노인이 뒤에 앉아 있었다고 한다. 조용히 앉아 있다 가곤 하였지만 백장 스님은 청중 가운데서 유독 그를 기억하였다. 사람들 속에서 두 귀를 짐승의 귀처럼 뾰족 세워 자신의 법문을 듣곤 하였기 때문이었다.

그런 그 노인이 하루는 법문이 끝난 뒤에도 물러가지 않고 법당 마룻바닥에 앉아 있는 것이었다. 그래서 백장 스님은 법상에서 내려와 그에게 다가갔다.

"그대는 누구시오."

그러자 노인이 더듬거리며 대답하였다.

"사람의 탈을 쓰고 있을 뿐, 저는 사람이 아닙니다."

"계속 얘기해 보시오."

"하지만 저도 전생에는 스님이었습니다. 그러니까 가섭불(迦葉佛) 때였습니다. 그때는 이 백장산에서 제자들을 가르치고 있었지요. 그런데 어느 날 젊은 학인으로부터 '용맹 정진 끝에 깨달음을 얻은 스님도 인과(因果)에 떨어집니까' 라는 질문을 받고 '불락인과(不落因果)' 라고 대답을 하여 이렇게 오백세 동안 여우의 몸이 되고 말았습니다. 제가 다시 사람으로 환생할 수는 없겠습니까. 부디 법문을 주시어 사람으로 환생할 수 있도록 도와주십시오."

'불락인과' 란 인과에 떨어지지 않는다는 뜻이었으리라. 깨달은 사람인데 인과가 무슨 상관있겠느냐는 것. 노인이 백장 스님에게 물었다.

"깨달은 스님이 인과에 떨어집니까, 떨어지지 않습니까."

그러자 백장 스님이 말했다.

"불매인과(不昧因果)."

순간 노인은 백장 스님의 말뜻을 단번에 알아버렸다. 아무리 깨달은 스님이라도 인과를 벗어날 수는 없지만, 그러나 인과의 얽매임에 자유로울 수 있다는 말이었다. 노인이 큰절을 하면서 말했다.

"법문을 들은 덕분에 여우의 탈을 벗게 되었습니다. 제 시체는 이 법당이 있는 뒷산에 있을 것입니다. 부탁을 하나 더 드립니다만 저를 화장시켜 주시면 스님의 은덕을 잊지 않겠습니다."

노인이 홀연히 사라지고 난 후, 백장 스님은 몇 명의 학인들을 데리고 뒷산으로 올랐다. 가보니, 과연 큰 바위 밑에 여우 한 마리가 죽어 있는 게 보였다. 곧바로 백장 스님은 그 노인의 부탁을 들어 화장을 시켜 주었다.

이야기를 하다가 지웅은 어깻죽지의 통증 때문에 얼굴을 일그러뜨렸다. 그러자 상좌가 달려들어 지웅을 부축하려 들었다.

"주지스님, 누우시지요. 의사를 부를까요."

"눕지 않겠다. 이 고통이야말로 응보가 아니겠느냐. 아직도 내 말뜻을 알지 못하고 있구나."

"그래도 찢어진 어깨는 꿰매야 할 것 아닙니까."

"허허허."

지웅은 쓴웃음을 지었다.

"사실은 벌써 의사를 불렀습니다. 지금쯤 이곳으로 달려오고 있을 겁니다."

"공연히 나를 번거롭게 하는구나. 저 천불탑 공사에 동참하고 있는 인부들의 사기를 떨어뜨리려고."

"잡역부들의 사기하고 아무 상관없는 일입니다. 그들도 다치면 드러눕습니다."

"천불탑 공사도 따지고 보면 전쟁이지. 장수가 쓰러져 있는데 군병들이 힘을 쓰겠느냐. 나는 그 점을 염려하고 있다."

"주지스님다운 말씀이십니다."

상좌가 고개를 끄덕이자 지웅이 신음을 베어물듯 말했다.

"의사를 불렀다니 내 일러두겠다만 소란은 피우지 말아라."

"명심하겠습니다. 스님."

"알았으면 나가 보아라. 어서 천불탑에 나가 보아라."

"그러겠습니다만 좀전의 의문은 풀어주십시오."

상좌는 아버지한테 매달리는 자식처럼 굴었다. 그의 의문은 지웅에게 무슨 인과가 있어 응보를 받느냐는 것이었다. 십년도 넘게 지웅을 모셔왔지만 응보를 받을 만한 씨앗은 단 한 알도 뿌리지 않았음을 굳게 믿고 있기 때문이었다. 그렇지 않고 지웅에게 승려로서 사심이 있거나 큰 허물이 있었다면 진즉 지웅 곁을 떠나버렸을 것이었다.

그런데도 지웅을 바로 보면 알 수 있을 것이라니 그것은 지웅의 마음을 투시해 보라는 말이나 다름없었다. 그러나 상좌에게는 그런 능력이 없었다.

"나가서 일을 보라고 하지 않았느냐."

"의사가 올 때까지는 이 자리를 지키겠습니다."

"내가 왜 백장야호의 화두를 들려주었는지를 모르는구나. 불법을 잘못 알면 그 죄로 몇 백년을 여우로 태어날 수도 있다는 게야. 이제 알겠느냐."

그제야 상좌는 무릎을 고쳐 꿇으며 입을 다물었다. 지웅은 뼈속을 파고드는 고통을 견디면서 조용히 눈을 감았다. 그러자 몽매에도 잊지 못할 천불탑이 눈 앞에 생생하게 그려지고 있었다.

천불탑. 세세생생 영원토록 신도들에게 등신불처럼 경배를 받을 것이지만 그 이면에는 지웅의 피와 땀이 배어 있는 탑이었다.

탑을 조성하기 위해 기단부를 다질 때부터 지웅에 대한 갖가지 모함이 잇달았는데, 탑의 조성이 늦어지자 모금한 헌금을 지웅이 빼돌렸다는 소문에서부터 심지어는 여자를 숨겨두고 축재를 하고 있다는 소문까지 난무했던 것이다.

"부처님 진신사리를 법당에 봉안한 지 벌써 몇 년인가. 그동안 모금한 모연금은 어디로 갔는가. 천불탑은 언제 올라가는가."

그러나 그때 지웅은 함부로 탑 공사를 시작할 수가 없었다. 부처의 진신사리를 가지러 간 법상이 돌아오지 않고 있기 때문이었다. 신도들이 보내오는 모연금이 예상보다 빨리 기억 원에서 기십억 원으로 불어났으므로 탑 공사를 바로 착수할 수도 있었지만 법상의 소식이 오리무중이어서였다.

그때 지웅은 이를 악물고 이렇게 다짐하곤 하였던 것이다.

'천불탑에는 꼭 부처님의 진신사리를 봉안하리라. 그때는 사부대중도 불망어계(不妄語戒)를 지키지 못하고 파계한 이 지웅을 이해하리라.'

비록, 모연금을 계속 받기 위해서 용제 스님의 사리를 부처의 진신사리라고 신도들에게 거짓말을 하였지만, 천불탑의 사리만큼은 신도들에게 약속한 대로 부처의 진신사리로 봉안하는 게 지웅은 부처 앞에 참회하는 길이라고 믿었다. 그래서 천불탑을 설계한 최림에게 8년 동안 다물고 있던 입을 열어 법당의 사리는 부처의 진신사리가 아니라고 처음으로 고백을 하였으며, 그를 인도로 보내고 말았던 것이다.

그런데 그런 와중에서도 탑이 일층 이층 올라가자, 모연금을 빼돌린다는 소문은 슬그머니 사라지고, 이번에는 엉뚱한 사건이 하나 둘 터지는 것이었다. 6층이 완성되어 갈 무렵에 벼락이 떨어져 탑의 한쪽 벽면이 무너져버린 일이었다.

너무도 어이가 없는 일이어서 지웅은 눈물을 흘리고 말았었다. 아침 저녁으로 부처 앞에 무릎 꿇고 기도를 하였음에도 불구하고, 간절한 원력을 내어 추진하고 있음에도 불구하고 하늘에서 벼락이 떨어지다니 비통한 심정을 감출 수 없었던 것이었다.

목수의 실수로 그러했다면 대수롭지 않게 지나칠 수도 있는 일이었다. 그러나 사람의 실수가 아닌 천재(天災)였으므로 심적으로 충격이 컸었던 것이다.

7층이 조성되던 동안에는 천불탑의 사고는 아니지만 지웅이 가장 아끼던 승 행자가 수계식 중에 하산을 해버린 일도 있었다. 명민하고 굳센 승 행자가 승려되기를 포기하고 하산해버린 것 또한 지웅에게는 적지 않은 충격이었다. 모질게 단련시켜 쓸 만한 중이 되어 제 밥값은 하겠거니 마음속에 점을 찍어 놓고 있었는데, 그만 미소사를 떠나버린 것이었다. 그것도 나중에 안 일이지만 원하지 않은 아이를 하나 밴 채 산문을 나가버린 것이었다.

누구에게도 발설하지는 않았지만 지웅은 믿을 수 있는 승 행자에게 천불탑의 모연금 장부를 맡기려고 하였었는데, 그 계획이 어긋나버린 것이었다. 승 행자의 빼어난 미모 때문에 끼를 없애야 한다고 걱정을 하였으며, 그래서 더욱 혹독하게 행자생활을 시키었던 지웅이었던 것이다. 기대를 하지 않았으면 '이년 저

넌' 하고 닦달을 하거나 모질게 굴지도 않았을 것이었다. 그녀에게 행자생활을 원리원칙대로 엄격하게 시킨 것은 다 지웅의 그런 숨은 뜻이 있었기 때문이었다.

최림이 인도로 떠난 뒤, 그러니까 8층이 완성되어 가던 중에는 인부가 낙상하여 죽은 사고가 터졌다. 8층에서 발을 헛디뎌 추락하였던 것인데, 어떻게 손을 써볼 도리가 없이 이미 숨이 끊어져버린 상태였었다.

물론 전혀 예상치 못한 일이었다. 그의 가족들이 몰려와 탑 주위에서 농성을 벌이기까지 하였다. 터무니없이 요구하는 보상금 때문이었다. 지웅은 그들의 요구를 다 들어주고 싶었지만 신도들이 반대를 하여 이러지도 저러지도 못하였다.

"실족으로 인한 안전사고입니다. 그러니 유가족들의 요구는 무리입니다. 죽은 사람에게 책임이 더 있습니다."

"주지스님, 밀리시면 안 됩니다. 보상금을 더 올릴 테니까요."

그러나 지웅은 그때마다 명부전으로 들어가 죽은 인부의 극락왕생을 위해서 목탁을 두드렸다. 보상금의 지급보다도 지웅 자신이 할 수 있는 최대의 성의는 바로 그것이라고 믿었기 때문이었다. 보상금을 올려야만 죽은 자가 극락왕생할 수 있는 것은 아니었다. 그렇다면 지웅은 두말하지 않고 보상금을 올려주고 말았을 것이었다.

그런데도 사람들은 보상금에 매달려 싸우고들 있었다. 가만히 들여다보면 죽은 자에 대한 도리를 위해서 그러는 것이 아니었다. 그러기보다는 산 자들이 보상금이란 먹이를 놓고 서로 더 많이 차지하려고 으르렁거리는 것과 하나도 다름이 없었다.

명부전에서 염불을 하던 중 유가족들에 의해서 끌려나와 봉변을 당하기도 하였지만, 사실 지웅이 더 견딜 수 없었던 것은 바로 그런 보상금을 놓고 줄다리기를 하는 싸움이었다.

나중에는 탑 공사 자체에 회의에 빠지기도 하였다. 사람에 대한 실망 때문에 심한 무력감이 들었다. 총무스님이나 재무스님에게 천불탑 공사를 맡겨버리고 자신은 어디 깊은 산속으로 도망쳐버리고 싶을 정도였었다.

탑 공사가 준 갈등은 그것뿐만이 아니었다.

9층 공사 중에는 자재를 싣고 오던 트럭이 길에서 넘어져 구른 전복 사고도 났었다. 그래서 미소사의 모든 승려들이 밤에 횃불을 켜들고 넘어진 트럭을 일으켜 세웠을 뿐 아니라 차가 시동이 걸리지 않았으므로 거기서부터 끙끙 자재를 들어 나른 일도 있었던 것이다.

날이 밝아서 운반할 수도 있었지만 지웅의 불호령에 미소사 승려들이 밤새 모기에 뜯기며 자재를 나른 사고였었다. 그때는 선방의 수좌들도 동원되었는데 미소사 선방은 정진할 분위기가 못 된다고 다음날 떠나버린 수좌도 몇 명이나 있었다. 수좌들을 뒷바라지할 책임이 있는 지웅에게는 그런 일로 인한 언짢음도 역시 마음의 갈등거리가 되었다.

하기는 1층, 2층, 3층 또한 한층 한층 올라가면서 그냥 넘어간 적이 별로 없었다. 반드시 크고 작은 마(魔)가 끼었던 것이다. 이제는 9층 위의 날렵한 장식인 상륜부(上輪部), 즉 보주(寶珠) 보개(寶蓋) 보륜(寶輪) 등이 남아 있지만 안심할 수는 없었다. 어느 순간에 또 사고가 날지 예측할 수 없기 때문이었다.

그러나 지웅이 가장 두려워하고 있는 사고는 그런 것이 아니었다. 지금까지의 경우처럼 자신의 원력으로 참고 견디어낼 사고가 아니었다. 그런 사고라면 스스로 맹세한 자신의 서원이 금강석처럼 단단하므로 골백번이라도 묵묵히 참고 벙어리처럼 견디어낼 각오가 되어 있었다.

지웅이 참으로 두려워하고 있는 사고.

그것은 두말할 것도 없이 부처의 진신사리를 가지러 간 최림이 법상을 만나지 못하는 일이었다. 인도로 간 최림이 법상을 만나지 못한다면 부처의 진신사리를 어디서 구하겠는가. 부처의 진신사리가 봉안되어야 할 천불탑은 또 어찌 되겠는가.

'부처님이 이 지웅을 버리실 리는 없을 것이다. 그러나.'

지웅은 어깻죽지의 상처가 깊은 것을 잠시 잊고 세차게 고개를 흔들고 말았다. 그러자 비명 소리가 튀어나올 만큼 통증이 어깨의 뼈속을 파고드는 것이었다.

"아아아."

지금까지 감고 있던 눈을 떠보니 놀란 상좌의 얼굴이 보였다. 상좌는 가부좌를 튼 채 좌선을 하고 있는 모습이었다. 그러다가 지웅이 비명을 지르자 다급하게 가부좌를 풀면서 말하였다.

"주지스님, 그래도 앉아만 계시겠습니까."

"지혈을 해야겠다. 천조각을 꺼내 누르도록 해라."

장삼을 벗자 다친 어깨가 그대로 드러났다. 상처 부위를 감싸고 있던 천조각은 어느새 피로 다시 물들어 있었다. 피가 다시 솟는 것을 느꼈던지 지웅이 다시 지혈을 해달라고 부탁했다.

상좌는 천천히 피에 젖은 천을 들어내고 찢어진 살 주위를 알

코올로 소독하였다. 처음 상처를 입었을 때와 달리 밤송이처럼 팽팽한 살갗이 벌어져 상처가 얼마나 깊은지를 알 수 있었다. 자세히 보니 살갗 속에 회백색의 어깨뼈가 보이는 것도 같았다. 탑의 높은 곳에서 떨어진 날카로운 기왓조각에 의한 상처가 분명하였다.

핏방울이 흘러 떨어지는 것이 아니라 방울이 되어 솟는 셈이었으므로 그나마 다행이었다. 한뼘 정도 찢어진 상처에 비해서는 출혈의 양이 아주 적었다. 그러나 타격에 의한 상처이기 때문에 살갗은 징그러울 정도로 퍼렇게 멍이 들어 있었다.

그런데도 지웅은 자신의 상처에는 아랑곳없다. 한 달 후에 다가올 천불탑의 회향식에만 온통 관심이 쏠려 있다. 더구나 그날은 석가모니 부처가 이 땅에 오신 초파일이다. 부처의 진신사리를 참배하고 천불탑을 구경하기 위해서 미소사를 찾겠다고 전국의 불자들이 벌써부터 들떠 있다. 적어도 초파일을 전후해서 백만 명의 신도들이 구름처럼 모여들 것이다. 미소사의 계곡이 온통 사람으로 뒤덮일 것이다. 신도들이 잘 방은 한정되어 있으므로 그들 대부분은 승용차 안이나 천막을 치고 노숙을 할 것이 뻔하였다.

"불탄일 법요식과 천불탑 회향식 준비는 잘 되어가고 있느냐."

"네, 요즘에는 매일 삼직스님(재무,총무,교무스님)이 만나 점검하고 있습니다. 저도 가끔 참석을 합니다."

"다른 절에서는 어떻게 치렀는지를 연구해 와서 여법하게 치러야 한다. 또한 더 중요한 것은 신도분들을 조금이라도 더 편하게 모셔야 한다."

"저희는 백만 명 가량 미소사를 찾지 않을까 예상을 하고 계획을 짜고 있습니다."

"음, 이천만 불자이니 그 정도는 참배하러 오시겠지."

"막연한 숫자가 아니라 그동안 저희 탑 공사에 수희동참한 분들을 컴퓨터로 집산한 결과 그렇게 예상이 됐습니다."

"단 한 분도 빠짐없이 초청장을 보내야지. 정중하게."

"초청장 작업은 이미 신도회에서 시작을 했습니다. 적어도 초파일 보름 전에는 초청장이 도착되도록 하겠답니다."

"오신 신도분을 편히 모실 계획은 무엇인가."

"초파일에 당일치기를 하실 분도 계시겠지만 전날 미리 찾아와 노숙을 하실 분도 많을 것이므로 계곡 주변을 정리하도록 하고 있습니다. 밤에 기온이 떨어지면 추울 것이므로 장작도 군데군데 쌓아두고 있구요."

"스님들 초청은 어떠한고."

"종정스님께서 친히 오시기로 되어 있으니 고승 대덕 스님들이 어느 절의 불사 때보다도 많이 참석하실 것 같습니다."

"당연히 종정스님께서 오셔야지. 오셔야 되고 말고. 천불탑의 공사가 어떤 불사인가."

지웅은 황룡사 9층탑의 조성 이래 한국불교 역사상 탑에 있어서는 최대의 공사라고 굳게 믿어 의심치 않았다. 높이가 무려 80여 미터에 이르는, 호텔 건물로 치자면 20층 이상의 빌딩과 비교되는 어마어마한 탑이었다. 국내의 어느 탑도 크기와 높이뿐만 아니라 그 의미에 있어서 천불탑을 능가할 수는 없는 것이었다.

그러한 천불탑이 앞으로 한달 후가 되면 내려뜨려진 오색 천에 감추어져 있다가 햇살이 눈부신 날의 아침을 기다렸던 것처럼, 석가모니 부처의 탄생을 기리는 바로 그 시간에 백만 불자 앞에 장엄하고도 당당하게 그 위의있는 모습을 드러낼 것이었다.

지웅은 다시 통증 때문에 말을 잇지 못하고 입을 다물었다. 통증은 간헐적으로 지웅을 괴롭히고 있었다. 뼈에 금이 간 듯 뼛속이 욱신욱신 송곳으로 파는 것처럼 쑤셔대었다. 그러나 지웅은 고통을 견디며 상좌에게 가장 중요한 말인듯 내뱉었다.

"그동안 천불탑 공사에 동참했던 우리 식구들과 인부들의 잔치가 되어야 할 게야. 공사로 인해 고생한 것만으로 치자면 우리 식구들이 주인이고 나머지는 객(客)이 아닌가. 불철주야 고생한 우리 식구들이 먼저 큰 환희심을 내어야 할 게야."

"알겠습니다. 스님."

"우리 식구들한테 절대로 소홀히 해서는 안 되지."

이윽고 지웅은 통증이 더욱 파고드는 듯 입을 다물고 눈을 감아버렸다. 그러자 상좌는 또다시 별 방법 없이 안절부절 못하였고, 그때 마침 미소사 스님들과 안면이 많은 의사가 들어오고 있었다.

지웅의 상처를 보자마자 의사가 상좌에게 나무라듯 말하였다.

"아니, 스님 이렇게 상처가 큰데 말이죠, 여기 가만히 계시기만 하면 어떡합니까. 바로 스님을 승용차로 모시고 왔어야죠."

"주지스님이 원치 않아서요."

"뭐라구 말씀하셨습니까."

의사는 상좌에게 대들듯이 소리치고 있었다.

"처사님도 스님의 고집을 아시지 않습니까. 전들 무슨 도리가 있겠습니까."

"내 참 기가 막혀서."

의사는 지웅을 슬쩍 바라보더니 왕진 가방을 급히 열었다. 그러면서 상좌의 말이 사실인지를 확인하였다.

"주지스님, 그렇습니까."

지웅이 말 대신에 그렇다고 고개를 끄덕이었다. 그러자 의사는 체념을 하고는 지웅의 상처를 찬찬히 뜯어보고 있었다.

"잘못하면 스님 어떻게 되는 줄 아시죠. 한쪽 어깨를 영영 쓰지 못하게 된다, 이겁니다. 그래도 뼈를 다치지 않고 이만한 게 다행입니다."

의사는 찢어진 살을 봉합하려고 긴 바늘과 주사기를 꺼낸 다음, 비닐 봉지를 뜯어 수술실을 길게 늘어뜨리고 있었다. 그런데 순간 의사가 낭패한 표정을 지었다. 마취액을 가져 오지 않았기 때문이었다.

"스님, 병원에를 다시 다녀와야겠습니다. 이런 실수를."

"왜 그러십니까."

상좌가 뜨악한 얼굴이 되어 물었다.

"이런, 서둘러 오는 바람에 마취액을 가져오지 않았어요."

자신의 실수를 인정하여 의사가 뒷머리를 긁적이며 말하자, 지웅이 제지를 하였다.

"괜찮소. 내게 마취 주사는 필요없소."

"그러시면 끔찍한 고통이 따릅니다, 주지스님."

의사가 반대를 해도 지웅은 자신의 뜻을 굽히지 않았다. 번거롭게 왔다갔다 하지 말고 수술을 하려면 어서 빨리 꿰매라는 것이었다. 그런 고통쯤 참아낼 수 있으니 걱정 말라는 지웅의 말투는 단호하였다.

"중들이 몰려오기 전에 어서 꿰매시오."

"이런 경우는 처음입니다만."

"넌 어서 공사 현장으로 나가보라니까 뭘 그리 꾸물거리느냐."

지웅의 호통에 상좌는 주지실을 물러나오고 말았다. 마취를 하지 않고 수술을 하겠다는 지웅, 그런 근기가 있으니 천불탑의 공사를 아무 차질없이 밀고 왔을 것이었다.

상좌는 법당을 바라보며 합장을 하였다. 그 안에 부처가 있고, 사리가 있기 때문에 하루에 몇 백 번이라도 그 앞을 지나칠 때마다 예를 올려야 하였다. 그것은 부처에 대한 우상이 아니라 겸손한 마음, 즉 하심을 키우라는 불가의 청규였다.

미소사로 출가하여 지금까지 단 한 번도 미소사를 떠나 본 적이 없는 상좌였다. 미소사는 이제 그의 고향이나 다름없었다.

미소사.

절의 이름이 '염화미소'에서 유래한다는 사실로 보아 원래는 선종 계열의 사찰임이 틀림없었다. 염화미소란 부처가 연꽃을 들고 그 뜻을 물었을 때 여러 제자 가운데 마하가섭이 침묵을 하면서 미소를 지어 부처의 마음을 전해받았다는 이야기. 그리하여 선사들이 선(禪)을 이야기할 때 첫번째의 화두가 되어버린 염화미소. 부처가 연꽃을 들었을 때 왜 가섭이 미소를 지었느냐는 것.

그런데 지웅은 미소사의 성격을 바꾸고 있는 중이다. 선만이 아니라 교(敎), 즉 부처의 말씀도 중요하다는 것이다. 천불탑을 찾아와서 부처의 말씀을 듣고서도 가섭처럼 미소를 지을 수 있다는 것이 지웅의 주장이었다. 부처의 마음이라는 선이든, 부처의 말씀이라는 교든 미소를 짓는다는 자체가 이심전심이 아닌가. 상좌는 지웅한테서 그런 법문을 들었던 것이다.

인도의 길

　최림은 약속한 날에도 싯타르타 호텔로 오지 않았다. 걱정이 되어 캘커타의 아스토리아 호텔로 전화를 해보았지만 이미 체크 아웃된 상태였다. 그렇다면… 적음은 불길한 예감이 들었다. 병원으로 실려갔거나 오던 중에 병이 더 도져 어느 간이역에서 내렸을지도 모르는 일이었다. 아니면 다른 돌발사고를 당했던지. 그렇다고 적음은 무작정 지루하게 싯타르타 호텔에서 기다릴 수만도 없었다. 일단 자기 혼자서라도 스승 법상을 찾아나설 수밖에 없었다.

　그러기를 10여 일. 적음은 유키코의 안내를 받아 혼자서 법상을 찾아 가야에서 가깝고 먼 불교 유적지들을 돌아다녔다. 숙소를 옮겨가며 한 불교 유적지를 중심으로 집중적으로 찾는 게 더 효율적이겠지만 언제 최림이 나타날지 모르므로 가야의 싯타르타 호텔을 떠날 수가 없었다.

적음이 법상을 찾아 첫번째로 갔던 곳은 보드가야.

원래는 부처가 깨달음을 얻었던 곳이라 하여 붓다가야로 불리다가 보드가야로 바뀐 곳이었다. 가야에서 보드가야까지는 11km. 인도에서의 11km는 아주 가까운 거리였다. 땅덩어리가 워낙 크기 때문인지 그 정도의 거리를 두고 유키코가 멀다고 하니까 호텔 지배인이 웃었다.

"릭샤를 타시고 눈 한 번만 감으시면 도착됩니다."

"그렇게 가까운 거리가 아니었는데, 그게 아닐 텐데요."

"네. 남쪽으로 11km 떨어진 거리에 있는뎁쇼."

"11km가 가까운 거리라니."

"그럼요."

적음은 유키코와 지배인이 불러준 오토 릭샤를 타기로 하였다. 가야의 탈것은 캘커타보다 종류가 적었다. 가야의 운송수단은 자전거의 페달을 밟아 움직이는 릭샤와 엔진으로 끄는 오토 릭샤가 대부분이었다. 캘커타처럼 사람이 끄는 인력거는 눈에 잘 띄지 않았다.

오토 릭샤는 가야 거리를 벗어나 곧 보드가야로 들어가는 강둑 위에 난 길을 달렸다. 강둑은 길었고 강둑 밑으로는 백사장이 계속 이어졌다. 갠지스 강의 지류인 팔구 강가를 릭샤는 먼지를 풀풀 날리며 달리고 있었다.

유키코가 가이드처럼 안내를 해주었다. 팔구 강은 네란자라 강과 모하내 강이 합쳐진 강이라고 말해주었다. 오토 릭샤가 더 요란스러운 소리를 내며 달리자 네란자라 강과 모하내 강이 합수하는 지점에서 멀리 전정각산이 보였다. 전정각산은 산의 이름이 그러하듯 석가모니 부처가 정각을 이루기 전에 극도의 고행을 하였던 곳.

오토 릭샤가 팔구 강을 지나 네란자라 강가를 달리자 불교 유적지들이 더 많이 나타나기 시작하였다. 석가모니 부처에게 우유죽을 공양한 수자타의 집터도 보였고, 부처에게 귀의한 우루빌라 카샤파의 절도 보였다. 그런가 하면 정각을 이루기 전 고행의 피로를 풀었던 강가도 보였다.

적음은 눈을 부릅뜨고 주위를 두리번거렸다. 부처가 한 곳에 안주하지 않고 길을 도량 삼아 걸으셨던 것처럼 법상 스님이 길 위를 걷고 있을지 모르기 때문이었다.

그러나 석가모니의 큰 깨달음을 기리기 위해 아쇼카 대왕에 의해 세워진 대각사(大覺寺) 정문에 다다라서는 너무 혼잡스러워 법상 스님을 찾겠다는 의지가 달아나버리는 느낌이었다. 입구는 참배객들과 관광객들로 대단히 북적거렸다. 원색의 사리를 걸친 처녀들과 아기를 안은 여인네들, 그리고 각국에서 온 관광객들로 한눈을 팔다가는 유키코를 놓쳐버릴 것만 같았다. 더구나 행인의 반쯤은 참배객들에게 울음을 터뜨릴 듯한 표정으로 '박시시' 하고 손을 벌려 구걸하는 사람들이었다. 그런가 하면 기념품 가게에서도 대탑의 주변에까지 나와 호객을 하고 있었다.

대탑의 맞은편에서는 끊임없이 힌두의 음악과 무슨 행사를 하는지 안내 방송이 반복되고 있었다. 입장료를 내고 들어가 신발을 맡기고는 대탑 안의 부처님께 참예하기 위해 순서를 기다렸다. 줄을 길게 늘어서 있다가 자기 순서가 되어야만 들어갈 수 있기 때문이었다.

표지판에 적힌 대각사의 안내문을 유키코가 메모하고 있었다. 그녀가 영문으로 적은 안내문은 이러하였다.

〈대각사: BC 3세기 아쇼카 대왕에 의해 창건되어 수차례 흥망을 거듭해 오다가 11세기 때에 없어짐. 현 건물은 1882년에 복원됨.

(1) 뒷 보리수: 보디 팔란가(정각을 이루신 성스러운 장소)

싯타르타 태자는 기원전 623년 만월이 뜬 날 바이사카(Vaisakha)에 이 보리수 아래에 앉아 정각을 이루셨다. 보리수 아래의 바즈라사나(Vajrasana,金剛座)는 공양 참배의 중심지이다.

(2) 입구 왼편: 아니메사 로카나(부동자세로 응시한 곳)

부처님께서 정각을 이루신 이후 이곳에서 선정에 들어 부동자세로 보리수를 바라보면서 두번째 주 7일을 보내셨다.

(3) 왼편 1: 카나마나(보행하셨던 회랑)

부처님께서 정각을 이루신 이후 이곳 위 아래를 걸으시며 세번째 주 7일을 보내셨다. 대 위의 연꽃들은 당시 걸으셨던 부처님의 발자국을 나타낸다.

(4) 왼편 2: 라타나가라(기초 명상소)

부처님께서 정각을 이루신 이후 이곳에서 선정에 들어 파따나(인과법)를 심사숙고하시면서 네번째 주 7일을 보내셨다.

(5) 입구 보리수: 아쟈팔라 니그로다 나무(벵골 보리수)

부처님께서 정각을 이루신 이후 이 나무 밑에서 선정에 들어 다섯번째 주 7일을 보내셨다. 이곳에서 부처님께서는 한 브라만

(귀족계급)에게,

"출생의 신분에 의해서 브라만이 되지 않고, 어떤 신분으로 태어나도 그 사람의 행위에 의해서 브라만이 된다"라고 말씀하셨다.

(6) 오른쪽 연못: 무칼린다(뱀 왕의 거처)

부처님께서 정각을 이루신 이후 이곳에서 여섯번째 주 7일을 보내셨다. 부처님께서 선정에 들었을 때 심한 우뢰와 폭풍우가 내리쳤다. 이때 부처님을 보호하기 위한 신이 나타나서 우뢰와 폭풍우를 물리쳤다.

(7) 오른쪽 보리수: 라자야타나(삼림수의 일종)

부처님께서 정각을 이루신 이후 이곳에서 선정에 들어 일곱번째 주 7일을 보내셨다. 선정이 끝날 무렵 두 상인, 타뿌사와 발리까가 부처님께 떡과 꿀을 공양 올리고 위안의 법문을 청하였다.

삼보(三寶) 가운데 불보(佛寶)와 법보(法寶)는 성립되었으나 아직 승보(僧寶)는 성립되지 아니하였다.〉

대탑 안의 부처님을 참예한 후 유키코와 적음은 맨발로 대탑 주위를, 오체투지하는 티베트의 승려와 신도들 사이를 피해가며 탑돌이를 하기 시작하였다. 오체투지란 두 팔과 두 다리와 이마를 땅에 대는 예배법인데, 어떤 스님은 이마에 혹이 날 정도로 몇 달 간을 계속한다고 하였다. 그러니 우리 나라의 삼천배는 그들의 오체투지에 비하면 아무 것도 아닌 수행인 셈이었다.

어쨌든 첫번째로 법상을 찾아 나섰던 길은, 앞으로의 여정이 순탄치만은 않을 것 같다는 불안감과, 부처님의 성지를 순례한다는 법열이 묘하게 뒤섞여버리는 느낌이었다.

두번째로 법상을 찾아 갔던 곳은 라즈기르(王舍城).

물론 3년 전, 성지순례 관광단에 끼어 라즈기르를 둘러보았었지만 그때의 경험은 법상을 찾는 데 전혀 도움이 안 되었다. 그때의 여행은 순례라기보다는 극기 훈련에 가까운 강행군이나 다름없었다. 일주일 만에 4,000km에 이르는 부처의 4대 성지를 다 둘러보아야 했으므로 하루 종일 이동하는 버스 속에 있다가 밤이 되어서야 숙소로 돌아오곤 했었다. 때문에 성지에 도착해서도 많이 머물러야 1시간 정도가 고작이었다. 그렇다고 휴식을 충분히 취할 수도 없었다. 하루에 500km 이상씩 시속 50km의 버스로 이동해야 했으므로 밤 12시쯤에 눈을 붙였다가 새벽 네시나 다섯 시에 출발해야 했기 때문이었다.

그러니까 그때는 인도의 길 위에서 하루에 10시간 이상씩을 보낸 셈이었다. 그것도 최대 시속 60km인 버스 속에서. 그때 적음은 너무 피곤하였으므로 눈을 떴다가 졸다가 하면서 비슷비슷한 인도의 풍경을 별 감흥 없이 바라보곤 하였었는데, 나중에는 거리와 시간 감각이 사라져버리는 느낌이었다.

아무리 달려도 버스는 길 위에 있었고, 눈을 희번덕거리는 비슷한 사람들 사이를 달리고 있었고, 흙먼지를 잔뜩 뒤집어 쓴 촌락들이 보이고 있는 것이었다. 뿐만 아니라 졸린 탓도 있었지만 모든 게 슬로 모션처럼 움직이고 있었다. 먹이를 찾아 쓰레기를 뒤지는 소들도, 개들도, 풀밭에 누워 휴식을 취하는 사람들도 흐느적거리고 있는 것이었다. 물론 버스가 도회지를 달릴 때는 사람들의 움직임이 좀 빨라지긴 하였지만.

그러나 도회지도 자세히 그 이면을 들여다보면 흐느적거림으로 가득 채워져 있는 듯하였다. 조금이라도 풀이 자라 있는 녹지 공간에는 예외없이 사람들이 드러누워 시도때도 없이 잠을 자느라 뒤척거리고 있었고, 나무 그늘이건 햇볕 아래건 공공(公共)의 빈 공간이면 틀림없이 쪼그려 앉은 노숙자들이 그곳을 점거하고 있는 것이었다.

그런가 하면 뿌연 먼지의 허공 속에서 뜨는 해나 지는 해도 바쁠 것이 없었다. 최대한 게으름을 피우며 애드벌룬이 뜨고 가라앉는 것처럼 천천히 움직이고 있었다. 처음에는 무슨 착시현상인가 싶어 눈을 부벼보곤 하였지만 모든 게 느릿느릿한 속도였었다.

성격이 급한 편인 적음으로서는 가장 견디기 힘든 일이었지만 버스를 이동하면서 어느새 자신이 적응되어가고 있는 것을 느끼고는 스스로 놀란 적이 있었다. 아, 시간이란 이렇듯 〈반야심경〉의 부증불감(不增不減)처럼 늘어나는 것도 없고 줄어드는 것도 없는 것이구나.

모든 버스마다 최대시속을 60km로 제한해 놓은 나라는 아마 인도밖에 없을 것이었다. 좁은 도로를 고려해서 그런지, 아니면 차의 성능을 고려해서 그런지 그것도 아니라면 다른 우마차들과의 사고를 피하기 위해서 그런지는 알 수 없지만 느린 속도를 원망하는 사람은 우리 관광객뿐이었다.

그들은 오래 전부터 뚫려 있는 대지의 길을 느릿느릿 달릴 뿐이었다. 사고가 나도 우회하는 차는 없었다. 앞차가 치워질 때까지 뒤에 멈추어 노닥거릴 따름이었다. 신경이 날카로운 한국 관광객으로서는 머리가 돌아버릴 지경이었지만 그곳의 구체적인 사례를 목격하고는 그냥 참아내는 수밖에 없었다.

바라나시에서 아그라까지 고속도로를 달리고 있을 때 차들이 수십 수백 대가 밀려 있었다. 조금도 꿈쩍을 안했다. 알고 보니 좁은 다리에서 두 차가 마주 달리다 충돌한 사고가 났기 때문이었다.

그런데 운전수들은 마치 사고를 기다렸다는 듯이 차 안에서 낮잠을 자거나 차를 벗어나 멀건히 담배를 빨아대고 있는 것이었다. 화가 나 있는 사람은 아무도 없었다. 사고가 난 지 몇 시간이 되었느냐고 묻자 무려 5시간이나 되었다는 것이었다. 그 누구도 다리로 가 사고 난 차를 끌어내려고 하지 않았다. 경찰도 군인도 부르려 하지 않았고 불러도 올 가망이 없는 모양이었다.

물론 길을 벗어나면 대지였으므로 우회하여 서행을 할 수 있을 텐데도 운전수들은 습관적으로 그럴 필요를 느끼지 않는 듯하였다. 하긴 인도에서 길을 벗어난다는 것은 대단히 위험한 일이었다. 늪이 많고 독사가 있고 거친 덩굴들이 대지를 뒤덮고 있기 때문이었다. 말하자면 인도인들의 머리속에는 '길이 아니면 가지 말라'는 금언이 은연중 박혀 있는 것 같았다.

인도에서는 길 위에 있는 것이 안전했다. 용변을 보려고 길을 벗어나려면 조금만 벗어나야 하였다. 인도인들은 용변을 볼 때 길 가까이 접근하여 천연덕스럽게 해결을 하곤 하였다. 아침의 버스 속에서 처음에 그들을 볼 때 무슨 명상을 저렇게 하는가 싶었는데 나중에 보니 그게 아니어 얼굴을 찡그렸었다. 그러나 그것도 며칠 만에 그들을 이해할 수 있었고, 그들을 흉내내어 관광단의 남자고 여자고 간에 아침마다 길 가까이서 엉덩이를 드러낼 수밖에 없었다.

그러므로 인도의 어느 길가나 물컹한 똥 천지였고 똥을 밟지 않으려고 조심하여야 했다. 그런데 이상한 것은 그럼에도 불구하고 똥 냄새를 별로 느낄 수 없다는 점이었다. 산지사방으로 툭 터진 넓은 대지 때문이거나 아니면 뜨거운 햇볕이 똥을 재빨리 말려버리기 때문이 아닐까도 싶었지만 질문 자체가 점잖치 못해서 물을 수도 없는 일이었다.

아무튼 적음은 인도의 첫번째 여행을 떠올릴 때마다 끝없는 길밖에 생각나는 게 없었다. 어디를 가나 인도의 길은 시작도 없고 끝도 없는 대지에 뻗어 있었고, 가장 많이 본 게 있다면 대지에 손금처럼 나 있는 인도인들의 생명선인 길뿐인 것이었다. 길을 한번 잘못 들면 몇 십분이 아니라 몇 시간을 대지에서 허비해야 하였다. 목적지를 가려면 정직하게 달려야지 우회하거나 지름길을 찾아 잘못 들었다가는 낭패를 보기 일쑤였던 것이다.

인도인들에게 길은 또다른 힌두나 다름없었다. 어떤 사물이건 신(神)의 또다른 형상으로 보는 힌두나 다름없는 것이다. 솥 같은 것을 머리에 쓰고 마치 수도자처럼 터벅터벅 길을 걸어가는 인도인들을 보면 그런 생각이 들었다. 그들은 무덤덤한 길의 표정을 어느새 깊이 닮아 별로 기쁠 일도 없고 슬플 일도 없다는 듯이 무덤덤하게 살아가고 있는 것이었다.

라즈기르 즉 왕사성 가는 길도 역시 인도식이었다. 2천5백여 년 전이나 지금이나 정직하게 하나밖에 나 있지 않았다. 지름길이나 샛길은 없었다. 가야에서 라즈기르까지는 인도인 택시 운전수의 말로 칠십 몇 킬로미터. 인도인들이 자랑하는 앰배세더 택시로 3시간은 달려야 하였다.

유키코가 택시를 값싸게 불러왔으므로 거절할 수도 없었다.

"1천루피에 하루를 빌렸어요."

1천루피라면 우리 돈으로 3만 5천원 정도되었다. 그러니 국내 물가를 감안한다면 아주 싼 편이었다. 오전 8시부터 빌리기로 하였는데 운전수는 새벽부터 와서 호텔 로비에서 씹는 담배를 우물거리며 기다리고 있었다. 그가 일찍 온 것은 아마도 다른 운전수한테 손님을 뺏기지 않으려고 그런 듯하였다.

호텔 식당에서 끼니마다 며칠째 메뉴를 바꾸지 않고 빵 몇 조각과 우유 한잔, 바나나 한쪽으로 식사를 했기 때문에 배는 늘 더부룩하였다. 먹어도 먹은 것 같지 않았고 배설을 해도 반쯤은 설사가 되어 개운치가 못하였다.

왕사성 가는 길에는 더욱 배가 더부룩하였다. 그나마 아침길이어서 열린 차창으로 들이치는 시원한 바람에 더부룩한 속을 견딜 수 있었다. 길은 2차선이었지만 아스팔트가 가운데 부분만 포장되어 있어 1차선이나 다름없었다. 반대쪽에서 트럭이나 버스가 돌진해 올 때는 한켠으로 비켜서 있다가 달리곤 하였다.

펼쳐진 평원을 북쪽으로 한없이 달리다 보니 멀리 산들이 나타나고 있었다. 옛 왕국들이 왜 그곳을 빼앗기 위해 전쟁을 벌였는지 능히 짐작이 되었다. 그곳 산들이 천연의 성곽 역할을 하면서 넓은 대지의 영토를 지켜주기 때문이었다. 부처가 살아계실 적에 번영을 누렸던 마가다국의 수도 왕사성은 바로 산들로 둘러싸인 넓은 분지에 있었다.

"스님, 잠깐만요."

유키코가 용변을 보기 위해서 택시를 세웠다. 택시는 관목이 곱슬머리처럼 다닥다닥 달라붙은 산록을 들어섰지만 아직 왕사성을 도착한 것은 아니었다. 길가에서 용변을 볼 때는 유키코와 묵계를 한 게 하나 있었다. 차를 중심으로 왼쪽에서는 적음, 오른쪽에서는 유키코가 용변을 보았다. 방향이 서로 꼬여 어색한 적도 있지만 어느새 그들도 인도인과 동화되어 쪼그려 앉은 동작이 조금씩 노출되어도 무관심하게 되어버렸다.

사실 인도인들의 성기를, 그것도 남성의 그것을 무심코 보았을 때 적음은 무척 놀라고 말았었다. 그것은 적음이 생각하는 성기가 아니었다. 감추어야 할 은밀한 무엇이 아니라 기다란 흰 막대기처럼 축 처진 채 아무렇지도 않게 드러나 있는 것이었다. 부끄러움이 조금도 묻어 있지 않았었다. 그러기는커녕 인도인의 표정처럼 그것마저도 무덤덤한 모습이었다.

'아니, 뭐 저런 게 있어. 인도인의 자지는 저런 건가.'

처음에는 그것이 너무 크고 먼지가 묻은 것처럼 하얘서 성기가 아닌 줄만 알았는데, 자신도 모르게 자세히 보니 사타구니 사이에 정확히 위치해 있는 것으로 보아 그것은 분명 의심의 여지가 없는 남성의 생식기였던 것이다.

그들은 똥을 눌 때만은 절대로 그것을 감추지 않고 있었다. 화장지를 쓰지 않고 왼손으로 닦기 때문에 손을 씻는 물통을 하나씩 준비하고 있었지만 그 물통으로 그곳을 가릴 생각이 전혀 없는 듯하였다. 물통을 사타구니 사이에 두면 남근이 저절로 은폐가 되겠지만 대부분 물통은 엉덩이 옆에 따로 놓여 있었다.

적음은 유키코가 볼일을 보는 동안 자신도 더부룩한 속을 진정시킬 겸 쪼그리고 앉았다. 인도인처럼 길 가까이서 볼일을 보았다. 예상했던 대로 설사는 더 심해지지는 않았으나 항문을 시원케 할 만큼 배설되는 것도 아니었다. 찜찜하지만 그런대로 속을 다독거려주는 정도였다.

유키코도 차에서 결코 멀리 가지는 않았다. 그러니까 차에서 얼마나 떨어져 용변을 보는가에 따라서 인도와의 적응도를 가늠해 볼 수도 있지 않을까 싶었다. 유키코와 첫날에는 서로가 차에서 상당히 떨어진 거리에서 용변을 보았는데 어느새 차에서 대여섯 걸음 떨어져서 천연덕스럽게 볼일을 치르고 있는 것이었다.

뿐만 아니라 속살을 슬쩍 보아도 아무렇지도 않았다. 처음처럼 놀라거나 어색해 하지 않게 되었다. 그래야만 여행을 할 수 있는 곳이 인도이기 때문이었다.

"스님의 스승님을 찾아 인도로 왔다고 했죠."

"그렇소. 법상 스님이라고 하지요."

"저도 찾아볼게요."

"매부리코에다 부처님처럼 미간 사이에 점이 하나 있지요."

잠시 다리 운동을 한 다음, 택시에 다시 올라타 인도산 생수를 마셨다. 다른 것은 다 호텔에 놓고 다니는데 생수만큼은 꼭 서너 병씩 가지고 다녀야 했다. 인도 특유의 광물질이 섞인 지하수만큼은 절대로 적응이 안 되기 때문이었다. 택시가 움직이기 시작하자 유키코가 또 법상 스님을 들먹거렸다.

"그런데 스님을 찾는 이유는 뭐예요."

"길이 있으니까 걷듯 스승이니까 만나보고 싶은 거요."

"어디에 계시는데요."

"부처님 성지에 계실 것이오. 몇 년째 순례하고 있다는 소문을 들었소."

"그럼, 왕사성이 내려다보이는 영취산에 계실지도 모르겠네요."

"제발 거기에 계셨으면 좋겠소."

"만약 계신다면요."

"내 여행은 즉시 중단될 것이오. 다만 큰스님께서 허락하신다면 나머지 성지들을 순례하게 될 것이오."

"스님이 계시지 않는다면요."

"최소한 부처님 4대 성지는 돌아보고 결론을 내려야지요."

"스님을 제가 찾는다면요."

"애지중지하는 이 염주를 주겠소. 하하하."

적음은 자신이 가지고 있는 염주를 상품으로 걸고는 소리나게 웃었다. 사실 법상 스님을 찾을 수만 있다면 염주가 문제가 아니었다. 바랑 속에 넣어가지고 다니는 자신의 호신불(護身佛)인 금동관세음보살상도 정표로 넘겨줄 수도 있었다.

택시는 영취산 입구에서 멈추었다. 인도 정부가 관광지로 개발해 놓아 입구는 기념품 가게나 식당들이 몇 개 있어 그런대로 이곳이 관광지구나 하는 느낌이 들었다. 외국인들을 위해서 설치한 수세식 화장실도 있었다. 기념품과 카탈로그를 파는 아이들도 관광객이 도착할 때마다 우르르 몰려와 흥정을 벌이곤 하였다. 오면서 잠시 잊고 있었던 거지들도 나타나 곧 눈물을 떨어뜨리며 울 듯한 표정으로 손을 내밀어댔다.

"노우 노우."

택시 운전수가 파리를 쫓듯 괴성을 지르며 그들을 떼어내려 하지만 소용없는 일이었다.

"마부, 마부. 원 달라."

"붓다, 붓다. 텐 달라."

어쩌면 택시 운전수는 자기가 그래도 행상 아이들과 거지들이 달려든다는 것을 잘 알면서도 손님을 위해서 일부러 그런 시늉만 내는지도 몰랐다. 행상 아이들을 쫓느라 대신 흥정을 해줄 때도 있었다.

"붓다 원 달라."

'붓다' 하는 작은 부처상을 10달러에서 1달러로 10분의 1 가격에 달라고 하니 아이들이 질려버릴 만도 하였다. 아이들이 울상을 지으며 얼씬도 하지 못하였다.

적음은 유키코와 함께 자장 같은 소스가 나오는 짜빠티로 점심을 한 다음 영취산을 오르기로 하였다. 시계를 보니 어느새 12시를 조금 넘고 있었던 것이다. 그러니까 가야에서 왕사성까지 예상 시간보다 1시간 정도 더 걸린 셈이었다. 아마도 가야의 시장통에서 지체한 것과 오던 중에 두어번 용변을 본 것 때문에 그정도 늦어졌을 것이었다.

거지와 행상 아이들이 영취산 입구까지 따라오며 성가시게 하다가는 더 이상 가망이 없자 떨어져나갔다. 대신 늙은 경찰이 한명 따라와 동행을 해주었다. 총기를 소지하고 있는 것으로 보아 단순한 안내인은 아니었다. 인도에서 안내인이나 불교 유적지 관리인은 아주 초라한 행색으로 가는 막대기를 들고 다니는 게 보통이었다. 가는 막대기로 행상 아이나 거지들을 쫓아버리며 관광객을 안내하여 받은 팁으로 생계를 유지하는 모양이었다.

그러니까 가는 막대기가 그들에게는 신분도 나타내주고 생활의 도구도 되는 셈이었다.

이가 빠져 합죽이가 된 늙은 경찰은 영어가 유창하였다. 적어도 인도에 온 이후 만난 사람 중에 가장 세련되고 자신의 의견을 조리있게 말하는 사람이었다.

"제가 정상까지 모시겠습니다. 두 분만 올라가면 위험합니다. 한국에서 오셨군요. 저는 이제 얼굴만 봐도 일본 사람인지 한국 사람인지를 바로 맞출 수 있답니다."

적음은 그를 만난 것을 행운으로 생각하였다. 그는 영취산을 찾아온 관광객들을 도둑이나 강도로부터 보호하기 위하여 파견된 경찰인 모양이었다. 잘 믿어지지 않지만 관광객의 발길이 뜸해지는 시간을 노려 영취산 산록에 숨어 있던 도둑이나 강도가 가끔씩 나타난다는 것이었다.

2천5백여 년 전, 부처가 살아 있을 당시에도 그랬을까. 당시 마가다국의 빔비사라 왕은 산상에서 설법을 하는 부처를 만나기 위해 가마를 타지 않고 직접 영취산을 오르내렸다고 한다. 부처가 있고, 왕이 오르내렸던 산길이었으니 영취산은 그대로 극락이었으리라.

현장은 〈대당서역기〉에 영취산을 이렇게 기록하여 남기고 있다.

'영취산은 왕사성에서 십사오 리 떨어진 곳에 있다. 북산(北山)의 남쪽으로 난 봉우리가 특히 높은데, 독수리가 살고 있고 높은 자리가 있으며, 또한 거기에서는 하늘의 푸르름이 짙거나 옅어지는 것을 볼 수 있다. 여래가 깨달은 이후 50여 년 동안 이 영취산에서 머무시는 일이 많았는데, 이곳에서 사람들에게 묘법을 설법하였던 것이다.

 범비사라 왕은 부처님의 설법을 듣기 위해 영취산 산정까지 길을 내었는데, 많은 사람들을 동원하여 돌계단을 만들어가며 산록을 파고 골짜기를 깎고 바위를 옮겨가며 길을 내었다고 한다. 그리하여 만들어진 산길의 넓이는 10여 보, 길이는 오류 리.

 길 중간에는 탑 두 개가 세워져 있고 하나의 이름은 하승(下乘), 즉 왕도 거기서부터는 수레에서 내려 걸어 올라가는 지점이고, 다른 하나의 이름은 퇴범(退凡), 즉 거기서부터는 범부인 일반인의 출입을 제한하고 있는 성역이다.

 영취산의 꼭대기는 동서가 길고 남북이 좁다. 벼랑 서쪽에 벽돌로 지어진 절이 있고 문은 동쪽으로 나 열어져 있다. 여래가 머무르며 설법을 했던 절이라고 하지만 지금은 여래만한 크기의 설법하는 여래상(如來像)이 하나 있을 뿐이다.'

 적음은 범비사라 왕이 사람들을 동원하여 산록을 파고 골짜기를 깎아 만들었다는 2천5백년 전의 길을 밟아가며 자신도 모르게 흥분을 하였다. 세월이 흘러 돌계단의 길이 시멘트의 길로 변했지만 그 길 자체가 사라져버린 것은 아니었다.

 하승이라 불렀다는 탑이 어디쯤 있었을까. 아마도 산록이 가파르지 않는 영취산의 초입에 있었을 것이다. 오늘날 절의 일주문 앞에 있는, 아무리 지체 높은 벼슬아치라도 말에서 내려 걸어야 하는 지점을 표시하는 하마비(下馬碑) 같은 것이 틀림없으리라. 그렇다면 퇴범이라는 탑은 속계와 진계(眞界)를 구분짓는 일주문 같은 것이고.

 시멘트로 덮인 산길을 조금 오르자 금세 땀이 들었다. 그렇지만 적음은 닦을 생각을 못하였다. 자신이 지금 부처님이 걷던 길을 밟고 있으며 스승인 법상을 찾아 올라가고 있다는 생생한 현실감으로 힘은 들었지만 가슴이 벅차오르는 느낌이었다.

'이 길을 빔비사라 왕이 부처님을 친견하기 위해 만들었다지.'

그때 부처님은 저 독수리가 날고 있는 산정에서 선정 삼매에 들어 미소를 짓고 계셨었겠지. 부처님의 충직한 제자였던 아난은 종려나무 가지로 부채를 만들어 부처님께 시원한 바람 한줄기를 공양하였을 테고. 물론 지금 저 산정 위에는 부처님도 아난도 빔비사라 왕도 없을 것이다. 그런데도 사람들은 끊임없이 산정을 오르고 있다. 경찰도 오르고 있고 유키코도 오르고 있다. 그래서 부처님이 위대하신 것일까. 이미 2천 5백년 전에 제자들 앞에서 열반에 들었는데도 사람들은 거기에 가면 부처를 만날 수 있을 것처럼 땀을 뻘뻘 흘리면서 오르고 있는 것이다. 이러한 형국을 어떤 선사는 살아 있는 한 사람의 뒤를 죽은 수천 사람이 뒤따라 가고 있다고 비꼰 적이 있다. 어쨌거나 적음이 찾고 있는 법상 스님도 부처를 만나고자 빔비사라 왕처럼 그렇게 오르내렸으리라.

오르는 산길 중간쯤에서 적음은 잠시 쉬었다. 유키코가 자신의 다리에 가벼운 쥐가 났다고 호소를 하였기에.

"5분만 쉬었다 가요. 스님."

"그럼, 여기서 기다리시오."

"그러긴 싫어요. 저 위에 법상 스님이 있을지도 모르잖아요. 제가 꼭 찾아 스님의 염주를 받고 말 거예요."

초입에서부터 따라오던 행상 아이도 어느새 내려가버리고 문득 홀로 된 느낌이었다. 눈 앞에서부터 멀리 흔적도 없이 사라져 버린 왕사성 터에 관목숲이 펼쳐져 있는 게 보였다. 거기에는 번성했던 마가다국의 수도를 상징하는 그 어떤 유물도 남겨진 게 없었다. 왕사성은 신기루처럼 사라져 보이지 않았고 그 광활한 터는 막이 내린 연극의 무대처럼 자연의 분지로서 환원되어 남아 있을 뿐이었다.

왕사성.

옛날, 부처가 제자들을 거느리고 있을 때는 라자그리하라고 부른 성. 군사의 힘이 강성해져 바이샬리나 쿠쉬나가라의 도시국가 및 나중에는 코살라의 수도 사위성(舍衛城)까지 평정해버렸던 도시국가. 석가모니 부처의 덕화(德化)로 불교를 믿게 된 범비사라 왕의 승인 하에 자이나교나 아지비카교 등등 여러 종교가 번성하였던 철학의 도시국가. 성문으로서 큰 문이 32개, 작은 문이 64개였다고 하니 그 크기를 짐작해 볼 수 있지 않은가. 조선의 수도였던 한성의 문이 동대문 남대문 등 4개밖에 없었으니까. 아무튼 〈대당서역기〉의 기록대로 왕사성에서 영취산까지는 십사오리. 부처는 수십 개의 성문 중에서 어느 한곳을 이용하여 탁발을 하러 드나들었을 것이다.

유키코가 다시 앞서서 먼저 올라갔다. 법상을 자신이 찾아 적음이 가지고 있는 염주를 얻고야 말겠다는 듯이. 적음은 염주를 굴리며 천천히 산정을 바라보았다.

영취산에서 법상 스님을 뵐 수 있다면.

그렇다면 마음에 부담 없이 부처의 유적지를 순례할 수 있을 것이었다. 그렇다면 부처의 흔적이 남아 있는 곳에서마다 선정에 잠겨 정진을 할 수도 있을 것이었다. 하지만 법상 스님을 찾기 전까지는 부처의 유적지를 보아도 본 것이 아니었다. 법상 스님을 찾아야 한다는 강박관념이 앞서 있기 때문이었다. 법상 스님을 찾지 못한다면 인도에서 하고 있는 여행이 헛수고가 되어버릴 것이었다. 적음 자신의 인도 여행 목적은 첫번째도 두번째도 법상 스님을 찾아 자신의 뜻을 이루는 일이었다. 그런 다음에야 캘커타에서 밤열차를 타고 오면서 기도했듯 그 옛날 혜초나 법현이나 현장 스님처럼 구도 여행의 감로수를 맛보고 싶은 것이었다.

정상을 다 와서 먼저 올라갔다가 내려오는 유키코의 표정은 어두웠다. 영취산의 다른 이름이 독수리봉이고 구법승 현장도 〈대당서역기〉에 독수리가 산정에 날고 있었다고 기록하였듯이 그녀의 어깨 너머로 커다란 독수리 서너 마리가 낮게 날고 있는 것이 보였다.

"스님, 정상엔 아무 것도 없어요. 관광객들뿐."

그러자 유키코의 영어를 경찰이 알아듣고는 웃으면서 대신 말하였다.

"없다구요, 그럴 리가 있습니까. 부처님이 있겠지요."

"뭐라고 말씀하셨습니까."

적음은 경찰이 농담을 하고 있다고 생각하였다. 그러나 어떤 의미로 '부처님이 있다'라고 하는지는 알 수 없었다. 유키코도 몹시 의아한 얼굴을 하였다.

"부처님이라고 말씀하셨습니까."

"물론입니다. 우리 인도 사람들은 아주 옛적에 부처님을 '눈을 뜬 사람'이라고 불렀습니다. 눈을 뜬 사람… 그러니까 우리도 아침마다 잠에서 눈을 뜨니까 부처가 되는 셈이지요."

"그렇다면 산정에만 있는 게 아니라 우리도 부처님이네요."

유키코의 재치 있는 말에 적음은 모처럼 큰 소리로 웃었다. 아주 옛적에 부처를 '눈을 뜬 사람'이라고 불렀다는데 사실 같았다. 무지한 상태에서 지혜의 눈을 뜬 사람이 부처이기 때문이었다. 그제야 적음은 초기 경전에 부처를 '눈을 뜬 사람' 혹은 '거룩한 스승', '눈이 있는 분'이라고 적혀 있는 것을 가까스로 기억해 내었다.

늙은 경찰의 말은 옳았다. 그의 말은 농담만은 아니었다. 그의 말 속에는 진리가 담겨 있는 것이었다. 부처나 중생은 눈을 뜨고 있다는 점에서는 같았다. 그러나 지혜의 눈을 뜨고 있기에 부처는 거룩한 스승이 되었을 것이었다.

또한 눈이 있다고 해서 다 부처는 아닐 것이었다. 눈이 있기는 중생도 마찬가지. 그러나 부처는 깨달음의 눈이 있는 분이고, 중생은 무지의 눈을 가지고 있는 것이다.

과연 유키코의 말대로 정상엔 관광객들만 있었다. 법상 스님은 어디에도 없었다. 향을 공양할 수 있도록 만든 단에는 촛농이 녹아 납처럼 엉겨 있었고, 하얗고 붉은 꽃들이 어지럽게 뿌려져 있을 뿐이었다. 뿐만 아니라 하늘에는 독수리 한두 마리가 먹이를 노리듯 저공으로 날고 있었으며, 산 아래 멀리 왕사성의 너른 터가 보이고 있었다.

그러나 이곳이야말로 2천5백년 전에 부처님이 〈법화경〉과 〈무량수경〉을 비롯하여 수많은 경전을 설법한 성소인 것이다. 비록 법상 스님은 없다 하더라도 실망에만 젖어 있을 수는 없는 일이었다.

적음은 관리인에게 신발을 맡기고 버선을 빌렸다. 물론 내려갈 때 얼마를 달라고 할 것이지만 무조건 적선하는 것보다는 나았다. 적음은 향을 사서 단으로 가져가 피우면서 〈반야심경〉을 독송하였다. 그러자 불교 신도인 관광객들이 적음의 뒤로 무릎을 꿇고 앉아 합장을 하였다.

그 사이 경찰은 관리인들과 뭐라고 잡담을 나누고 있었다. 그들은 아마도 힌두를 믿는 듯하였다. 누런 치아를 드러내놓고 노닥거리는 그들이었다. 그러고 보니 불교 의식에는 관심이 없고 산정을 찾아온 사람의 숫자에만 흥미를 갖는 것처럼 느껴졌다. 그렇지 않다면 적음이 독송을 할 때 목례를 하거나 합장을 하였을 것이었다.

하산을 하면서 적음은 경찰에게 법상의 모습을 설명해주고는 물었다.

"그런 스님을 본 적이 있습니까."

"오, 잠깐."

경찰은 커다란 눈을 껌벅거리더니 수첩을 꺼내 뒤적거렸다. 이곳에 오랫동안 파견되어 있었다면 법상 스님의 인상을 기억할지도 모르는 일이었다. 더구나 경찰은 외국인에 대해서 호기심이 많으므로 기대를 부풀게 하였다. 한참 수첩을 뒤적거리더니 눈을 크게 뜨고 있었다.

"이분 아닙니까."

"그렇습니다. 그렇습니다."

수첩의 한 페이지에 '법상'이라는 이름이 한글과 영문으로 동시에 적혀 있었고, 영어 발음기호를 이용하여 안녕하십니까, 감사합니다 등등 간단한 우리말 인사법이 적혀 있었다.

"반년 전, 이곳에 머문 적이 있습니다."

"혹시 다시 오시거든 이곳으로 연락을 주시겠습니까."

적음은 호텔의 전화번호와 국내의 불이사 암자 주소를 종이에 적어 주었다. 경찰은 쪽지를 수첩에 끼워 넣더니 다시 '눈을 뜬 사람' 타령을 하였다.

"그분은 정말 '눈을 뜬 사람'입니다. 이곳 인도 사람들뿐만 아니라 다른 나라 사람들도 그분 제자가 되어 그분을 따르고 있습니다."

적음은 인도인 경찰에게 10달러를 주었다. 산정까지 자원하여 안내를 해준 것도 고맙고, 법상 스님의 최근 소식을 알려준 것에 대한 사례로 팁으로서는 좀 과했지만 선뜻 꺼내주었다.

적음이 법상을 찾아 세번째로 갔던 곳은 죽림정사(竹林精舍).

왕사성이 보이는 영취산에서 가까운 거리에 있으므로 그곳을 지나칠 수는 없었다. 죽림정사는 빔비사라 왕이 석가모니 부처가 왕사성 가까운 곳에 머물도록 하기 위해 대나무 숲속에 터를 닦아 지어 기증한 최초의 절(精舍)이기도 하였다. 물론 법상 스님이 영취산에 머물렀던 것은 반년 전이므로 죽림정사에는 없을 가능성이 더 컸다. 그러나 적음은 단 1퍼센트의 가능성도 놓치고 싶지 않았다. 뿐만 아니라 택시를 하루 동안 빌렸으므로 가야의 싯타르타 호텔로 돌아가는 데 시간도 충분하였다.

유키코가 입장료를 지불하였다. 법상을 먼저 찾아 적음이 가지고 있는 염주를 선물받으려고 죽림정사에서도 역시 먼저 유키코가 발빠르게 행동하였다. 법당이 있긴 하였지만 침침하고 꽃이 흩뿌려진 힌두의 분위기가 물씬 느껴지는 곳이었다. 적음은 왠지 거북하여 '관세음보살'을 외우는 것만으로 참예를 대신하여 버렸다.

비록 그렇다고는 하지만 2천5백년 전의 절은 그 규모가 대단했을 것이었다. 절이 세워지기까지의 인연은 이러하였다. 빔비사라 왕은 석가모니가 보드가야의 보리수 나무 아래에서 성도(成道)하여 부처가 됐다는 소식을 듣고 누구보다도 기뻐하였다. 빔비사라 왕은 석가모니 부처보다 다섯 살 아래인 젊은 왕으로서 태자 시절부터 석가모니에게 귀의하였던 독실한 추종자였던 것이다.

그러나 성도를 한 석가모니 부처는 빔비사라 왕이 있는 왕사성으로 가지 않고 먼저 보드가야에서 6백리 정도 떨어진 사르나트로 걸어갔다. 거기에는 빔비사라 왕보다 자신이 깨달은 진리로써 깨우쳐 주어야 할 다섯 명의 수행자가 있기 때문이었다.

사르나트로 가서 설법을 하기 시작한 석가모니 부처는 많은 이교도들을 자신에게 귀의시켰다. 사르나트의 녹야원에서 최초로 다섯 사람, 다음은 야사스와 그의 친구 네 사람이 붙어나 모두 열 사람, 다시 그를 아는 50인을 합해 60인을 귀의시켰던 것이다. 그리하여 이들은 석가모니 부처의 허락을 받고 전도를 위해 각기 다른 지방으로 한 사람씩 떠나게 되었다.

귀의하는 사람들은 이들뿐만이 아니었다. 석가모니 부처가 왕사성으로 오는 도중 숲속에서 놀고 있던 청년 30명을 출가시켰고, 다시 마가다국의 가장 큰 바라문 교단이었던 카샤파 삼형제와 그들을 따르던 제자 1천 명을 귀의시켰었다.

이로써 부처는 1천 명 이상의 제자들을 데리고 왕사성으로 돌아온 것이었다. 이때 사람들은 지금까지 마가다국에서 가장 큰 바라문 교단을 이끌었던 카샤파 삼형제와 석가모니 부처 중에 어느 쪽이 스승이 되고 제자가 되는지 어리둥절하였다. 부처는 이를 알아차리고 카샤파의 한 형제에게 사람들이 궁금해 하는 점을 직접 설명해 주는 것이 좋겠다고 권유하였다. 그러자 카샤파가 사람들을 향해 외쳤다.

"나는 바라문의 제사가 감각적인 기쁨만을 목적으로 하고 있는 것을 깨달았습니다. 그래서 부처님을 뵌 뒤 제사 도구들은 물론 그릇까지 몽땅 강물에 던져버렸습니다. 나는 지금 모든 집착에서 벗어난 부처님의 도(道)에서 만족을 얻었습니다."

그런 다음 카샤파는 군중들이 보는 앞에서 부처의 발에 절을 하며 나직이 말하였다.

"이분이야말로 나의 스승입니다. 나는 세존의 제자, 세존은 나의 스승이십니다."

이때 빔비사라 왕은 누구보다도 기뻐하며 군중들을 향해 다음과 같이 말하였다.

"나는 일찍이 태자였던 시절에 다섯 가지 소원을 세우고 있었소. 첫째는 국왕이 될 것, 둘째는 내 영토에 부처님이 출현할 것, 셋째는 그 부처님을 섬기고 받들것, 넷째는 부처님이 나를 위해 설법을 해주실 것, 다섯째는 내가 부처님의 법을 깨달을 수 있을 것이었소. 그런데 지금은 이 다섯 가지 소원이 다 이루어졌소."

빔비사라 왕은 다음 날 오전 부처와 함께 1천 명의 제자들을 식사에 초대하였는데, 바로 그때 왕은 부처와 좀더 자주 만나 설법을 듣고 싶어 왕사성과 가까운 곳에 있는 대나무 숲을 기증하기로 결심하였다고 한다.

그 대나무 숲속에 빔비사라 왕명으로 지어진 절이 바로 불교 최초의 사원인 죽림정사인 것이다.

적음은 절의 이곳 저곳을 기웃거렸다. 가시나무처럼 엉키고 거치른 인도의 대나무들 사이를 둘러보기도 하였고, 절 뒤편의 맑은 목욕지를 서성거려 보기도 하였다.

2천5백년 전, 바로 저 목욕지가 부처님과 그 제자들이 목욕을 하였던 곳이었으리라. 그 제자들 중에는 날란다 지방의 명문 집안 출신인 사리불(舍利弗)과 목련(目連)도 있었을 것이고. 그들 역시도 바라문 산자야의 제자였다가 왕사성에서 탁발하고 있는 마승(馬勝) 비구의 거룩한 모습을 보고는 죽림정사로 출가를 하였던 것이다. 마승은 부처가 깨달음을 얻은 후, 처음으로 들려준 설법(初傳法輪)을 듣고 귀의한 다섯 명의 제자 가운데 한 사람.

빔비사라 왕이 기증하였을 때만 해도 죽림정사는 그야말로 선정에 들기 좋은 고요하고 아늑한 곳이었으리라. 그러나 오늘의 죽림정사는 힌두교도들에 의해 방치되고 관광지화되어 어수선하고 지저분하고 소란스러울 뿐이었다. 법상 스님이 이곳을 들른다고 하더라도 오랫동안 머무를 것 같지 않았다. 잠시 들러 2천5백년 전, 사리불과 목련이 수행의 피로를 풀 때 그랬던 것처럼 대나무 숲에서 지저귀는 새소리나 들으며 지나치는 곳으로 전락하고 만 느낌이었다. 죽림정사에는 인도 어느 곳에서나 지천으로 피어 있는 꽃들도 볼 수 없었다.

적음이 유키코의 안내 없이 혼자서 네번째로 갔던 곳은 날란다 대학 유적지. 날란다는 라즈기르에서 12km, 인도식으로 표현한다면 눈 한번 감았다가 뜨는 정도의 아주 가까운 거리에 있었다.

유키코가 없지만 불편은 별로 없었다. 라즈기르를 함께 달려본 경험이 있는 운전수가 있기 때문이었다. 그는 지독한 느낌이 들 정도로 말이 없었다. 묻는 말에만 대답을 할 뿐 절대로 먼저 말하는 법이 없었다. 식사를 할 때도 자리를 같이 쓰려 하지 않았다.

나중에 안 일이지만 그것이 바로 적음을 예우하는 일이었다. 신분이 다르기 때문에 말도 함부로 할 수 없고, 더구나 식사도 할 수 없는 것이었다. 승려인 적음을 바라문으로 존대하고 있기 때문이었다.

적음이 무슨 말을 물을 때마다 그의 눈빛은 몹시 순해졌다. 교사에게 자신의 잘못을 발각당한 학생처럼 그런 태도를 보이고 있는 것이었다. 적음이 그럴 필요가 없다고 얘기를 해주어도 소용없는 일이었다.

더구나 적음은 대각사 안내문에서 받은 감격이 아직 생생하였던 것이다. 부처는 한 바라문에게 이렇게 말했다고 적혀 있었던 것이었다.

'출생의 신분에 의해서 브라만이 되지 않고, 어떤 신분으로 태어나도 그 사람의 행위에 의해서 브라만이 된다.'

2천5백 년 전에는 지금보다도 더 철저한 계급 신분사회였으리라. 그런데 부처는 평등주의를 선언해 버린 것이다. 그가 한 행위에 따라서 브라만도 되고 천민도 된다는, 당시 사람들의 통념을 깨뜨려버린 것이다.

그 말은 진리를 깨달았더라도 어떤 수행자도 함부로 말할 수 없는 용기 있는 선언이었으리라. 당시의 대부분 수행자들은 브라만 세력들의 보시를 받아 수행을 하고 있었고, 브라만 귀족들은 누구도 흔들 수 없는 기득권층이었기 때문이었다. 그러기 때문에 부처가 '눈을 뜬 사람'이고 '거룩한 스승'이며 '눈이 있는 사람'이라는 믿음이 적음은 들었다.

그럼에도 불구하고.

인도에는 아직도 신분 계급이 분명하게 남아 있는 것이었다. 2천5백 년 전에 선언하였던 석가모니 부처의 평등사상도 무용지물이 되어버리고 만 셈이었다. 날란다로 가는 도중에 몇 번을 설득하였지만 그의 태도는 원래대로 돌아가 버리곤 하였다.

"자, 들어요."

캔 음료수를 권할 때마다 그는 바로 마시지 않고 고개를 돌리곤 하였다. 뿐만 아니라 기념품 가게를 들어설 때도 그는 입구까지만 따라와 마치 충직한 비서처럼 대기하곤 하였다. 오토 릭샤를 자가용 승용차로 굴릴 정도면 결코 가난한 인도인은 아닐 것이었지만 필요 이상으로 적음을 의식하는 것이었다.

운전수는 날란다 대학 유적지 안에는 들어오지 않았다. 자신의 택시를 지켜야 한다고 말했다. 정문 옆의 관리소를 지나자 바로 대학 유적지였다. 관리소 안은 집기나 책상은 아무 것도 없었다.

외양간처럼 흙바닥에 짚덤불이 쌓여 있을 뿐이었다. 그 안에서 관리인이 나오는 것을 보면 관광객을 통제하기 위해 사용하는 사무실이 분명하였다.

그러나 적음은 그런 인도의 분위기에 신경 쓸 여유가 없었다. 차라리 날란다 대학의 유적지 곳곳에 피어 있는 꽃들의 이름이 무엇인지, 법상 스님이 지금 어디에 있는지, 그런 것에 더 신경을 곤두세우고 있었다.

"감나무에 감이 열려 있는 것처럼 보이는 저 붉은 꽃 이름이 무엇이오."

"씨마르, 씨마르입니다."

구멍 뚫린 헌 바지를 입고 있는 관리인의 대답이었다. 물론 그의 대답을 믿을 수는 없지만 물어볼 수 있는 인도인은 그뿐이었다.

"저 희고 붉은 꽃을 무어라 부릅니까."

인도에서 가장 많이 본 꽃 중의 하나였다. 관리인은 지나칠 만큼 큰 소리로 대답하였다.

"부겐빌리아."

날란다 대학의 유적지는 믿어지지 않을 만큼 관광객이 보이지 않았다. 그 시간에는 관리인과 인도 아가씨 몇 명, 그리고 적음이 전부였다. 하긴 대학 유적지이니 일반 관광객들에게는 별로 매력이 없는 곳일 수도 있었다. 그러나 적음은 자신도 놀랄 정도로 가슴이 경건해지는 느낌이었다. 날란다 유적지를 보는 순간 유적지가 아니라 수도원에 들어선 기분이 드는 것이었다. 청정한 분위기 때문에 참선과 염불을 저절로 하고 싶어지는 욕구가 솟구치는, 그런 수도원에 들어선 느낌이었다.

〈대당서역기〉를 남긴 현장이 5년간 공부하였다는 대학. 전성기 당시에는 학생 스님이 1만 명, 교수 스님이 2천 명이었다는 세계 최대의 종교대학. 부지가 세로 5km, 가로 11km에 이르렀고 사원과 강당, 지하승원, 미로 같은 회랑, 노천극장, 계단교실, 운동장, 산책로 등등이 다양하게 조성되어 신심을 돋구었던 대학. 그러나 12세기에 모슬렘 교도들에 의해 철저하게 파괴되고 방화되고 만 대학으로 역사는 기록하고 있는 것이다.

　그런데 적음은 파괴되고 방화되어 유적지로 남은 날란다 대학터에서 뜻밖의 상념에 빠졌다. 대학을 이 지경으로 만든 12세기의 회교도들에게 적의를 품기보다는 이상한 마력을 느끼었다. 덧없음을 담담하게 노래한 고승의 절절한 게송 한구절이 눈 앞에 파노라마처럼 펼쳐져 있는 듯한 기분이 드는 것이었다.

　뿐만 아니라 당시 승려들의 뜨거웠던 구도의 열정마저 사라진 것이 아니라는 느낌도 들었다. 그런 기운이 아직까지도 사라지지 않고 남아 적음에게 새벽 공기처럼 다가오고 있는 것이었다. 미로 같은 회랑 속으로 점점 더 깊이 들어가 거대한 사원터에 이르자, 1천3백년 전에 정진하던 스님들의 독경 소리가 합창처럼 장엄하게 귓속을 때리는 듯도 하였다. 귓속뿐 아니라 영혼과 육신을 뒤흔들어 놓는 듯하였다.

　현장 스님의 기념관은 대학터에서 2km쯤 떨어진 곳에 있다고 관리인이 말해주었다. 현장이야말로 자신이 남기고 있는 〈대당서역기〉에 날란다 대학의 학풍을 가장 사실적으로 기록하고 있는데, 바로 그러한 인연을 기리기 위해 기념관이 건립되었다고 한다. 〈대당서역기〉에 현장은 1천3백년 전, 구법의 열정으로 가득찼던 당시 대학 분위기를 이렇게 기록하고 있는 것이다.

'스님 수는 수천 명이 넘는데 모두 재능과 학식이 탁월하다. 그중에서도 덕행으로 존중받고 명성이 외국에까지 나 있는 스님만도 수백 명이 넘는다.

계행은 청정하고 수칙은 여법하다. 승도는 이미 만들어진 엄한 규칙을 스스로들 지키고 있기 때문에 인도의 여러 나라에서 모범으로 삼아 우러르고 있다. 교리를 하루 종일 연구하고서도 시간이 부족하여 아침 저녁으로 서로 훈계하며 나이를 따지지 않고 서로 돕고 있다. 만약 삼장의 깊고 그윽한 교의를 말하지 못하는 자는 스스로 부끄럽게 여긴다.

이렇게 철저히 공부하는 까닭으로 명예를 다지고자 하는 승도는 이곳으로 와서 의문을 제기하여 해결함으로써 비로소 명성을 얻게 된다. 이런 학풍을 알아주게 되자, 일부 사람들이 여기에서 유학을 하였다고 거짓말을 하고 다니지만 어디서나 정중한 대접을 받는다고 한다.

외국이나 다른 지역의 스님으로서 이곳의 토론 자리에 끼어 힐문을 당하고는 자기 나라로 돌아가는 자가 많은데, 학문과 지식이 고금에 통달한 스님만이 비로소 입학할 수가 있는 것이다. 유학하러 찾아온 학문이 깊은 후진의 학자 스님도 열 사람 중 칠팔 명은 물러가기 일쑤이며, 나머지 이삼 명의 해박한 스님도 이곳 스님들의 날카로운 질문공세에 꺾여 자신의 명성을 실추당하지 않는 사람이 없다.'

이처럼 입학하기가 까다로웠고, 또 입학한 후에는 하루 종일 스님들끼리 토론하고 훈계하며 삼장의 깊고 그윽한 교의를 체득하기 위해 구법의 열정을 불살랐던 것이 날란다 대학의 분위기였던 것이다. 이런 학풍 때문에 사람들은 스님들을 존경하게 되었고, 날란다 대학의 학위를 사칭하고 다니는 사람까지 생기게 되었다는 현장의 기록인 것이다.

적음은 부겐빌리아 덤불의 꽃무더기 아래 털썩 주저앉았다. 햇볕이 뜨거웠지만 당시 스님들의 뜨거웠던 구도심이 연상되어 견딜 만하였다. 향기 없는 꽃무더기였지만 부겐빌리아의 붉은 꽃잎들도 내리꽂히는 햇살에 선명하기만 하였다. 날란다 대학을 거쳐간 수많은 고승들에게 바쳐지듯 부겐빌리아 꽃들이 흩뿌려지고 있는 느낌이었다.

다섯번째로 법상을 찾아 나섰던 곳은 바이샬리. 다섯번째는 유키코가 원하였으므로 다시 동행을 하였다. 다만 떠나기 전에 호텔에서 지배인과 약간의 다툼이 있어 기분이 찜찜한 상태에서 출발을 했었다.

호텔에 쥐가 있다니 믿어지지 않는 일이었다. 막 바랑을 메고 방을 나서려는데 유키코가 묵고 있는 방에서 비명소리가 들려왔다. 적음은 문이 조금 열려져 있는 유키코 방으로 들어가 놀라고 있는 그녀를 진정시켰다.

"스님, 이 객실에 쥐가 있어요."

"어디요."

"저 침대 밑에요."

유키코가 몹시 놀란 얼굴로 침대 밑을 가리키고 있었다. 명색이 일급 호텔에 쥐가 있다니 믿어지지 않는 일이었다. 바퀴벌레까지는 이해를 한다 하더라도 쥐가 있다는 것은 이해할 수 없는 일이었다.

유키코가 분한 듯 객실 관리인을 불렀다. 그가 다가오자 코를 씩씩거리며 따졌다. 그러나 관리인은 딴청을 피웠다.

"손님, 잘못 보셨겠지요. 어디 쥐가 있다는 말입니까."

"저기를 보세요. 저 침대 밑을요."

그러자 관리인이 바닥으로 늘어진 침대 시트를 걷어올리며 살펴보는 것이었다. 그러나 이미 쥐는 달아나고 없었다.

"분명히 있었어요. 제가 옷을 입으려고 하는데 그 밑으로 도망쳤다구요."

"자, 손님. 보세요. 없잖습니까."

그렇다면 유키코가 헛것을 보고 놀랐다는 말밖에 되지 않는 셈이었다. 인도인답지 않게 살이 찐 관리인이 어깨를 으쓱하며 별 것 아니라는 표정까지 짓고 있었다. 그의 얼굴은 훈제한 고기처럼 번들거렸고, 배는 툭 튀어나와 와이셔츠 단추가 곧 떨어질 것처럼 살이 쪄 있었다.

그러나 유키코는 화가 나 붉으락푸르락하고 있었다. 분명히 쥐를 보았는데 관리인이 헛것을 보았다고 몰고 가자 더욱 화를 내고 있었다.

"저를 바보로 만들 셈이군요. 솔직히 사과를 하면 봐 줄 수도 있었어요. 그런데 헛것을 보았다니요."

"자, 보세요. 없잖아요."

"주의를 주었으니 됐어요."

적음도 관리인의 말을 반박할 만한 증거를 발견하지 못했으므로 그냥 나가자고 재촉을 하였지만 유키코는 막무가내로 버티었다.

"사과를 하지 않으면 숙박비를 못 주겠어요."

"일본인들이 까다롭다는 것을 알고 있습니다만 그래도 이 경우는."

관리인은 시종 느긋하였다. 설령 쥐가 발견되었다고 하더라도 그의 태도는 눈을 굴리고만 있을 것 같았다. 쥐 한마리를 놓고 과연 이렇게까지 흥분할 필요가 있느냐는 인도인의 기질을 보여주고 있었다.

그런데 바로 그때 쥐 한마리가 나타나 거울이 달린 가구 뒤로 숨어들어가 버리는 것이었다. 적어도 이제는 유키코가 헛것을 보지 않았다는 것을 증명한 셈이었다. 그러나 관리인의 표정은 예상한 대로였다. 쥐가 나타나 낭패한 표정을 짓기는커녕 슬쩍 미소를 짓고 있었다.

"자, 이래도 나를 바보로 만들 셈이에요."

"오, 손님. 그건 오햅니다."

관리인은 얼른 말을 바꾸었다.

"손님이 헛것을 보았을 수도 있다는 말이지 꼭 그렇다는 것은 아니었습니다."

"말 바꾸지 마세요."

"자자, 화를 푸시고 지금 더 좋은 방으로 바꾸어드리겠습니다."

"정식으로 사과하세요."

"제가 실수를 했으니 방을 할인해서 바꾸어드리겠습니다."

"오늘은 잘못을 인정하니 참겠어요."

유키코는 할인을 받는 것으로 타협을 하려는 듯하였다. 더 이상 항의를 않고 바이샬리로 떠날 준비를 하는 것이었다.

그러자 관리인이 어깨를 좌우로 흔들며 한마디를 하였다.

"쥐는 신(神)의 친구랍니다."

적음이나 유키코가 어이가 없어 그를 멍하니 바라보자 그가 다시 농담을 던지듯 가볍게 한마디를 더 하고는 나가버렸다.

"아가씨, 세상은 쥐하고도 더불어 살아가는 곳이랍니다. 사람만 사는 곳이 아니지요."

바이샬리는 비하르 주에서도 가장 궁벽하고 가난한 오지였다. 비하르 주의 주도(州都) 파트나 시를 벗어나서부터는 먼지 풀풀 날리는 비포장도로가 계속 되었다. 하지푸르라는 소도시를 지나자, 보이는 집들은 대부분이 움막 같았고, 사람들의 모습은 갑자기 선사시대로 돌아가버린 느낌이었다. 물을 긷는 아낙네들은 머리에 석기시대인처럼 토기를 이고 있었고, 아이들은 산토끼처럼 아예 맨발로 뛰어다니고 있었다.

다른 곳과 같은 풍경이 있다면 햇볕이 드는 집벽이나 담벽에 온통 소똥이 발라져 있다는 정도였다. 소똥을 그렇게 말려 땔감으로 쓰는 모양이었다. 땔감으로 쓰이는 소똥의 건조는 인도 전역에서 볼 수 있는 공통의 풍경이었다.

그러므로 소똥을 더럽게 생각하는 인도인은 하나도 없었다. 고마운 생활 필수품일 뿐이었다. 아낙네들이 짚을 썬 풀과 소똥을 섞어 밀가루 반죽을 개듯 만지고 있는 모습을 흔하게 볼 수 있기도 하였다. 그런가 하면 아이들이 소똥을 주워 바구니 같은 들것에 담아가지고 오가는 모습도 여러 번 볼 수 있었다. 그러니 인도인에게 소가 숭배의 영물이 되는 것은 아주 당연하였다.

길가 들판에 흰 뼈무더기를 발견할 수 있는데, 소는 죽어서도 그렇게 대접을 받고 있었다. 사람은 화장을 시켜 강물에 던져버리지만 소는 들판의 지정된 장소에서 풍장(風葬)의 대접을 받고 있는 것이었다.

어느새 유키코와 적음의 얼굴은 먼지가 달라붙어 바이샬리인처럼 닮아 있었다. 먼지를 서너 시간 동안 뒤집어쓰다 보니 머리는 물론이고 눈썹까지 누렇게 변하여 있었다.

한편, 바이샬리가 차츰 가까워지면서 적음은 막연히 불안하기도 하였다. 법상 스님을 찾아나서는 길이 점점 길어지면서 불길한 예감이 드는 것이었다. 무엇 때문에 다니고 있는 것일까.

분명 법상이 걸어갔을 법한 길인데 가는 데마다 법상은 없는 것이다. 그렇다면 이러고만 말 것인가. 유키코는 적음을 만나 숙식이 해결되고 있고, 법상을 찾으면 적음에게 염주를 받기로 되어 있으므로 흥이 나는 모양이지만 적음은 알 수 없는 불안이 치밀어올랐다.

지금까지의 수확이라면 영취산의 늙은 경찰한테서 들은 얘기가 전부이다. 법상 스님이 여러 제자들을 이끌고 영취산을 들렀다는 것뿐이다. 벌써 인도에 온 지 며칠인가. 더구나 비하르 주의 혹서기가 오기 전에 찾아야 한다. 뜨거운 햇볕이 작열하기 시작하면 대지는 가마솥처럼 들끓을 것이고, 더위에 약한 적음으로서는 한발짝도 뗄 수 없을 것이기에.

또한, 날씨도 날씨려니와 최림 문제도 고민이 아닐 수 없었다.

최림은 어찌되었을까. 왜 아직까지 연락이 없는 것일까. 소식이 끊어져 그와 약속한 싯타르타 호텔을 떠날 수도 없는 것이다. 싯타르타 호텔에 묶여 있는 한 행동 반경은 그만큼 좁을 수밖에 없지 않은가. 인도의 교통 사정을 감안해 볼 때 반경 250km는 벗어나기 힘들기 때문이었다. 그 정도의 거리도 왕복 10시간을 달려야 하는 거리인 것이었다.

어쨌든 적음과 유키코는 바이샬리에 도착하였다. 바이샬리는 불교 경전에 비야리성(毘耶離城)으로 자주 나오는데, 그것은 부처가 그곳을 여러 번 들렀다는 증거였다. 열반에 들기 전에도 부처는 '이번 길이 내가 바이샬리를 보는 마지막 길이 될 것이다'라고 말한 적이 있다.

뿐만 아니라 바이샬리는 불교의 대승 경전인 유마경의 주인공이 살았던 곳으로 유명한 곳이다. 〈유마경〉은 불교 신자들에게 잘 알려져 있다시피 유마가 자신을 문병 온 부처의 제자에게 "중생이 앓기 때문에 자신도 앓는다"고 답변한 내용 등이 실려 있는 대승 정신이 담겨 있는 경전.

아이들이 달려들자 유키코가 몇 루피씩을 아이들에게 나누어 주었다. 그러고 보니 유키코에게는 적선을 하면서 꼭 내뱉는 습관이 하나 있다. 장난스럽기는 하지만 어찌 들으면 눈에 거슬리는 고약한 습관이었다. 반드시 엄지를 내밀면서 이렇게 말하곤 하는 것이었다.

"저팬 넘버 원(일본이 최고)."

그러면 시골 아이들은 박수를 치면서 그렇다는 시늉을 하였다. 적음은 그게 역겨웠지만 유키코의 안내를 받아야 하기 때문에 모른 체하였다.

바이샬리에서 처음으로 가본 곳은 '암라팔리가 태어난 집'이라고 쓰인 표지판이 있는 곳이었다. 그곳에는 수백 년 묵은 망고나무가 늙은 인도인처럼 서 있었다. 암라팔리는 바이샬리에서 가장 유명한 기생이었는데, 그녀는 원래 고아였다고 한다. 암라나무 밑에 버려져 있는 것을 동산의 동산지기가 주워 처녀 때까지 잘 길렀는데 그 미모가 너무 빼어나 바이샬리 안팎에서 청혼이 쇄도하였다고 한다. 그리하여 할 수 없이 청혼을 한 사람들끼리 회의를 하여 그녀를 바이샬리의 기생으로 만들기로 하였다는 것이다. 그녀와 결혼을 하게 된다면 그 누구도 가정이 원만치 못할 것이기에.

그런데 당시에는 기생이 되면 사람들에게 재산도 받고 지위도 인정받아 호화로운 생활을 할 수 있었다고 한다. 바이샬리는 당시 인도에서 최고의 상업도시로서 다른 나라의 손님을 맞기 위해서는 그런 기생이 필요하였기 때문이었다.

비록 기생이었지만 암라팔리(팔리어로는 암바팔리)는 재력과 자신에게 주어진 지위를 이용하여 여왕처럼 행세할 수 있었다. 그러던 그녀가 부처의 설법을 듣고는 감동하여 자신이 소유하고 있던 망고동산을 희사하여 승원을 만들어버린다. 그때 부처는 암라팔라를 위해 이렇게 설법을 해주었다고 한다.

"암라팔리여, 이 세상에는 두 종류의 기쁨이 있소. 하나는 받는 기쁨이요, 다른 하나는 주는 기쁨이요. 그대는 이제 받는 기쁨에서 주는 기쁨의 뜻을 알게 되었소."

나중에 암라팔리는 출가를 하여 비구니가 되었다고 하는데 그녀가 기증한 망고 동산의 망고나무가 아직도 살아 있는 것이다.

물론 암라팔리가 살았던 2천5백년 전 당시 망고나무의 손자, 그 나무의 손자, 손자의 손자 나무이겠지만.

어디 그뿐인가.

손을 내밀며 따라오는 아이들 또한 2천5백년 전 대부호들의 후손들이 아니겠는가. 부호들이 바이샬리에 낳은 자식들이 자식을 낳고 또 자식을 낳고 낳아 오늘에 이르른 것이다.

2천5백년 전, 인도에서 가장 문명이 발달되고 왕권의 전제를 싫어하여 당시 도시국가 중에서 최초로 공화제를 채택한 바이샬리. 인도의 전통종교를 거부하고 진보적인 불교를 받아들였던 바이샬리. 교통 수단으로 말과 마차가 많았고 장사의 귀재들이 많았던 바이샬리.

그러던 바이샬리가 오늘날 가장 못사는 곳으로 전락하고 만 것이다. 왜 그런 것일까. 바이샬리 거리를 걷다보면 갑자기 2천5백년의 세월이 달아나버린 느낌이다. 그것도 시대의 흔적을 차츰 남기면서 사라진 게 아니라 호수에 던져진 돌멩이처럼 완벽하게 실종되어버린 모습이다.

그 이유는 무엇일까. 불가사의한 역사의 수수께끼가 아닐 수 없다. 혹시 암라팔리 같은 성스러운 기생도 있었지만 음행을 일삼던 기생들과 쾌락에 빠져버린 남녀들이 바이샬리를 병들게 하고 몰락하게 한 것은 아닐까. 먹고 사는 게 풍족해지면 그만큼 부패의 유혹도 커지기 마련. 당시 바이샬리의 비구였던 수디나도 음행을 저질러 부처에게 이런 꾸지람을 듣는다.

"차라리 남근을 독사의 아가리에 넣을지언정 여자의 몸에는 대지 말라. 이와 같은 인연은 악도에 떨어져 헤어날 수 없기 때문이다. 애욕은 착한 법을 태워버리는 불꽃과 같아서 모든 공덕을 없애버린다."

어쩌면 바이샬리가 멸망해버린 이유 중의 하나가 부처의 이 꾸지람 속에 담겨 있는지도 모른다. 2천5백년 전에는 가장 번성하였던 도시국가가 오늘에는 가장 궁벽한 시골로 전락해버린 이유가 성의 탐닉과 타락에 있을지도 모르는 것이다. 독사의 아가리에 남근을 집어넣고도 살아남을 사람은 이 세상에 아무도 없을 테니까.

유키코는 아쇼카 대왕의 돌기둥이 보이는 곳으로 가면서 계속 아이들에게 '저팬 넘버 원'이라는 소리를 내뱉고 있다.

그러나 일본의 동경이라고 해서, 한국의 서울이라고 해서 지금의 바이샬리가 되지 말라는 법은 없을 것이다. 일이천 년이 흐른 뒤에는 바이샬리처럼 오늘의 문명이 자취를 감추고 말지도 모르는 것이다. 바이샬리의 아이들은 계속 따라오면서 루피를 달라고 찰거머리처럼 달라붙고 있다. 그런데 사실은 그런 멸망의 경고 메시지를 아이들을 통해서 보내고 있는 것은 아닐까. 적음은 그렇게 느껴졌다.

바이샬리를 찾아온 유적지의 종점이기도 한 아쇼카 대왕의 돌기둥.

아쇼카 대왕의 돌기둥 높이는 18.5미터, 꼭대기에는 북쪽을 쳐다보고 있는 실물 크기의 사자 한마리가 앉아 있다. 저 사자는 바이샬리의 흥망을 지켜본 유일한 동물이리라. 바나나밭을 뛰어다니는 원숭이들의 조상 할아버지도 마찬가지이고. 더구나 돌기둥 부근에는 원숭이들이 파서 부처에게 드렸다는 300평 크기의 못이 하나 지금도 남아 있다.

법상을 찾지 못한 허탈함과 함께 적음은 우울한 기분이 들었다. 넓은 들을 바나나와 코코넛 등이 풍성하게 뒤덮고 있음에도 불구하고 적음은 침울함을 떨쳐버리지 못했다.

"법상 스님이 어디 계실까요."

"글쎄요, 갑자기 막막해지는 기분이오."

"영취산에서는 곧 만나뵐 수 있을 것 같았는데."

유키코도 안내는 하고 있지만 발에 힘이 빠지는 모양이었다. 목소리가 호텔을 출발할 때와 달리 풀이 죽어 있었다.

적음은 택시에 올라타 자신도 모르게 그동안 지나쳐왔던 도시들을 중얼거려 보았다.

캘커타, 가야, 보드가야, 라즈기르, 날란다, 파트나, 하지푸르, 바이샬리…주로 비하르 주의 동부지방을 돈 셈이었다. 이제는 북부, 서부, 남부를 돌아야 되는데 갑자기 길이 사라져버리는 느낌이 들었다. 그 길 위에 법상이 걷고 있을 것이라는 확신이 들지 않고, 법상을 못찾을 것 같다는 일말의 불안감도 들기 때문이었다.

무작정 출발한 계획이 무모하게 느껴지기도 하였다. 그러나 신라승 혜초가 걸었던 길에 비하면 자신의 여행은 호강이라는 자책감도 들었다. 적음은 문득 혜초의 시 한 수를 읊조려보았다.

고향 집의 등불은 주인을 잃고

객지에서 보배로운 나무 꺾이었구나

청정한 영혼은 어디로 갔는가

옥 같은 그대 이미 재가 되었구나
아! 애처로운 생각 간절하고
그대 소원 못 이룸이 못내 섧구나
누가 고향으로 가는 길을 아는가
부질없이 흰구름만 돌아가누나.

故里燈無主 他方寶樹摧
神靈去何處 玉貌已成灰
憶想哀情切 悲君願不隨
孰知鄉國路 空見白雲歸

인도 성지를 순례왔다가 죽은 한 중국 승려의 죽음을 애도하면서 지은 혜초의 마음처럼 적음도 무겁기만 하였다. 그러나 죽은 중국 승려에 비하면 적음 자신은 지금 호화판 여행을 하고 있는 셈이었다. 고향으로 돌아가려다 갑자기 풍토병에 걸려 죽어 재가 된 중국 승려에 비하면 슬퍼하는 혜초가 그래도 더 다행이고, 혜초보다는 시를 읊조리는 적음 자신이 그래도 더 다행이라는 생각이 들었다.

택시가 다시 가야로 가는 길을 달리고 있을 때 유키코가 소리쳤다.

"스님, 저기를 좀 봐요."

서쪽 하늘이 오렌지 빛깔로 물들어가고 있었다. 궁벽한 시골이어서 그런지 공기가 맑아 석양이 선명하게 보이고 있었다. 잘 익은 망고 같은 해가 토해내는 오렌지 빛깔이 끝없는 대지를 온통 주홍색으로 물들이고 있는 것이었다.

"저기 저 새들도 붉은 색이에요."

"저기 호수도 불타고 있는 것 같군."

먹이를 노리는 독수리도, 시끄럽게 우짖는 까마귀떼도, 들을 채우고 있는 바나나도, 군데군데 거대한 짜빠티처럼 널려 있는 연못도, 호숫가에서 빨래를 하고 있는 시골 아낙네들도 모두가 오렌지 빛깔로 물들고 있었다.

길마저 오렌지 빛깔로 칠하여져 삼라만상이 마치 법당에서 늘 상 보아왔던 화엄경의 세계를 그린 탱화나 다름없었다.

그밖에도 적음은 라즈기르를 한 번, 보드가야를 세 번이나 더 가보았다. 그러나 법상은 없었다. 라즈기르를 찾아가 그 늙은 경찰에게 부탁을 하였지만 별 성과가 없었고, 보드가야의 대답 주위를 다리가 휘청거릴 만큼 돌아다녀 보았지만 역시 마찬가지였다.

마침 성지 순례를 온 J사찰의 신도와 스님들을 만나 그들에게도 부탁을 하였지만 아직까지는 아무 연락이 없었다. 다만, J사찰의 스님들이 법상 스님을 잘 알고 있으므로 도움을 받을 수 있다는 것이 위안거리라면 위안이었다.

그러나 적음은 중얼거려 다짐하였다.

'무슨 일이 있더라도 우리 큰스님을 찾고야 말리라. 부처님, 사문 적음에게 가피를 내려주시옵소서. 우리 큰스님을 찾도록 불은을 내려주시옵소서.'

그러자 조금 힘이 솟아나고 다음 행선지가 떠올랐다. 이제는 더 이상 싯타르타 호텔에서 최림을 기다릴 수는 없었다. 호텔에 메모를 남겨두고 비하르 주의 북부의 거점인 고락푸르라는 소도시로 숙소를 옮겨야만 할 것 같았다.

그래야만 불교 유적지로서 부처가 열반한 쿠쉬나가라, 부처가 태어난 룸비니, 부처가 오랫동안 수행한 쉬바라스티, 부처의 성지 중에 가장 서쪽에 있는 상카시아 등을 효과적으로 순례할 수 있기 때문이었다.

더 이상 남부에서 머무를 수는 없는 일이었다. 혹서기로 접어들면 단 한발짝도 길을 나설 수 없는 폭염이 내리쏟아지기 때문이었다. 적음은 인도의 혹서기가 얼마나 무서운지 국내에서 여행 가이드에게 들어 잘 알고 있었다. 바퀴벌레가 죽고, 까마귀가 부리로 피를 흘리며 허공에서 떨어져 죽는다는 폭염이었다. 뿐만 아니라 그늘에 숨어 있던 쥐까지도 살아남지 못하는 폭염이라는 것이었다. 그러니 사람이라고 예외가 아니었다. 사람들도 무서운 폭염에 수십 명씩 전염병에 걸린 것처럼 떼죽음을 당하기 일쑤라는 것이었다.

부처의 그림자

싯타르타 호텔에 머문 지 14일이 지나면서부터 적음은 다시 희망을 갖기 시작하였다. 성지 순례단으로 온 J사찰 스님과 또 그 스님에게 부탁을 받은 또다른 순례단의 스님들로부터 연락이 가끔 오기 때문이었다. 이제는 국내에서 인도로 온 모든 스님들이 법상 스님을 수소문하고 있는 형국이었다. 직접 보았다는 스님은 없었지만 법상 스님이 어디어디를 순례길에 들렀다가 떠났다는 식의 소식들이 들려왔다. 법상이 들렀다는 곳들은 틀림없이 불교 유적지들이었다. 쿠쉬나가라, 룸비니, 쉬바라스티, 사르나트, 상카시아 등등.

더구나 16일째에는 최림으로부터 전화 연락이 왔다. 예상했던 대로 그는 병원에 입원해 있었다고 하였다. 급성 장염이 발병하여 기나락 씨의 도움으로 병원으로 실려갔다가 이제야 겨우 거동을 할 수 있게 되었다는 것이었다. 알고 보니 최림이 전화를 안한 것은 아니었다. 호텔의 숙박계에 '적음'이라고 쓰지 않고 본명을 썼기 때문에 연결이 안 되었을 뿐이었다. 수십 번의 시도 끝에 16일째 되는 날 새벽, 프런트의 친절한 직원을 만나 적음의 인상착의를 대고 겨우 전화 연결이 되었던 것이다.

16일째 되는 날 아침, 적음은 숙소를 옮기기로 하였다. 유키코가 쥐를 본 이후 싯타르타 호텔 방을 찜찜해 하였고, 또 북부를 돌려면 어차피 그곳의 거점인 고락푸르로 가야 했기 때문이었다. 고락푸르에 머물 곳은 유키코가 주인을 잘 안다는 아반티카 호텔. 최림에게 그곳으로 오라고 알려주었으므로 밤 늦게라도 그와 재회가 가능할 것이었다.

적음과 유키코는 처음으로 버스를 탔다. 다행히 버스는 승객들이 많지 않았으므로 편하였다. 다리를 죽 펴고 앉아 갈 수 있었다. 이런 버스를 탄다는 것은 일종의 큰 행운이었다. 달리는 버스마다 차문이 떨어져 나갈 것처럼 사람들이 주렁주렁 매달려 있고, 또 차지붕 위에도 짐짝처럼 사람들이 얹혀 있는 위태위태한 모습을 흔히 볼 수 있는데, 고락푸르로 달리는 버스는 한가하기만 했다.

버스 운전수는 대단한 멋쟁이였다. 보기 드물게 주름을 잡은 바지에다 야자수가 큼직막하게 그려져 시원해 보이는 남방을 입고 있었다. 거기에다 새카만 선글라스를 커다란 콧등 위에 걸쳐 쓰고 있었다. 키가 작고 빼빼 마른 남자 차장과는 대조적이었다. 남자 차장은 헝크러진 머리에 얼굴은 마른 진흙처럼 검고 푸석푸석하였다. 외모만 보아도 두 사람 사이에는 크샤트리아(무사 계급)와 수드라(천민) 정도의 신분 차이가 있는 듯하였다.

모든 버스가 다 그러한지는 모르겠으나 적음이 타고 있는 버스는 운전석이 방처럼 칸막이가 되어 있는 게 특이하였다. 그것은 운전수의 신분을 은연중 과시하는 것 같기도 하고, 만원버스 때 하급 불가촉 천민들과의 접촉을 피하기 위해서 그런 것이 아니겠는가 하는 생각이 들었지만 알 수 없는 일이었다.

운전수 방은 신방처럼 아기자기하게 잘 꾸며져 있었다. 힌두의 신상이 액자 속에 넣어져 고정되어 있었고, 그 주위에는 꽃 목걸이들이 바쳐져 있었다. 핑크색 커튼이 쳐져 있어 제단 같다는 느낌도 들었다.

버스 밖은 여느 버스처럼 앞에는 범퍼 밑에 헌 구두짝을 부적처럼 달고 있고 뒤에는 경적을 울려달라는 '호온 프리즈'라는 영문을 크게 써놓고 있었다.

인도의 길은 이제 낯설지는 않았다. 또한 적음은 인도의 시간에도 익숙해져 가고 있는 느낌이었다. 뿐만 아니라 인도의 방식에도 적응되어 가고 있다는 생각을 하였다.

적음은 문득 혜초를 떠올렸다. 혜초도 쿠쉬나가라를 가면서 이 길을 걸었으리라. 비록 버스를 타고 달리고 있지만 길 위에 있는 것은 혜초와 다름없는 자신이었다. 공교롭게도 혜초가 서라벌의 계림을 그리워했듯 적음이 기거하는 절 불이사도 서라벌의 오늘날 지명인 경주의 시계에 있는 것이다. 적음은 서라벌의 계림을 그리워했던 혜초가 남긴 절창의 시 한구절을 중얼거려 보았다.

달 뜬 밤에 고향 가는 길 헤아려보니
뜬 구름만 삽삽하게 고향으로 흐르네

편지를 써서 구름에게 띄우려 하나
바람은 빨라 내 말 들으려고 돌아멈추지 않네
내 나라는 저 하늘가 북쪽이런가
다른 나라는 땅끝 서쪽에 있네
태양이 뜨거운 남쪽에는 기러기 날지 않으니
누가 내 고향 계림으로 나의 소식 전할까.

月夜瞻鄕路 浮雲颯颯歸

緘書參去便 風急不聽廻

我國天岸北 他邦地角西

日南無有雁 誰爲向林飛

　적음은 '뜬 구름만 삽삽하게 고향으로 흐르네(浮雲颯颯歸)'라
는 구절을 다시 읊조였다. 삽삽(颯颯)이라는 한자는 '바람이 쌀
쌀하고 쓸쓸하게 부는 소리'인 의성어이다. 뜬 구름이 '바람이
쌀쌀하게 부는 소리'처럼 고향으로 돌아가고 있다는 절창인 것
이다. 눈에 보이는 뜬 구름을 차갑고 쓸쓸한 소리의 이미지로 전
환하여버린 혜초의 타월한 시적 감각이 아닐 수 없었다.
　뿐만 아니라 자신의 말을 들으려 하지 않고 불기만 하는 바람
을 원망하는 '바람은 빨라 내 말 들으려고 돌아멈추지 않네'라
는 구절이나 남인도 하늘에는 기러기가 날지 않으므로 '누가 내
고향 계림으로 나의 소식 전할까'라는 혜초의 침울한 심정을 절
절히 이해할 수 있었다.
　고락푸르에 도착하면 가장 먼저 가보고 싶은 곳은 쿠쉬나가라.

8세기 초에 동인도로 들어간 혜초는 한달을 걸어 부처의 열반지인 구시나국(拘尸那國;쿠쉬나가라)에 도착하였다고 〈왕오천축국전〉에 기록하고 있다.

그리고 혜초보다 먼저 5세기 초에 법현도 〈불국기〉에 구이나갈성(拘夷那竭城) 편에 기록하여 놓고 있고, 7세기 초의 현장 역시 구시나가라국 편에 그곳의 정황을 본 대로 자세히 기록하여 전하고 있다.

세 사람의 구법승이 남긴 기록을 종합하여 보면, 아쇼카 대왕 이후 열반의 성지로 번성하였던 쿠쉬나가라는 이미 황폐할 대로 황폐해져 사람이 거의 살지 않는 오지가 되어버렸음이 분명하였다. 숲이 우거져 길은 사라져 보이지 않았고, 성곽이 무너져버린 성에는 벽돌 조각만 나뒹굴었고, 한두 사람의 승려만이 초라한 부처의 열반 성지를 지키고 있을 뿐이었다.

그러나 쿠쉬나가라에서 자취를 감추어가던 불교는 8세기 초 들어 꺼져가던 불티를 다시 살려내듯 기지개를 켜고 있음이 느껴진다. 쿠쉬나가라에 대한 혜초의 기록은 이렇다.

'구시나국에 도착하다. 석가모니 부처님께서 열반에 드신 곳이다. 성은 황폐되어 사람이 살지 않고 있다. 부처님께서 열반에 드신 곳에 탑이 있는데, 한 선사가 그곳을 깨끗이 청소하고 있다. 매년 8월 8일이 되면 비구와 비구니, 그리고 도인과 속인들이 모여들어 큰 불공을 드린다. 그때 공중에 깃발이 휘날리게 되는데, 그 수를 헤아릴 수가 없다. 그 광경을 보고 모여든 사람들이 불교를 믿으려고 신심을 낸다.'

초라한 성지이지만 선사 한 사람이 탑 주위를 정갈하게 하고,

때가 되면 불공을 드리려고 깃발을 꽂아 많은 사람들이 찾아든 다고 하는 대목에 이르러 꺼져가던 한 종교의 불이 다시 지펴지 는 느낌이 드는 것이다.

'1천2백 년 전 그 선사의 신심 때문에 부처의 열반지는 잡초로 뒤덮이지 않았었구나. 그 이름 없는 선사야말로 살아 있는 부처 가 아닐까.'

적음은 탑 주위를 청소하던, 혜초가 보았던 그 선사를 떠올리 며 생각해 보았다. 오늘의 쿠쉬나가라에 있는 부처의 열반지는 어떻게 관리되고 있으며 누구에 의해서 지켜지고 있는지 궁금하 지 않을 수 없었다. 3년 전 성지 순례단에 끼어 쿠쉬나가라에 가 보았을 때는 힌두 신자인 관리인들이 부처를 팔아 돈벌이에 혈 안이 되어 있었다. 그때는 부처의 열반 성지에 스님은 없었던 것 이다.

버스의 차창 밖은 그대로 너른 들판이었다. 시골의 한적한 농 가들은 꼭 우리의 촌락을 연상시키고 있었다. 농가에는 모이를 쪼고 있는 닭이나 어슬렁거리는 개들이 집을 지키고 있을 뿐 농 부나 아낙네들은 보이지 않았다. 들판으로 나가 땡볕 아래서 일 을 하고 있으리라. 들판은 바나나밭이 한동안 계속되기도 하고 사탕수수밭이 뒤덮고 있기도 하였다. 그런가 하면 망고나무숲과 사과나무 과수원이 보였고, 아무 것도 자라지 않는 회색 늪지가 끝도 없이 펼쳐지기도 하였다.

단조로운 들판의 풍경을 보고 있으면 저절로 잠이 왔다. 적음 은 부족한 잠을 보충하려고 눈을 감았다. 유키코는 이미 잠에 곯 아떨어져 있었다. 버스에 타자마자 눈을 감고 꾸벅꾸벅 졸았던 것이다.

유키코는 잠을 자면서 잠꼬대를 하는 버릇이 있었다. 일본말을 하기 때문에 알아들을 수는 없었지만 말을 하면서 웃기도 하고 괴성을 질러 앞좌석의 인도인이 뒤돌아보기도 하였다.

어쩌면 팔구 강에서 보았던 시신을 꿈에서 다시 보고 있을지도 몰랐다. 시신은 초록색 사리를 걸친 여자였었다. 여자는 통나무처럼 강물에 떠서 흘러가고 있었던 것이다. 여자의 시신 위에는 두 마리의 독수리가 앉아 날카로운 부리로 콕콕 쪼고 있었다. 여자의 가슴을 덮고 있는 사리를 부리로 헤치고 있는 것이었다. 오토 릭샤 운전수의 말을 들어보면 그때 가장 먼저 독수리의 밥이 되는 것은 눈(眼)이라고 했다.

"처녀는 죄가 없기 때문에 화장을 하지 않습니다. 태우지 않고 그냥 강물에 던져버립니다."

유키코는 그날 밥을 먹지 못하였다. 그 광경을 보고 충격을 받았기 때문이었다. 적음도 비위가 상한 것은 사실이었다. 그러나 멀리서 보았기 때문에 그나마 다행이라는 생각이 들었다.

적음은 깊은 잠에 빠지지는 못하였다. 눈을 떴다가 감았다가 하는 바람에 머리가 더욱 무거워지는 느낌이었다. 유키코가 또다시 잠꼬대를 하면서 외마디 비명을 지르고 있었다.

'아아아아.'

독수리가 그녀의 눈을 향해 달려들고 있는 것일까. 마침 그녀는 자신의 두 손으로 눈을 가리며 그러고 있는 것이었다. 그런데도 유키코는 인도광이 되어 있다. 인도의 어떤 매력이 그녀를 옭아매고 있는지 적음은 도무지 알 수 없었다. 일본의 규격화된 문명과 삶에 염증을 느끼고 자연 그대로인 인도를 동경하고 있는 것은 아닐까. 그녀는 불교 신자라고는 하지만 불교의 유적지만을 보기 위해서 인도를 여행하는 것 같지는 않았다. 그녀에게는 불교 유적지가 인도의 극히 일부분일 뿐이었다. 그녀의 행동을 보면 여행을 왔다기보다는 마치 일본을 탈출해 온 여자 같다는 느낌이 들었다.

하여튼 유키코의 비명소리를 몇 번 더 듣고나서야 적음은 고락푸르에 도착하였다. 버스에서 내려 적음은 유키코가 안내한 대로 오토 릭샤로 갈아타고 아반티카 호텔로 갔다. 한 시간 정도의 점심시간을 빼고 버스를 꼬박 10시간을 탄 모양으로 아반티카 호텔의 로비 시계는 오후 9시 32분을 가리키고 있었다.

그곳에는 최림이 예상 밖으로 먼저 와 기다리고 있었다. 열차를 타고 온 게 아니라 캘커타에서 바라나시까지 항공편으로 날아와 다시 고락푸르까지 택시를 타고 달려온 모양이었다. 그렇지 않고서는 적음보다 먼저 와 기다린다는 것은 불가능하였다.

최림은 중병을 앓고 난 사람처럼 얼굴이 몹시 수척하고 달라진 모습이었다. 눈은 퀭하였고 광대뼈는 뾰족하게 튀어나와 보름 전에 보았던 그의 모습과는 달랐다. 더구나 수염을 깎지 않아 오지를 헤매며 탐험하는 탐험가를 연상시키는 모습으로 변해 있었다.

"최 선생, 이제 괜찮습니까."

"이제는 인도 사람이 된 기분입니다."

"자, 방으로 들어갑시다. 아, 참."

적음이 쭈뼛거리는 유키코를 최림에게 소개를 시켜주었다. 그러나 최림은 유키코의 소개를 받는 둥 마는 둥하고는 방으로 들어가버렸다. 그럼에도 불구하고 유키코는 조금도 개의치 않는 얼굴이었다. 자신의 배낭을 들어주는 호텔 직원에게 술 한 병과 담배를 부탁하고는 자기 방으로 들어가고 있었다.

적음은 최림에게 그동안 법상을 찾아 헤맸던 이야기를 다 들려주었다. 그러나 분명한 것은 하나도 없었다. 법상이 인도에 있다는 것일 뿐 막연하기는 국내에서 출발할 때나 지금이나 마찬가지였다. 최림은 오지를 탐험하는 대원처럼 지도를 꺼내놓고 적음과 작전을 짰다. 아반티카 호텔을 전진기지로 삼아 각자 불교 유적지를 하나씩 맡아 돌기로 하였다. 쿠쉬나가라는 적음이, 부처의 탄생지 룸비니는 유키코가, 기원정사가 있는 발람푸르는 최림이 가보기로 정하였다.

그리고 나서 부처가 마야 부인을 위해 기도를 했다는 상카시아는 적음이, 그런 다음 세 사람 모두가 마지막으로 바라나시로 출발하기로 일정 계획표를 그렸다.

갑자기 최림은 술이 마시고 싶어 견딜 수 없었다.

"스님, 한잔 해야 잠이 올 것 같습니다."

최림은 프런트에 맥주를 세 병 시키고는 따뜻한 물로 샤워를 하기 위해 화장실로 들어갔다. 몸을 따뜻한 물로 씻었지만 국내에서처럼 수염을 깎지는 않았다. 인도에 와서 변화가 하나 생긴 게 있다면 바로 수염을 기르고 있다는 사실이었다. 말하자면 지저분한 것을 참지 못하는 그의 성격이 너그러워진 점이었다.

최림은 스스로 생각해도 놀라웠다.

15일 동안 급성 장염으로 병원에 입원해 있으면서 까탈스러운 그의 성격이 너그러워져 버린 것이었다. 그렇지 않았다면 그는 지금쯤 병원에서 굶어죽어 나갔을지도 몰랐다. 병원 음식도 불결한 기분을 주기는 마찬가지였다. 인도 음식이 입에 맞고 안 맞고를 떠나 우선 음식을 만들고 나르는 사람들이 깨끗하지를 못한 것에는 기가 막힐 지경이었다. 그런데 기나락 씨가 가져오는 바나나로 요기를 하는 것도 하루 이틀뿐 한계가 있었다.

그때 최림은 인력거꾼 기나락 씨의 말을 받아들이지 않을 수 없었다.

"부처는 더러운 것도 깨끗한 것도 없다고 했어요. 그 하나만을 집착하니까 병이 생긴다고 했지요."

기나락 씨의 말은 옳았다. 적어도 인도에서는 그런 분별심을 없애야만 생존할 수 있기 때문이었다. 더러운 것과 깨끗한 것. 따지고 보면 인간 중심의 사고에서 나온 말일 뿐 모든 생명 중심의 말은 아니었다. 사람들은 구더기를 더럽다고 하지만 구더기는 자신을 더럽다고 하지는 않을 것이었다. 사람들은 바퀴벌레를 징그럽다고 하지만 바퀴벌레는 자신을 징그럽다고 하지는 않을 것이었다. 그러므로 인도에서는 생명 있는 모든 게 다 신의 친구였다.

뿐만 아니라 시간 약속에 대한 그의 생각도 달라졌다. 시간 약속을 어기는 것을 참지 못하는 그였지만 이제는 어느 정도 느긋할 수 있었다. 그것도 인력거꾼 기나락 씨의 생활 태도를 보고 느낀 것이었다.

기나락 씨에게 시간 약속을 어겼다고 화를 내자 오히려 정색을 하며 이렇게 말하는 것이었다.

"약속이 사람을 불편하게 한다면 약속을 버려야 합니다. 그래서 저는 우리 아이들이 약속을 어겨도 야단을 치지 않는답니다."

약속을 중히 여기며 살아온 최림은 잠깐 동안이었지만 어리둥절해졌다. 그러고 보니 기나락 씨는 어떤 약속에도 얽매여 살고 있지는 않은 것 같았다. 시간이나 숫자에 대한 강박관념보다는 마음이 내켜서 모든 일을 하고 있었다. 최림과의 약속만 놓고 보아도 그랬다. 약속 시간을 늦게 어길 때도 있지만 대부분은 일찍 와서 한두 시간을 예사로 기다리곤 하였다.

적음은 최림이 권하는 술을 마지못해 한잔 받아 마셨다. 출가한 이후 처음으로 받아마시는 술이었다. 그래서인지 술이 들어가자마자 속이 화끈거렸다.

"스님, 내일 또 희망의 해가 뜰겁니다. 까탈스럽기로 따지자면 이 최림이 아닙니까. 그런데 이 인도란 나라에 와서까지 까탈을 부렸다가는 죽어나자빠지겠더라구요."

"이제 보니 최 선생도 도사가 다 되어가는 모양이오."

최림은 자작으로 거푸 들이켰다. 그래야만 취기가 올라 깊은 잠에 떨어질 것 같았다.

"폭음을 하시는구만. 그러니까 장이 나빠진 거 아니오."

"이제는 거뜬합니다. 인도 음식, 무엇이나 먹어도 탈이 나지 않을 겁니다."

최림은 호기를 부렸다.

"스님, 우리 밖으로 나가시죠. 이국 땅에서 잠만 자시려고요."

"난 피곤해서 자신 없소."

"그럼, 혼자라도 다녀 오겠습니다. 약한 인도 양주보다는 외제 술을 구해오겠습니다."

최림은 고락푸르의 밤거리를 배회하고 싶었다. 여자가 있는 술집에도 가보고 싶고, 릭샤를 타고 고락푸르의 밤 시장거리를 달려보고 싶기도 하였다.

최림은 호텔 직원에게 릭샤를 불러달라고 부탁하였다. 그러자 직원은 영어를 잘 몰라 계속 엉뚱한 소리를 하였다.

"마사지 걸. 150루피."

그것밖에 아는 영어가 없는 듯 고개를 흔들기만 하였다. 술집을 물어봐도 연신 '마사지 걸 150루피'만 되풀이하고 있을 뿐이었다. 시골 소년답게 순진한 웃음을 흘리면서.

큰 소리로 동문서답을 하고 있는 사이에 유키코가 나와 최림을 거들어 주고 있었다. 그녀는 힌두어를 어느 정도 하는 모양이었다. 유키코의 한마디에 호텔 직원은 뒷머리를 긁적이면서 릭샤꾼을 불러왔다.

최림은 통역에 대한 답례로 유키코에게 제의를 하였다.

"릭샤로 산책이나 할까요."

그러자 유키코는 자신도 거리로 나가려던 참이었다며 찬성을 하였다.

"좋아요."

힌두어를 아는 유키코가 릭샤꾼에게 주문을 하였다.

"먼저 술집으로 가요."

"여기서 멉니다."

"그래도 가봐요."

유키코가 통역을 하여 최림은 그들이 무슨 말을 하는지 알 수 있었다. 릭샤를 타고 밤거리를 한참 달리자, 슈퍼마켓 같은 가게들이 나왔다. 그러나 최림이 기대하던 술집은 아니었다. 술집이 아니라 마치 전당포 같았다. 입구는 철창으로 막아져 있었고, 술을 내주는 창구는 전당포의 그것처럼 반원으로 뚫려 겨우 술병 하나가 들락거릴 정도였다. 그것도 아무 요일에나 술을 파는 게 아니라 정해진 날이 아니면 철문을 내려버리는 듯하였다.

술집에 여자가 있으리라는 최림의 기대는 여지없이 무너져버린 셈이었다. 할 수 없이 최림은 영국산 양주 한 병을 사들고 다시 다른 거리를 달렸다. 거리에는 약속이나 한 듯 여자들은 없었다. 대부분 남자들이 어두운 거리를 어슬렁거리고 있었다.

시장거리를 들어섰지만 오래 서성거리며 구경할 수는 없었다. 최림과 유키코를 쳐다보는 인도인들의 시선이 밤의 여신으로부터 무슨 메시지를 받은 듯 낮과 달리 부담스러울 만큼 따가웠기 때문이었다. 힘을 얻은 그들의 눈동자는 더욱 크게 보였고, 알전구의 빛을 반사하는 그들의 눈들은 마치 야조의 눈 같기도 한 것이었다.

고락푸르의 거리를 여기저기 많이 달린 듯 술이 다 깨버린 느낌이었다. 반팔을 걸치고 나온 바람에 팔과 목덜미에는 이미 소름이 돋고 있었다. 역시 일교차에 의한 추위였다. 거리로 몰려나온 사람들을 피하느라 속도를 내지 못하고 슬슬 달리는 릭샤였지만 밤의 찬 공기가 맨살을 파고 드는 것처럼 몹시 추웠다.

"이젠 들어가죠. 추워서 더 있기가 힘들어요."

"그럽시다."

춥기는 최림도 마찬가지였다.

호텔로 돌아온 최림은 유키코 방으로 갔다. 전당포 같은 술집에서 어렵게 사온 독한 영국산 양주를 마시기 위해서였다.

"호텔서 파는 인도 양주는 약해서 맹물 같더군요."

"저도요."

술에 관한 한 두 사람의 의견은 시종 일치를 보고 있었다. 최림은 유키코의 방을 둘러보면서 비로소 그녀가 여자라는 것을 실감하였다. 창턱을 이용하여 널어놓은 빨래나 물건들이 하나같이 여자를 상징하는 것들이었다. 이를테면 브래지어, 팬티, 거들 같은 것들이 널려 있었다.

그러나 유키코는 그런 물건들을 굳이 감추려들지 않았다. 그러기는커녕 오히려 유키코의 거침없는 태도는 최림을 당황하게 하였다.

"거, 방으로 오니까 또다시 더워지네요."

"아, 네."

"창문 좀 열어주시겠어요. 담배 연기도 나갈 겸."

"그러죠, 뭐."

"창문을 여시는 김에 거기 빨래 좀 침대 위로 내려주시죠."

최림이 못 들은 체하자 그녀가 치우긴 하였지만 아무튼 유키코는 그런 식이었다. 두 사람은 사온 양주를 유키코가 가져온 일본제 치즈로 안주 삼아 새벽 두시까지 다 비워버렸다. 이야기를 나눌 만한 별 화젯거리도 없었기 때문에 술만 주거니 받거니 하면서 양주병을 비워버린 것이었다.

법상이 유일한 화젯거리였을 뿐이었다.

"참 이상한 분들이에요."

"이상하다구요."

"네."

"뭐가 말입니까."

"내가 왜 두 분이 찾고 있는 법상 스님에게 매력을 느끼고 있는지 모르겠어요."

"유키코 씨가 법상 스님에게 매력을 느끼다니 이해할 수 없군요."

"그럼, 최림 씨는 법상 스님을 왜 찾는 거죠."

"정확히 말해서 내가 찾는 게 아니라 찾아달라는 부탁을 받고 인도에 온 겁니다."

"누구의 부탁이죠."

"지웅이라는 법상 스님의 친구인데 이야기하면 길어집니다."

"아, 벌써 취했나, 뭐가 뭔지 정말 모르겠어요."

"그럴 겁니다. 나도 지금 헷갈리니까요."

"그럼 최림 씨 직업은 뭐예요."

어느새 유키코가 혀 꼬부라진 소리로 묻고 있었다.

"건축 설계삽니다."

"오, 정말 멋진 직업이에요. 한국에 가면 작품을 보여주세요."

"물론이죠. 아주 멋진 탑을 보여드리죠."

"목탑인가요, 아니면 석탑인가요."

"높이 100미터가 좀 안 되는 9층 목탑입니다."

유키코의 눈이 휘둥그레지는 것을 보고 최림은 일어서버렸다. 손목시계를 보니 새벽 두시가 좀 지나고 있었다. 유키코는 몹시 취한 듯 휘청거리며 최림의 등뒤에서 떠들었다.

"법상 스님, 내가 꼭 찾고 말거예요. 탑두요."

적음은 이미 코를 골며 깊은 잠에 떨어져 있었다. 최림은 왜 유키코가 법상을 찾으려고 하는지 이해를 할 수 없었다. 만나고 싶다는 말을 잘못 표현하여 찾고 말겠다고 말한 것인지도 알 수 없는 일이었다.

그렇다고 깊은 잠에 빠져 있는 적음을 깨워 물어볼 수도 없었다. 최림은 창문을 열어 소도시 고락푸르의 새벽 거리를 바라보았다. 거리는 수면제가 살포된 것처럼 죽은 듯하였다. 컴컴한 밤하늘에 별들이 작은 촛불처럼 흔들리고 있을 뿐 움직이는 물체는 아무 것도 없었다.

거리의 평상에서 모포를 뒤짚어쓰고 자는 사람들도 죽은 듯 꿈쩍도 하지 않고 있었다. 뿐만 아니라 그 옆에 누워 있는, 외양간이 따로 없는 소들조차 깊은 잠에 빠져 괴상한 형태의 정물처럼 보이고 있는 것이었다.

최림은 눈을 붙인 둥 만 둥 한 상태에서 호텔 식당으로 내려가 아침을 해결하였다. 쉬라바스티로 가려면 일찍 서둘러야 했기 때문이었다. 지도를 펴놓고 대략 거리를 계산해보니 고락푸르에서 쉬라바스티까지는 210km. 택시로 꼬박 4시간 걸리는 거리이므로 서두르지 않으면 안 되었다.

가장 여유가 있는 사람은 적음이었다. 고락푸르에서 쿠쉬나가라까지는 불과 1시간이면 충분하기 때문이었다. 여유가 있기는 유키코도 마찬가지였다. 그녀가 가려는 룸비니도 고락푸르에서 2시간이면 넉넉하기 때문에 아침 일찍 나설 필요 없이 늦잠을 즐겨도 되는 것이었다.

최림은 기원정사의 도착이 늦어질지 모르지만 요금을 아끼려고 택시를 부르지 않고 버스를 타기로 하였다. 그런데 만일 잠을 자게 된다면 발람푸르에서 묵으라는 것이 유키코의 충고였다. 인도의 지리에 밝은 유키코가 아직도 잠이 덜 깬 얼굴로 하품을 하면서 말해 주는 것이었다.

"발람푸르에서 숙박을 하게 되면 파틱 호텔로 가세요. 시설이 여관이나 다름없는 곳이지만 시골인 그곳에서는 일급이에요."

갑자기 최림은 혼자 떠난다는 게 찜찜하였다. 인도 여행이 초행이었으므로 사실은 두려운 마음도 들어서였다. 그래서 최림은 유키코에게 말을 돌려서 하였다.

"발람푸르에서도 양주를 구할 수 있습니까."

"물론이죠."

"거기서도 지정된 장소에서만 파는 게 아닙니까."

"맞아요. 하지만 파틱 호텔 옆에 가게에서 팁을 주고 구해달라고 하면 될거예요."

"유키코 씨처럼 미인이나 부탁해야 들어주는 것 아닙니까."

그제야 유키코가 최림의 의도를 간파한 듯 적음을 쳐다보고 있었다. 그러나 적음은 반대할 입장이나 형편은 아니었다. 지금까지 유키코를 자신이 앞세워 데리고 다녔으므로 앞으로는 최림이 그녀의 도움을 받는 게 공평한 처사였다. 더구나 유키코에게 지불하는 돈은 적음과 최림의 공동 경비에서 지출되고 있기 때문이었다.

한참 후, 적음이 어젯밤에 짠 계획을 바꾸면서 말하였다.

"룸비니야 오늘 제가 가도 됩니다. 쿠쉬나가라를 다녀와서 말입니다. 그러니 유키코 씨는 최 선생과 동행하는 게 좋겠소."

유키코 역시 술과 담배를 하는 최림이 눈치를 볼 필요가 없으므로 편한 모양이었다. 하기는 여행은 편해야 하니까. 누군가의 말대로 여행은 자유이니까. 그래서 낯설고 위험한 곳도 혼자들 떠나는 것이 아닐까.

유키코가 안내한 대로 최림은 발람푸르행 버스를 탔다. 버스를 탄 후 유키코와 이런 저런 농담을 하면서 크게 웃기도 하였다.

"어젯밤에 마사지를 받지 그랬어요."

"무슨 마사지 말입니까."

"호텔 소년이 소개시켜 주려고 하던데 뭘 시치미를 떼세요."

"아, 제가 원해서 그런 건 아닙니다."

"그럼, 왜 흥정을 하셨죠. 저를 속일려구 하지 마세요."

유키코가 얼굴 가득 웃음을 머금고 추궁을 하였다. 마치 결혼한 아내처럼 그럴 권리와 의무가 있다는 듯이.

"흥정이 아니라 이런 데서는 그게 공정 가격인 듯해요."

"150루피면 굉장히 싸구려 마사지예요."

"싸구려가 아니라 뚱뚱한 아줌마가 하는 마사지겠죠."

이번에는 유키코가 윙크를 하며 최림의 옆구리를 때렸다.

"처녀 마사지라면 거절하지 않았겠죠."

"하하하."

최림은 큰 웃음으로 얼버무리고 말았다. 그러나 그때는 호텔에서 파는 양주보다는 독한 외제 양주를 마시고 싶은 생각뿐이었었다. 더구나 병원에서 퇴원하여 몸이 막 날아갈 듯하였으므로 마사지 같은 것은 필요 없었던 것이다.

유키코가 정색을 하며 중요한 정보를 건네주는 간첩처럼 은밀한 표정으로 말하였다.

"인도 여자들 냄새가 지독하대요."

"무슨 냄새죠."

"향신료 냄새예요."

"아니오. 그런 냄새라면 걱정하지 않아요."

유키코가 고개를 절래절래 흔들며 말하였다.

"아마 마사지를 받게 된다면 코를 막느라고 숨을 쉬지 않는 게 더 힘들거에요."

"그거야 우리 기준이죠. 인도 남자들은 바로 그 냄새 때문에 여자 꽁무니를 쫓아다니겠죠."

최림은 발람푸르 부근의 기원정사(祇園精舍)가 어떤 곳인지를 알아보기 위해 적음한테서 빌린 〈대당서역기〉를 꺼내 펼쳐보았다. 쉬라바스티국 편에 아주 자세하게 나와 있는데 그 일부는 이러하였다.

'사위성 남쪽 5,6리 되는 곳에 제타림이 있다. 급고독원(給孤獨園)으로도 불리는 곳인데 부처님을 위하여 수닷타 장자가 정사를 세운 곳이다. 옛날에는 가람이었으나 지금은 황폐해져 있다. 다만 동문 좌우에는 아쇼카 대왕이 세운 높이 21미터의 돌기둥이 있는데, 그 끝에는 각각 수레바퀴 모양과 코끼리 모양이 새겨져 있다. 그리고 다 허물어져 있는 가운데서도 벽돌집 한 채가 남아 있는데 거기에는 불상이 하나 모셔져 있다.'

쉬라바스티는 한역으로 사위성(舍衛城). 코살라 왕국의 수도였던 곳으로 오늘날 발람푸르 지역인 것이다. 석가모니 부처가 사위성으로 가기 전에는 자이나교나 아지비카교 등이 위세를 떨치고 있던 도시국가였다고 한다. 그러나 전설에 의하면 부처가 기적으로써 그들의 위세를 눌렀다고 하는데, 그 첫번째는 타교단 수행자들이 기원정사로 가려는 부처의 발걸음을 막자, 갑자기 1천 연화좌 위에 앉더니 1백만의 같은 모습으로 나타나 물과 불을 뿜어대어 그들을 혼비백산 놀라게 했다는 것이었다.

그리고 두번째는 코살라국의 프라세나짓 왕과 왕비가 불제자가 되어 기원정사로 부처의 법문을 들으러 다니자 불안을 느낀 아지비카 교단에서 왕에게 이런 건의를 하였다고 한다.

"부처님이 우리보다 뛰어나다는 증거를 보여주기를 청원합니다."

그리하여 왕은 이 사실을 부처에게 전하였고, 부처는 날짜와 장소를 정하여 아지비카교 수행자들을 모이게 하였다고 한다.

부처가 보인 기적은 망고나무를 하루만에 싹을 틔워서 거목으로 키운 다음 그 나무 그늘 아래의 연화좌에 앉아 물과 불을 뿜어대는 것이었다. 기적을 본 타교단의 수행자들은 불교로 개종하거나 사위성을 떠나지 않을 수 없었다. 사위성 안에는 어느새 부처의 명성이 그들을 압도해버렸기 때문이었다.

아무튼 쉬라바스티에 남아 있는 전설은 전설이고.

기원정사는 수닷타 장자가 시주를 하여 지은 절이라는 것이 정설이다. 코살라국 사위성 사람인 수닷타는 마가다국 왕사성으로 장사를 하러 갔다가 우연히 부처의 법문을 듣고 부처를 흠모하게 된 엄청난 부자 상인이었다. 그는 돈만 벌 줄 아는 사람이 아니라 '아나타핀디카'란 이름으로 즉, 한역으로는 '고독한 사람들에게 도와주기'를 좋아하는 급고독(給孤獨) 장자로 더 유명한 자선사업가이기도 하였다.

그는 사위성에도 부처의 법문을 퍼뜨리기 위하여 부처가 머물 불당을 지어드리기로 결심하였다. 그래서 사리불과 몇날 며칠 동안 수레를 타고 사위성 안을 돌아다녔다. 그 결과 사위성 남쪽에 있는 망고 과수원숲이 절터로 안성맞춤이라는 것을 알아냈다.

그러나 그 숲은 쉽게 살 수 있는 땅이 아니었다. 사위성 제타 태자의 소유였고, 더구나 왕실은 자이나교나 아지비카교를 신봉하고 있기 때문이었다.

고민 끝에 수닷타 장자는 제타 태자를 찾아 간청을 하였다. 그러나 그는 이렇게 거절을 하였다.

"망고 과수원을 금조각으로 다 덮으시오. 그렇다면 생각을 다시 한번 해보겠소."

과수원을 금조각으로 다 덮는다는 것은 아무리 돈이 많은 수닷타 장자라도 불가능한 조건이었다. 그러나 수닷타는 무슨 수를 내어서라도 금조각으로 덮으리라고 결심하였다.

"좋습니다. 시간이 걸리겠지만 그렇게 하겠습니다."

그날부터 수닷타 장자는 사리불과 함께 금조각을 깔기 시작하였다. 소문은 사위성의 왕실은 물론이고 멀리 변방에까지 퍼졌다. 제타 태자는 그제야 부처의 명성을 생각해 보았다. 수닷타의 신심도 생각해 보았다. 부처에게 얼마나 감화를 받았으면 돈밖에 모를 것 같은 장사꾼 수닷타가 자신의 전 재산을 기증하여 땅을 사려고 하는지 짐작이 갔다.

제타 태자는 금조각이 깔려지고 있는 망고 과수원으로 달려갔다. 거기에는 수닷타와 사리불이 열심히 금조각을 깔고 있는 중이었다. 금조각은 이미 과수원을 반쯤 덮고 있었다. 내리쬐는 햇빛을 반사하는 금조각들로 하여 망고 과수원은 그야말로 번쩍번쩍 장관이었다.

제타 태자가 금조각의 휘황찬란한 장관에 감탄하며 수레에서 내려 수닷타의 행동을 막았다.

"수닷타 장자여, 이것으로써 계약은 충분하오. 나머지 땅에 깔릴 금은 내가 기증을 하겠소. 내 뜻을 부처님께 전해 주시오. 이곳에 어서 모셔 법문을 듣고 싶다고."

기원정사는 이처럼 제타 태자와 수닷타 장자가 땅을 기증하여 세워진 절인데, 석가모니 부처가 가장 오랫동안 머문 절로 유명하다. 따라서 부처의 법문도 어느 장소보다도 많이 전해져 오늘날까지 〈금강경〉, 〈수능엄경〉, 〈팔관재계〉, 〈승만경〉 등이 전해지고 있고, 가난한 여인의 등불 법문이나, 피할 수 없는 죽음의 법문, 독 묻은 화살의 법문 등은 그 어떤 법문보다도 비유가 빼어난 것이다.

발람푸르로 꺾어지는 소도시 곤다에 도착하였을 때, 유키코는 다 죽어가는 불구 남자를 보고는 고개를 돌리고 있었다. 다리가 한쪽 잘려 있는 남자는 시체나 다름없었다. 못 쓰는 짐짝처럼 방치되어 있었는데, 얼굴에는 이미 파리떼들이 새카맣게 달라붙어 그의 입과 콧구멍, 눈에서 흐르는 액체를 빨아먹고 있다.

최림도 벌써 비슷한 풍경을 몇 번째 보는 셈이었다. 맨 처음은 캘커타의 하우라 다리 위에서였을 것이다. 강물에 떠밀려가는 여자의 시체였었는데, 독수리가 시신의 살점을 뜯어먹고 있는 풍경이었던 것이다. 그러나 그런 살풍경은 갠지스 강뿐만 아니라 어느 지류에서나 비일비재하였다.

석가모니의 후예들이어서 죽음에 무덤덤한 것일까. 석가모니 부처는 일찍이 이런 법문을 한 적이 있다. 어느 누구도 죽음은 피할 수 없다는 것이었다.

사위성의 프라세나짓 왕은 왕비가 죽자 슬픔에 빠졌다. 어떤 명의도 죽어가는 말리카 왕비를 살리지 못했다.

그런데 이번에는 백 살이 넘은 할머니까지 갑자기 잃게 되었다. 왕은 성 밖에서 시신을 화장하고 난 다음 슬픔에 빠진 나머지, 흐트러진 의관을 바로하지 않은 채 그대로 기원정사로 달려가 부처에게 무릎을 꿇고 앉았다. 놀란 부처가 물었다.

"왕이시여. 기별 없이 어인 일로 오셨습니까."

"부처시여. 저의 할머니가 돌아가셨습니다. 지금 나는 성 밖에서 화장을 하고 오는 길입니다."

"할머니의 나이는 몇 세이십니까."

"백이십 세입니다."

"그런가요."

"더 사실 줄 알았는데 그만 돌아가시고 말았습니다."

"왕이시여. 누구든 죽음을 피할 수는 없습니다."

"나는 할머니를 몹시 좋아했습니다. 만약 할머니의 목숨을 구할 수 있다면 내가 가진 어떤 귀중한 물건이라도 다 내놓았을 것입니다. 코끼리든 말이든 국토이든 무엇이든 기꺼이 제공했을 것입니다."

"왕이시여. 모든 살아 있는 것은 언젠가는 한번 죽는 법입니다. 죽음에서 벗어날 수가 없습니다."

그래도 왕이 슬픔을 이기지 못하자 석가모니 부처는 좀 길게 법문을 하여 주었다.

"왕이시여. 비유를 들어 말하자면 우리들이 사용하는 항아리는 때가 되면 언젠가는 다 깨어져 버려지고 맙니다. 비록 온 세상을 정복하여 대항하는 적이 없는 대왕이라 할지라도 마침내는 죽어 땅에 묻히고 맙니다. 뿐만 아니라 장수천에 태어나 천궁위 왕으로서 온갖 쾌락을 다 누린다고 해도 그 역시 죽음을 면할 길은 없습니다. 수행을 잘한 아라한이라도, 깨달음을 얻은 연각(緣覺)이라도, 부처라 하더라도 입멸에 들지 않을 수 없습니다. 뿐만 아니라 목숨 있는 것은 벌레이건 신이건 모두 죽는 것입니다."

그때 부처가 노래한 시가 이렇게 전해지고 있다.

무릇 목숨 있는 것은 죽음을 면할 수 없다네
생명의 끝은 죽음이어라
업에 따라 선악의 과보를 받을 곳으로 가리
악한 짓을 한 자는 지옥으로
착한 일을 한 사람은 극락으로
그러니 착한 일을 행하라
그것은 내세의 자산이 된다
살아 있는 자에게 선(善)은 후생의 기댈 곳이니라.

또한 기원정사에서 어떤 아낙네에게 이런 법문을 하여 죽음을 피할 수 없다는 것을 가르치고 있다.

하루는 기원정사로 한 아낙네가 비탄에 잠긴 얼굴로 부처를 찾아왔다. 그녀는 삼대 독자를 잃어버린 과부 아낙네였다. 남편도 잃고 자식마저 잃었으므로 그녀에게는 이제 희망이 없었다. 부처 앞에 무릎을 꿇고서 그녀는 울면서 하소연하였다.

"세존이시여. 저는 삼대 독자를 잃고 이제 살아갈 희망마저 잃었습니다. 어찌하면 좋겠습니까."

그러자 부처는 따뜻한 목소리로 이렇게 말하는 것이었다.

"아주머니여. 한 가지 방법이 있습니다. 가르쳐준 대로 하시겠습니까."

"네, 부처님."

"지금 곧 마을로 가서 아직까지 사람이 죽어 나간 적이 없는 일곱 집을 찾아내어 쌀 한줌씩을 얻어 오시오."

"부처님께서 하라시는 대로 지금 곧 쌀을 얻어오겠습니다."

"그렇게만 하신다면 내가 슬픔에서 벗어날 수 있는 방법을 가르쳐 주리다."

그러나 아낙네는 며칠이 지나서 빈손으로 돌아오고 말았다. 온 성 안을 다 돌아다녀 보았지만 죽음을 경험하지 않은 집은 한 군데도 없었기 때문이었다.

절망에 빠져 있는 아낙네에게 부처가 물었다.

"사람이 죽지 않은 집이 있던가요."

"없었습니다."

"그렇습니다. 사람은 언젠가는 모두 죽습니다. 그러니 그렇게 슬퍼하고만 있어서는 안 됩니다."

그제야 아낙네는 부처의 말뜻을 알아차리고 슬픔에서 벗어나 위안을 받을 수 있었다고 한다.

　발람푸르.

　2천5백년 전에는 코살라국의 영토인 곳. 부처가 사위성으로 들어가기 위해 지나쳤던 길목의 성도. 2천5백년 전 불교의 번성지답게 소도시인 발람푸르 삼거리에 좌불상이 하나 있다.

　법상도 쉬라바스티(사위성)로 가기 위해 이 거리를 지나쳤을 것이다. 지나치면서 저 좌불상을 보고 합장을 하였으리라. 좌불상은 네 기둥 위에 시멘트 슬라브로 덮인 군인 초소 같은 허술한 닷집 안에 안치되어 있었다. 바닥에서 좌대까지는 세 층계로 만들어져 있는데 첫째 층계에 삼귀의가 씌어 있는 게 보였다.

　유키코가 힌두어를 번역하여 알려준 대로 읽어보면 이러하였다.

　붓담 사르남 갓차아미(거룩한 부처님께 귀의합니다)
　담맘 사르남 갓차아미(거룩한 가르침에 귀의합니다)
　상감 사르남 갓차아미(거룩한 스님들께 귀의합니다)

　좌불은 노란색 가사를 입고 있었는데, 그의 소박한 미소와 선명한 눈동자가 일품이었다. 소란스러운 삼거리의 광장을 지그시 내려다보는 부처의 자태는 이웃 사촌 같은 느낌을 주고 있었다. 발람푸르의 거리 중에서도 가장 더럽고 냄새나고 시끄러운 곳이 삼거리일 것 같은데 바로 이곳에 부처가 앉아 있다는 것이 신기하였다.

인도의 거리면 어디에서나 소와 개들이 어슬렁거리게 마련이지만 발람푸르의 삼거리에서는 당나귀까지 가세하여 똥을 배설하며 거리를 더럽히고 있었다. 부근에 사탕수수의 집산지가 있는지 두 마리의 소가 끄는 벨가리(우마차)와, 두 마리의 말이 끄는 고라가리(마차) 행렬이 끊임없이 이어지고 있었다.

최림은 오토 릭샤로 바꿔타고는 바로 쉬라바스티 기원정사터로 달렸다. 시골 오지여서 길은 비포장도로였다. 그러나 아스팔트를 깔기 위해 사람들이 길거리 위에서 큰 돌을 망치로 석기시대인처럼 일일히 부수고 있었다. 분쇄기를 이용하면 금세 할 수 있겠지만 많은 사람들이 모여 망치로 돌을 두드려 깨고 있는 것도 인도식이었다.

아무래도 하루를 발람푸르에서 묵을 수밖에 없을 것 같았다. 기원정사를 다녀오면 황혼녘이 될 것이기 때문이었다.

"호텔을 예약하고 올 걸 그랬어요."

"사정을 봐서 결정하지요. 막차가 있을지도 모르니까요."

그러자 릭샤 운전수가 거들었다. 요즘은 성지순례 시즌이어서 미리 예약을 하지 않으면 방을 구할 수 없다는 것이었다. 그러나 릭샤를 돌릴 수는 없었다. 릭샤는 이미 기원정사의 정문 앞에 와 있었다.

고도계를 꺼내보니 어느새 바늘은 250미터를 가리키고 있었다. 그러니까 발람푸르에서 오는 동안 줄곧 200미터였으니까 50미터 더 높은 동산이었다. 2천5백년 전 사위성 안의 절터로서는 평지보다 높고 아늑한 이곳밖에 달리 없을 것 같다는 느낌이 들었다. 기원정사터는 오늘의 눈으로 보아도 수닷타 장자와 사리불이 욕심을 낼 만한 땅이 분명한 곳이었다.

입구에는 두 대의 손수레가 조잡한 기념품을 팔고 있었고, 시골 아이들이 순진한 목소리로 '박시시(한푼 주세요)'하고 몰려들고 있었다. 그러나 대도시의 거리에서 달라붙는 아이들하고는 좀 다른 느낌이었다. 장난기도 느껴지고 치근덕거림이 덜하였다. 행상하는 남자들도 값싸게 흥정을 하여 쉽게 물러가버리곤 하였다.

지금으로부터 1천2백년 전 현장이 보았다는 동문의 돌기둥은 없었다. 돌기둥 대신 시골 과수원의 입구처럼 철문이 하나 설치되어 관리인이 지키고 있을 뿐이었다.

다른 나라의 승려들이 소로를 타고 올라가는 동안 가끔 나타났다. 티베트, 미얀마 스님들이 많이 찾는다고 관리인이 말해주었다. 유키코에게는 벌써 남자들이 손톱만한 들꽃을 꺾어 바치며 따라붙고 있었다. 그것은 불단에 바칠 꽃으로 서비스하는 것이고 따로 기념품을 사라는 주문이었다. 숲속을 뛰어다니는 원숭이도 어느 곳보다도 더 많이 보이고 있었다. 원숭이 중에 어떤 놈은 사탕수수대를 꺾어와 씹고 있었다.

저 미얀마 승려들이 이 기원정사터에서 듣고가는 부처의 말씀은 어떤 것일까. 문제가 어려워 선생님에게 다시 묻는 철없는 중학생처럼 부처에게 그들이 질문하여 알고 싶어하는 것은 무엇일까.

바로 이 자리에서 부처는 말룽카 비구에게 '독 묻은 화살'의 비유 법문을 하였을 것이다. 저 미얀마의 승려들은 혹시 말룽카의 후예들이 아닐까.

2천5백년 전 말룽카 비구는 바로 저 원숭이가 뛰어노는 숲속에서 이런 생각에 빠져 있었다고 한다.

'세계는 영원한 것인가, 생명이 곧 육체인가 아닌가, 여래는 최후가 있는가 없는가, 이런 말을 전혀 하지 않는 부처님이 이상하다. 오늘은 부처님에게 한번 따져 보리라. 세계가 영원한 것이 아니라면 그를 비난해주고 이곳을 떠나리라.'

해가 질 무렵에야 말룽카 비구는 부처를 찾아가 머리를 조아렸다. 그리고 혼자서 숲속에서 명상한 것들을 다 말씀드리고 나서는 이렇게 덧붙여 물었다.

"부처님께서는 저의 이러한 명상 자체에 대해서도 진실한 것인지 허망한 것인지를 말씀해 주십시오."

그러나 부처님은 현실의 시급한 문제를 외면하고, 내세나 형이상학적인 것에 매달려 있는 말룽카가 못마땅하였다.

"말룽카여. 그러면 내가 이전에 세계는 영원하다고 말했기 때문에 너는 나를 따라 수행해 왔느냐."

"그건 아닙니다."

"그 밖의 의문에 대해서도 내가 이전에 이것은 진실하고 다른 것은 허망하다고 말했기 때문에 나를 따라 수행을 해왔느냐."

"그것도 아닙니다."

"너는 영리한 것 같지만 참 어리석구나. 그런 문제에 대해서는 내가 일찍이 너에게 말한 일이 없고 너도 내게 물었던 적이 없는데, 너는 어째서 부질없는 생각만을 하며 나를 비난하려 드느냐."

그때 모여든 여러 비구들에게 부처가 말하였다.

"어떤 사람이 독 묻은 화살을 맞아 견디기 어려운 고통을 받고 있을 때 그 가족들은 의사를 부르려고 했다. 그런데 그는 '아직 이 화살을 뽑아서는 안 되오. 나는 먼저 나를 쏜 사람이 누구인지 성은 뭐고 이름은 뭐라고 하며 어떤 신분인지를 알아야겠소. 그리고 그 활을 뽕나무로 만들었는지 물푸레나무로 만들었는지를 알아야겠소. 또 화살깃이 매털로 되었는지 닭털로 되었는지도 먼저 알아야겠소' 이와 같이 따지려든다면 그는 그것을 알기도 전에 온몸으로 독이 번져 죽고 말 것이다."

부처의 얼굴은 수닷타 장자가 덮은 금조각처럼 석양을 받아 눈부시게 빛나고 있었다. 그래서 부처의 법문을 듣는 비구들은 감히 우러러 쳐다보지 못하고 고개를 떨구고 있었다. 시종 나직하고 부드러운 부처의 음성이었지만 말룽카 비구는 더욱 고개를 숙이고 몸을 떨었다.

"세계가 영원하다거나 무상하다고 말하는 사람에게도 생로병사와 근심 걱정은 있다. 나는 세계가 무한하다거나 유한한 것이라고 단정적으로 말하지는 않는다. 왜냐하면 그것은 이치와 법에 맞지 않으며, 수행이 아니어서 지혜와 깨달음으로 나아가는 길이 아니고, 열반의 길도 아니기 때문이다. 내가 한결같이 말하는 것은, 괴로움과 그 원인과 그것의 소멸과 괴로움을 소멸하는 길이다. 너희들도 이렇게 알고 배워야 한다."

이때 말룽카는 눈물을 흘리며 석양에 반사되어 등불처럼 환히 켜진 부처의 얼굴을 차마 쳐다보지 못했다고 한다.

정문에서 가장 깊숙한 곳에 부처가 선정에 들었다는 불당터가 나왔는데 순례단은 그곳에서 예불을 하고는 다시 내려가곤 하였다. 최림은 가까이서 그들을 지켜보면서 법상을 찾았다. 그러나 법상은 없었다.

맥이 빠지긴 하였지만 최림은 중얼거렸다.

'법상 스님은 이 기원정사에도 분명 왔을 것이다. 또 올 것이다. 아니 지금쯤 발람푸르를 떠나 이곳으로 천천히 오고 있을지도 모른다.'

최림은 유키코와 나란히 풀밭에 앉아 뉘엿뉘엿 지고 있는 해를 바라보았다. 잘 익은 오렌지 같은 빛깔이었다. 기원정사의 청정한 기운 탓인지 오래간만에 보는 선명한 석양이었다. 입을 다물고 앉아 있던 유키코가 말했다.

"사실 인도 중에서 가장 마음에 드는 곳이 바로 이 기원정사터예요."

"왜 그렇습니까."

"이렇게 포근한 곳을 보지 못했으니까요."

"저도 그런 느낌이 듭니다만."

"부처님께서 가장 오랫동안 계신 곳이 이 기원정사래요."

"책을 보았더니 이 기원정사에서 24안거를 했다고 적혀 있더군요."

안거(安居)란 우기가 되어 탁발이 곤란하므로 절에 들어앉아 수행을 철저히 하는 기간을 말했다. 인도는 1년을 우기와 건기로 크게 나누므로 24안거는 24년이 되는 셈이었다.

"어쩌면 법상 스님도 이곳을 가장 좋아할지도 모르겠군요."

최림의 추리에 유키코가 맞장구를 쳤다.

"부처님이 가장 사랑했던 땅이니 그럴지도 모르죠."

그때 최림은 발람푸르에서 이삼일 더 머무르겠다고 갑자기 결심을 굳혔다. 기원정사터에서 법상을 만날지도 모른다는 막연한 예감 때문이었다.

최림은 서둘러 현장의 〈대당서역기〉에 나와 있는 앙굴리말라의 집터로 내려갔다. 악마도 부처가 될 수 있는가. 그 질문에 대한 불교의 해답은 앙굴리말라의 일화처럼 사실적인 것이 없었다.

앙굴리말라의 원래 이름은 아힝사. 그는 바라문의 제자였는데 그 바라문의 아내가 아힝사를 유혹하면서 그는 악의 구렁텅이로 빠졌다. 하루는 바라문이 집을 비운 사이에 그의 아내가 젊고 건장한 아힝사를 유혹하려고 했던 것.

그러나 아힝사는 스승 바라문을 배반할 수 없어 거절하였다.

"스승의 아내는 어머니와 같습니다. 그런데 어찌 몸을 섞는단 말입니까."

그런데 생각이 올곧은 아힝사는 부인의 실수를 스승에게 일러바칠지도 몰랐다. 바라문의 아내는 거절을 당한 것이 분하기도 했지만 이제는 그게 더 걱정이 되었다. 그래서 그녀는 계책을 하나 꾸몄다. 자신의 옷을 갈갈이 찢어놓고 자리에 누워버린 것이었다. 돌아온 바라문이 묻자 그녀는 거짓말을 하였다.

"당신이 가장 믿었던 아힝사한테 몸을 망쳤어요."

이에 바라문은 아힝사를 파멸시켜버릴 방법을 궁리하였다. 몇 날 며칠을 궁리한 끝에 아힝사를 불러 말했다.

"너는 이제 한 가지만 더 수행을 하면 완전한 수행자가 된다."

"바라문이여. 그 한 가지를 마저 가르쳐주십시오."

"아침 일찍 거리로 나가 백 사람을 죽여야 한다. 그리고 나서

죽인 한사람한테서 손가락을 하나씩 잘라내어 목걸이를 만들어야 한다. 하루에 백 개의 손가락을 모아 목걸이를 만드는 날 너의 수행은 완성됐다고 할 수 있느니라."

수행이 완성된다는 말을 믿고 아힝사는 스승이 건네준 칼을 들고 거리로 나갔다. 그리고는 닥치는 대로 사람들을 죽여 손가락을 잘랐다. 무시무시한 소문은 곧 왕실로도 들어갔다. 손가락을 잘라 목걸이를 만드는 살인귀라 하여 그때부터 그는 사람들에게 '앙굴리말라'라고 불리게 되었다. 승려들도 그 살인귀 때문에 함부로 탁발을 나갈 수 없었다. 부처가 사위성으로 탁발을 나가려 하자 제자들이 말렸다.

"부처님. 나가지 마십시오. 앙굴리말라라는 살인귀가 목숨을 노리며 날뛰고 있습니다."

그때 아힝사는 손가락 99개를 모아 한 사람만 더 죽이려고 날뛰고 있었다. 그런데 그 다음 살인의 대상은 아힝사의 어머니가 분명하였다. 아힝사 어머니가 아들이 먹을 음식을 장만하여 아힝사를 찾고 있기 때문이었다.

이윽고 아힝사는 어머니가 보이자 죽이려고 달려들었다. 바로 그때 부처가 아힝사의 걸음을 가로막으며 섰다. 그러자 아힝사가 소리쳤다.

"넌 누구냐. 움직이지 마라."

"난 가만히 이렇게 서 있다. 움직이는 것은 네가 아니냐."

"아니, 저렇게 당당하고 온화한 분이 이 거리에 계셨던가."

부처의 눈빛을 보고 또 목소리를 들은 아힝사는 자신도 모르게 칼을 떨어뜨리고 말았다. 바위처럼 버티고 선 부처의 거룩한 모습에 압도를 당해버린 것이었다. 한동안 침묵이 흐른 뒤 아힝사가 부처 앞에 무릎을 꿇고 잘못을 빌었다.

"거룩한 이여. 용서해주십시오. 저지른 죄를 참회하고 귀의하겠으니 제자로 받아주시겠습니까."

그러자 부처는 그의 귀의를 허락하였다. 그를 기꺼이 제자로 받아들이고는 기원정사로 데리고 왔다. 그런데 놀라운 기적이 일어났다. 삭발을 시키고 가사를 입히자 앙굴리말라가 바로 성자의 경지에 도달해버리는 것이었다.

그때 프라세나짓 왕은 앙굴리말라를 붙잡기 위해 군대를 거느리고 출동 중이었다. 기원정사 앞을 지나가면서는 부처를 찾는 왕이었다. 그런 왕에게 부처가 물었다.

"왕이시여. 먼지투성이가 되어 군사를 이끌고 어디로 가는 길입니까."

"부처시여. 살인귀가 백성을 해치고 있습니다. 그를 잡으러 나섰습니다."

"그 앙굴리말라라면 여기 이렇게 나의 제자가 되어 있습니다."

아닌게 아니라 부처 옆에 가사를 입고 있는 비구는 앙굴리말라가 틀림없었다. 왕은 새삼 부처를 우러러보며 예배를 하였다. 군대를 거느리고도 잡지 못한 살인귀를 자신의 제자로 만들어 백성을 평안케 하는 부처이기 때문이었다.

"부처시여. 당신은 무슨 일이든 다 이루십니다. 대자대비를 베풀어 백성을 편하게 지켜주십니다."

그러나 살인귀가 출가하여 기원정사에 있다는 소문은 성안 사람들을 큰 충격에 빠뜨리고 말았다. 얼마나 충격이 컸던지 임신

부는 유산을 하여 아이를 낳지 못할 정도였다고 한다. 그런가 하면 사람들이 몽둥이를 들고 앙굴리말라에게 몰매를 가하며 저주를 했다고도 한다. 그러나 앙굴리말라는 조금도 변명을 하지 않고 온갖 박해를 달게 받으며 수행을 하여 마침내 '구름에서 모습을 나타낸 달처럼 이 세상을 비출 수 있게 되었다'고 한다.

앙굴리말라의 집터 역시 벽돌로 된 유적지였다. 기원정사에서 멀지 않은 곳에 있었으므로 탁발을 나서려던 승려들이 얼마나 두려움에 떨었을까 하는 생각이 들었다. 그러나 부처는 떨기는 커녕 한두마디의 말과 위의(威儀)로 그를 압도해버린 것이었다.

앙굴리말라의 집터에도 마찬가지로 아이들이 시커면 손을 내밀고 있었다.

"박시시."

"마부, 원 달라."

유키코가 아이들에게 루피를 나누어주려고 줄을 세웠지만 잘 안 되었다. 일렬 종대로 서라고 소리치지만 아이들은 보이지 않는 뒤에 서면 받지 못할 것이라고 지레 짐작하여 일렬 횡대로 서버리곤 하는 것이었다. 거기에는 아이뿐만 아니라 쑥스러운 표정을 감추지 않는 청년도 끼어 있었다.

두 시간을 계약하고 떠난 릭샤 운전수가 시간이 좀 지체되자 거북한 표정의 얼굴로 쳐다보곤 하였다. 아마도 끌고 온 릭샤가 자가용이 아닌 듯하였다. 그러기 때문에 사주를 의식하여 눈치를 보내고 있을지 몰랐다.

최림은 고락푸르로 가는 막차가 있다면, 늦더라도 떠나려던 생각을 아예 포기해버렸다. 발람푸르에 더 머물면서 법상을 기다리기로 하였다. 물론 법상과 만나기로 약속을 한 것은 아니지만 부처의 은혜가 내려진다면 만날 수도 있으리라는 믿음이 들었다.

뭐라고 얘기할 수는 없지만 기원정사터야말로 부처의 완벽한 유적지로 보였다. 부처가 흘린 그림자들이 2천5백년 동안 흩어지지 않고 그대로 모아져 망고나무 잎처럼 파랗게 살아 있는 듯하였다. 2천5백년 전 제자들에게 미소를 지으며 하던 설법이 정사터 북쪽의 아치라바티 강물처럼 두런두런 되살아날 것 같은 곳이 바로 기원정사터가 아닌가 여겨졌다.

부처의 특별한 은혜가 내려진다면.

최림은 중얼거리면서 생각하였다. 법상이 기원정사터로 달려와 만날 수도 있을 것이었다. 최림은 그런 예감 때문에 발람푸르에서 머물기로 하였다. 그러자 유키코는 릭샤 운전수에게 파틱 호텔로 가자고 말하였다.

"파틱 호텔로 가요."

"방이 없을 겁니다. 출발하기 전에 말씀드렸습니다만 요즘이 성지순례 시즌이거든요."

"그래도 그곳으로 가세요."

돌을 깨고 길을 다지던 인부들이 벌써 집으로 돌아가버린 듯 들판 가운데 길은 휑하니 뚫려 있었다. 그 바람에 릭샤가 최대한 속도를 내어 달릴 수 있었다. 사탕수수를 싣고 가는 벨가리나 고라가리도 어느새 자취를 감추고 보이지 않았다.

릭샤 운전수의 말은 옳았다. 유키코가 이층 건물인 파틱 호텔로 들어가 보았지만 아주 비싸게 부르는 방이 하나 있을 뿐이었다. 말이 호텔이지 여관이나 다름없는 규모였다. 유키코가 투덜 거리며 말했다.

"성지순례 철이 아니라면 이 정도 급이야 100루피 정도면 그 만이죠. 그런데 200루피를 달라는 거예요."

"발람푸르에도 호텔이 많이 있습니까."

"물론 15루피짜리도 있지만 그런 곳은 바퀴벌레 때문에 잠을 잘 수가 없죠. 최소한 더운물은 나와야죠."

"해가 떨어지기 전에 어서 돌아다녀 봅시다."

"그렇게 해요."

그러나 어디에고 쓸 만한 방은 이미 예약이 끝나 있는 상태였 다. 유키코를 앞세워 발람푸르 거리를 헤매고 다녔지만 호텔 방 을 구할 수 없었다. 최림은 별 수 없이 그 파틱 호텔 방이라도 하 나 얻어놓자고 말하였다.

"아까 그 방이라도 예약을 먼저 해놓고 다닙시다. 이러다가 거 리에서 자는 신세가 되는 거 아닙니까."

"릭샤꾼이 빨리 돌아오기 위해서 겁 주는 말로 들었는데 정말 그 사람 말이 맞아요. 관광 시즌이어서 그래요."

"파틱 호텔의 그 방 하나라도 나가기 전에 예약을 해두자구 요."

"최림 씨는 그럼 어디서 자구요."

"저야 뭐, 유키코 씨 보초도 설 겸 방문 앞 복도에서 자죠."

"호호호."

유키코가 고소한 듯 길게 웃었다. 그러나 최림은 은근히 불안 해지고 있었다. 당장의 잠자리도 걱정이지만 내일의 잠자리도 걱정이 되는 것이었다.

최림은 유키코를 호텔로 보낸 다음 식당에서 파는 요구르트처럼 생긴 다히를 한 접시 들이켰다. 그러자 출출하여 쓰리던 속이 부드러워지는 느낌이 들었다. 건너편에 힌두교 사원이 있는지 갑자기 시끄러운 음악이 들려오고 있었다. 그러고 보니 사원의 입구인 듯 시멘트로 만든 조악한 신상 앞에 사람들이 꽃공양을 올리느라고 여념이 없는 모습들이었다.

유키코가 불쾌한 표정으로 되돌아왔다. 그 사이에 방값이 또다시 20루피나 올라버렸다는 것이었다. 관광지에서는 나라를 불문하고 기승을 부리는 게 바가지 요금이었다.

그러나 어찌하랴.

어둑어둑해져서야 최림은 유키코를 데리고 호텔로 들어가 쉬었다. 침대가 하나뿐이었으므로 교대를 해서 자거나, 아예 한사람은 바닥에 시트를 깔고 자야할 형편이었다.

좀전에 방을 예약하러 가면서 구했는지 유키코가 빵과 양주 한 병을 내놓았다. 불편한 잠자리를 걱정하던 참에 그나마 반가운 것이었다.

"먼저 들어가 씻으시죠."

"아니예요. 전 오래하거든요. 그러니 먼저 들어가세요."

화장실 안은 인도산 대리석이 깔려 비교적 깨끗하였다. 그러나 물은 찬물이고 더운물이고 간에 시원하게 분출하지를 못하고 계속 찔찔찔 나오고 있었다. 나오는 물이 기세가 없으니 샤워를 해도 한 것 같지가 않았다.

대충 세수를 하고 나오자 유키코가 기다리고 있다가 말했다.

"나올 때까지 양주 비우지 마세요."

"걱정 말아요. 하하."

그러나 그녀는 계속 물을 틀어놓은 채 소식이 감감하였다. 아마도 찔찔찔 나오는 물을 다 받아놓은 다음 욕조에서 다리 쭉 뻗은 채 쉬고 있는지도 모를 일이었다. 최림은 기다리기가 지루해 빵을 안주 삼아 뜯어먹으며 벌써 몇 잔을 들이켜버렸다.

욕조 안에서는 이제 노랫소리까지 들려오고 있었다. 무슨 노래인지 알 수는 없으나 귀에 익은 팝송 같은 것이었다. 그런가 하면 작은 웃음 소리도 들려오고도 있었다.

'참 알 수 없는 여자군.'

최림은 중얼거리면서 또 한 잔을 훌쩍 털어넣었다.

한편, 유키코가 목욕을 하는 시각에 적음은 쿠쉬나가라뿐 아니라 룸비니까지 거쳐서 막 싯타르타 호텔로 돌아와 쉬고 있는 중이었다. 적음은 최림과 유키코를 기다리지는 않았다. 그들이 떠날 때 발람푸르에서 하루 이틀쯤 머물지도 모르겠다고 말을 했기 때문이었다.

'내일은 가장 먼 유적지 상카시아를 다녀와야지. 아니 그곳에서 하루쯤 지체할지도 모르지.'

적음은 쿠쉬나가라를 가서 보고는, 그곳은 법상이 머물 만한 곳이 아니라고 아예 단정을 해버렸다. 열반 성지라 하여 어느새 한국 사찰도 하나 세워져 있었는데, 주지에게 법상을 물어보니 금시초문이라는 것이었다. 법상이 한국 사찰을 외면할 리가 없을 텐데 주지가 모르고 있는 것을 보면 법상이 열반 성지에는 아예 오지 않았거나 자주 오지 않았다는 것을 추리해 볼 수 있었다.

열반당에 누워 있는 부처를 보고 적음은 눈물을 흘렸지만 법상은 무슨 이유에서인지 무관심해버렸을지도 몰랐다. 왜 그런 것일까. 하기는 2천5백년 전 부처는 입멸에 들기 전 아난이 울면서

"세존이시여. 부처님의 유해에 대해서 저희들은 어떻게 하면 좋겠습니까."

하고 묻자,

"아난이여, 너희들 출가 수행승은 여래의 유골 공양 같은 일에는 상관하지 말아라. 너희들은 바른 목적을 위해 정진하라. 바른 목적을 위해 실행하라. 바른 목적에 게으르지 말고 전념하라. 여래의 장래에 대해서는 독실한 재가신자들이 알아서 치러줄 것이다."

출가 수행승은 장례의 그 시간에도 촌음을 아껴 정진하라는 부처의 말씀. 그리고 보면 법상은 아난처럼 눈물을 흘릴 사문이 아니었다. 법상은 〈보적경〉을 빌어 이렇게 중얼거리며 열반당을 외면하였을지도 모른다.

'말세가 되면 나쁜 무리들의 감화로 경전을 읽지 않고, 오로지 여래의 사리탑에 꽃이나 향이나 등불을 바쳐 공양하는 자들이 있을 것이다. 부처는 어리석은 사람들에게 조금이라도 착한 공덕을 짓게 하기 위하여 방편으로 사리를 공양하라고 가르쳤었다. 그러나 사람들은 부처가 한 말뜻을 곡해하여 긴요한 독경과 좌선과 지혜의 일은 잊어버리고 사리를 공양하는 것을 대단한 일로 여긴다. 아무리 꽃과 향과 등불로써 공양할지라도, 올바로

발심하여 수행하는 공덕에는 미칠 수 없다.'

인도 국경을 넘어 네팔 영내인 룸비니를 가서도 벌만 쏘인 채 시간만 허비하고 온 셈이었다.

룸비니는 아예 공사장이 되어 산만하였다. 일본 불교도들이 돈을 내어 마야당을 공사하느라고 파헤치고 있었고, 네팔 정부는 정부대로 룸비니를 성지로 개발하느라고 여기저기를 파헤치고 있으므로 성지 기분이 도무지 나지 않았다. 아쇼카 대왕의 돌기둥도 낙뢰로 꺾어져 초라하였고, 유적지가 온통 공사판의 먼지로 뒤덮여 어수선할 뿐이었다. 갓 태어난 석가모니를 목욕시켜 주기 위해 용이 솟아났다는 구룡지를 보고 있다가 느닷없이 날아온 벌에게 따끔하게 쏘인 것밖에는 기억할 게 별로 없었다.

적음은 조금은 허탈한 심정으로 침대에 누웠다. 그런데 바로 그때 전화벨이 울렸고, J사찰의 한 스님으로부터 다급한 목소리의 연락이 왔다.

"스님, 법상 스님을 봤십니더."

"어, 어디서 말입니까."

"바라나시, 갠지스 강가에서 말입니더."

적음은 너무나 반가웠으므로 혀가 꼬여 말이 잘 안 나올 지경이었다.

"저, 저의 소식을 알려드렸습니까."

"소식은 전하지 못했십니더. 왜냐면요, 지는 그때 배를 타고 강을 건너고 있었십니더."

"틀림없는 법상 스님이었습니까."

적음은 너무 뜻밖이었으므로 재삼재삼 확인을 하였다.

"차츰 멀어졌지만서도 처음에는 엄청 가까이서 봤십니더. 마, 틀림없십니더."

"갠지스 강 어느 부분이었습니까."

"화장터 부근이었십니더."

"고, 고맙습니다. 스님."

물론 화장터가 한두 군데가 아닐 것이었다. 그러나 적음은 수화기를 놓으면서 감사의 합장을 하였다. 그리고 심호흡을 한 뒤에 잠시 후에는 최림에게 연락할 방법을 강구하였다. 발람푸르의 파틱 호텔이라고 유키코에게 들어 알고는 있지만 전화번호는 모르고 있었다.

'그렇지. 프런트로 내려가 물어보면 알 수 있을 거야.'

가사를 대충 걸쳐입은 적음은 프런트로 뛰어내려갔다. 영어를 조금 하는 지배인을 불러 발람푸르 파틱 호텔의 전화번호를 알려달라고 적음은 소리쳤다.

적음이 큰소리로 말했기 때문인지 놀란 지배인이 여러 군데에 급히 문의를 해보더니 금세 호텔의 전화번호를 알아내어 메모지에 적어 주었다. 메모를 건네받은 적음은 호텔 로비에 있는 전화로 최림과의 통화를 계속 시도하였다.

너무 예상 밖으로 상황이 반전하여 전개되고 있었다. 긴박감으로 심장이 부풀어 터질 듯도 하였다. 적음은 자신의 이마에서 어느새 땀이 비오듯 쏟아지고 있었지만 닦을 생각도 잊고 있었다.

"최 선생, 법상 스님이 계시는 곳을 알아냈소."

"뭐, 뭐라구요."

놀라기는 최림도 마찬가지였다.

"내일 바라나시로 출발해야 할 것 같소."

"그럼, 저희도 바라나시로 바로 가겠습니다."

"거기서 만날 장소는 어디가 좋겠소."

"역 대합실이 어떨까요."

"좋소. 오후 5시쯤 보기로 해요."

적음은 방으로 올라와 지도를 꺼내놓고 거리를 측정해보았다. 다행히 고락푸르에서 바라나시까지나, 발람푸르에서 바라나시까지의 거리는 250km 안팎으로 버스나 택시로 5,6시간의 거리였다. 그러므로 새벽에 출발한다면 점심 전에는 여유있게 도착할 수 있을 것이었다.

'아, 이제 법상 큰스님을 뵐 수 있게 되었구나.'

적음은 무릎을 꿇고 감사의 기도를 하였다.

'부처님이시여, 부처님의 가피로 오늘 우리 법상 스님의 소식을 들었습니다. 감사하고 또 감사합니다. 사문 적음은 우리 스님을 찾아 인도를 온 이래 오늘로 18일째입니다. 이 고락푸르라는 도시의 아반티카 호텔에 머문 지는 16일째인 것 같구요.

부처님이시여, 국내에서 출발할 때에는 한달을 계획했습니다만 저희들의 지성이 지극했던지 불과 16일 만에 법상 스님의 소식을 듣게 되었습니다. 물론 법상 스님의 소식을 전해준 분이 잘못 보았을 수도 있을 것이므로 우리 스님을 만나 뵈어야 하겠습니다만 지금 사문 적음은 모든 걱정이 사라진 듯하옵니다. 가슴 가득 법열이 충만하옵니다.

부처님이시여, 때로는 막연한 불안감이 들기도 하였습니다만 제 옆에는 부처님이 계시기 때문에 저는 법상 스님을 찾을 것으로 확신을 했었습니다. 더욱이 인도로 성지 순례를 온 국내의 모든 스님과 신도분들이 스님을 찾는 데 도움을 주고 있으므로 그런 확신이 들 수밖에 없었습니다.

부처님이시여, 저는 법상 스님을 만나뵙거든 먼저 큰절을 올리고자 하옵니다. 그리고 나서 법상 스님이 출가 전에 유시엽이라는 여자에게 띄운 편지를 전하려고 합니다. 스님이 뭐라 하시든 저는 스님께 한 점의 오점이 될 수도 있으니 태워버리라고 간청을 할 것입니다. 출가 전의 일이니 우리 사문으로서는 전생의 일이 아니겠습니까. 저는 그게 우리 스님이 저지른 불륜이라 해도 법상 스님을 믿고 따르고 존경할 것입니다.

부처님이시여, 그리고 나서 저는 그동안 저의 수행을 말씀드리고 나서 또 하나의 화두를 받으려고 합니다. 평생 동안 공부할 수 있는 화두를 하나 점지받으려고 합니다. 적자 음자의 경계를 타파하였다고 감히 믿고 있는 터이므로 반드시 화두 하나를 받아 가려고 하옵니다.

부처님이시여, 이 두 가지가 다 이루어지면 이왕 인도로 왔으니 저도 성지 순례를 하고자 합니다. 그동안 법상 스님을 찾고자 성지를 돌아다녔습니다만 그것은 보아도 본 것이 아니었습니다. 안내원들에게 들어도 들은 것이 아니었습니다. 부처님이 남긴 또렷한 그림자 속에서도 오로지 법상 스님만을 보려 하였기 때문입니다.

부처님이시여, 그리하여 사문 적음도 때로는 신라승 혜초가 되보기도 하고, 때로는 당나라의 법현, 현장이 되어 구법의 길이 얼마나 험난한 것이었는지를 직접 체득해보려고 합니다. 부처님도 그러하셨고 모든 구법승들이 그러하셨듯 인도의 길 속에서 인간의 길을 찾아 보려 하옵니다.

다음날 새벽, 적음은 일찍 눈을 떠버렸다. 별이 아직 총총한 새벽이었다. 회교도 사원에서는 어느새 낯익은 음악이 흘러나오고 있었다. 바구니 속의 코브라를 춤추게 하는 그런 선율의 회교 음악이었다. 그러고 보니 음악에 따라서 움직이는 것은 코브라만이 아니었다. 어떤 점에서는 사람이나 동물이나 마찬가지로 소리에 의해서 움직이며 살아 가고 있는 것이었다.

적음은 호텔 직원에게 5달러 팁을 주고 택시를 불러달라고 부탁을 하였다. 하품을 하며 졸던 직원이 달러를 보자 꿈이 아님을 확인이라도 하듯 눈을 크게 뜨고 '굿 모닝'을 연발하였다.

택시를 기다리느라고 호텔문을 여닫을 때마다 달려나와 거수경례를 하여 미안하기조차 하였다. 한참만에 택시가 불을 켠 채 굴러오고 있었다. 호텔 전속 비슷한 택시인지 값을 터무니없이 부르지 않아 일단 안심이 되었다.

"나마스테."

"나마스테."

적음도 합장을 하며 그에게 인사를 해주었다. 아직도 고락푸르는 어두운 밤이었다. 그러나 거리는 서서히 깨어나고 있는 기분이었다. 회교도 사원에서는 철사줄처럼 가는 고음의 목관악기 선율이 휘휘 새벽을 휘젓고 있었고, 릭샤와 자전거가 한두 대씩 움직이고 있는 것이었다.

적음은 운전수에게 행선지를 대고는 눈을 감았다.

"바라나시로 갑시다."

"네, 네."

적음은 조용히 새벽 예불을 시작하였다. 〈반야심경〉을 독송하는 것으로 도량석을 대신하였다. 어느새 택시는 거리를 빠져나와 미지의 꿈길처럼 뻗은 대지 속의 길 위를 달리기 시작하였고, 적음은 염불을 나직이 읊조렸다.

그러자 대지의 어둠이 한꺼풀씩 벗겨지고 있었다. 어디메쯤 가다 보면 남녀노소 구분없이 사람들은 또 길가로 몰려나와 아침을 해결하고 있으리라. 그런가 하면 어린 소녀가 동생의 똥구멍과 불알을 씻어주는 가슴이 찡해지는 모습도 마주치게 되리라.

영원 속으로

바라나시.

순례자들에게는 카시(Kashi)로 불리는 힌두의 성지 중에 최고의 성지. 바라나시라는 단어 속에는 '영적인 빛으로 넘치는 도시'라는 뜻이 담겨 있다고 한다. 영어식 이름으로는 베나레스.

바라나시 역에 최림과 유키코가 도착한 것은 오후 다섯 시였다. 미리 도착하여 사르나트의 녹야원을 서성거리다가 시간을 맞추어 온 그들이었다. 녹야원도 부처의 성지이기 때문이었다. 갠지스 강은 적음을 만나 함께 가보기로 하고 먼저 그곳을 갔던 것이다. 사르나트의 녹야원을, 갠지스 강가에서 법상을 만나게 된다면 그냥 지나칠지도 모른다는 생각이 들어서였다.

어쨌든 그것도 시간이 남았기 때문에 가능한 일이었다. 발람푸르에서 바라나시까지 버스로 오는 데 꼭 여섯 시간이 걸렸다. 아침에 첫차로 출발하였는데 점심시간이 좀 못 되어 바라나시에 도착하였던 것이다. 제 시간에 도착한 것만도 행운이었다. 길을 가다보면 교통사고가 다반사로 일어나 시간 맞추기가 좀처럼 쉽지 않은 게 인도의 현실이기 때문이었다.

그런데 적음은 아직 보이지 않았다. 사고를 염두에 두고 시간을 넉넉하게 오후 다섯 시로 약속을 하였던 것인데, 역사 안이나 밖이나 적음은 보이지 않았다. 새벽에 출발할 거라고 하였으니까 최림보다도 바라나시에 먼저 도착하였을 테지만 속단은 금물이었다.

역사 안은 관광객들로 붐비고 있었다. 갠지스 강이나, 힌두 사원이나, 녹야원을 보러 온 사람들일 것이었다. 배낭을 멘 이국의 젊은이들부터 뚱보 외국인 부부들까지 앉을 자리를 찾아 기웃거리고 있었다. 물론 인파를 이루고 있는 것은 인도인들이었다. 의자고 바닥이고 간에 할 것 없이 빈 공간을 점거하고 있었다.

경찰들이 긴 대나무봉을 들고 순찰을 하지만 무엇 때문에 왔다 갔다 하는지는 알 수 없었다. 그들은 그들대로 거지 아이는 거지 아이대로 행상은 행상대로 간섭없이 돌아다니고 있을 뿐이었다.

"오다가 교통사고를 당한 것은 아닐까요."

"불길한 예감이 들어요."

최림이 고개를 흔들며 말하자 유키코가 어둡게 대답하였다. 광장으로 나와 두리번거려 보아도 적음은 없었다.

바라나시에는 그동안 캘커타에서만 보고 만나지 못했던 인력거꾼들이 많았다. 상대적으로 자전거와 오토 릭샤보다는 많지 않았지만 한쪽에서 손님을 애타게 기다리고 있는 그들이었다.

사르나트는 바라나시에서 8km쯤 떨어진 지척에 있었다. 바라나시에 막 도착하였을 때 최림은 법상을 1초라도 더 빨리 찾고 싶어 갠지스 강으로 가자고 하였으나 유키코가 만류하였다. 적음과 같이 찾는 게 지금까지 동고동락한 동행자로서의 도리라는 것이었다.

들고 보니 유키코의 세심한 배려도 무시할 수 없었다. 지금까지 법상을 찾는다는 한 목적 아래 고생을 했기 때문에 적음보다 먼저 만난다면 서로의 관계가 갑자기 껄끄러워질 수도 있을 것 같았다.

마지막 정상 정복을 눈 앞에 두고 허둥지둥 혼자 가서 깃발을 꽂을 수는 없는 일이었다. 유키코의 말은 조금만 참고 있다가 끝까지 팀플레이를 하자는 충고였다. 선머슴같이 덜렁덜렁하지만 그래도 섬세한 면이 숨어 있는 그녀가 아닐 수 없었다. 그래서 최림은 갠지스 강으로 가지 않고 남은 시간 동안 사르나트의 녹야원에서 시간을 보내기로 하였던 것이다.

녹야원.

풀어 보면 '사슴동산'. 동산 가운데서도 거대한 다메크탑은 부처가 보드가야 보리수 아래에서 성도를 한 후, 사르나트까지 걸어와 이전에 함께 수행했던 다섯 명의 수행자들에게 최초로 설법을 하였던 곳. 이름하여 초전법륜지, 처음으로 법(진리)의 수레바퀴를 굴린 땅.

부처는 처음으로 그들에게 중도(中道)를 설법하였다.

'수행의 길을 걷고 있는 사문들이여, 이 세상에는 두 가지 극단으로 치우치는 길이 있다. 사문은 그 어느쪽에도 치우치지 말아야 한다. 두 가지 치우친 길이란, 하나는 육체의 요구대로 자

울다 지쳐서 에라 시집이나 가자 하고 다른 남자를 만났는지도 모른다. 그리고, 그리고 나서 아이를 낳고 엄마가 되어서 여보 당신 하면서 잘 먹고 잘 살게 되었는지도 모른다. 아니면, 석가 모니를 끝내 못잊어 상사병이 나 부처가 목욕을 하던 네란자라 강가를 달밤에 떠돌다가 그만 빠져 죽어버렸는지도 모른다. 그러나 경전 어디에도 그녀의 상심에 대한 기록은 보이지 않고 있다. 단 한 줄도 없다. 그러나 그녀는 출가한 석가모니 부처를 사랑했던 최초의 아가씨가 아니었을까.

그때 부처의 나이는 35세. 초전법륜상에 나타난 부처의 얼굴은 하나도 모가 느껴지지 않은 원만한 미남형이다. 포근한 보름달 같은 분위기의 얼굴이다. 뿐만 아니라 주름살 하나 없는 젊음이 넘쳐나는 모습이다. 그러니 석녀가 아닌 바에야 어찌 수자타가 반하지 않았겠는가. 그것은 너무도 당연한 일로 최림은 수자타의 슬픈 사랑도 기억해 두고 싶은 것이다.

적음은 약속 시간보다 40분이나 늦은 5시 40분에 나타났다. 예상했던 대로 오다가 길이 막혀 꼼짝달싹도 못하고 길 위에서 6시간이나 허비하고 돌아온 길이라고 적음은 말하였다. 새벽에 출발하였지만 다른 차의 교통사고를 만나 속수무책 당할 수밖에 없었다고 투덜거렸다.

어쨌든 해가 아직 떨어지지 않아 다행이었다. 그들은 택시를 하나 불러 갠지스 강으로 나갔다. 택시 운전수는 갠지스로 가자고 하니까 잘 알아듣지 못하였다. 그러자 유키코가 거들었다.

"강가(Ganga)."

그러니까 갠지스는 영어식 이름인 모양이었다. 현지 힌두교도들은 강가로 불러야 알아듣는 것이었다. 그러고 보니 항하(恒河)라는 말은 강가를 한자로 음역한 것이 분명하였다.

불교 경전에 자주 항하수(恒河水), 항하사(恒河沙)라는 표현이 나오고 있음이다. 헤아릴 수 없는 무한대를 표현할 때 항하의 물이나 항하의 모래알처럼 많다고 비유를 하고 있는 것이다.

"강가 어느 쪽을 모실갑쇼."

운전수가 힌디어로 묻자 유키코가 적음에게 물었다.

"어느 곳으로 먼저 갈까요, 스님."

"강가 화장터로 가자고 그래요."

그러자 유키코가 힌디어로 말하였다.

"마니카르니카 가트(화장터)."

그러나 운전수는 계속 뭐라고 웃으며 떠들었다. 나중에 유키코의 말을 들어보니 그럴 만도 하였다. 화장터는 한두 군데가 아니라는 것이었다. 그래서 유키코는 가장 큰 화장터로 가자고 말한 모양이었다.

갠지스 강가로 나가면서 운전수는 계속 떠들었다. 무슨 내용이냐고 최림이 묻자 유키코가 자세히 알려주었다.

"화장을 하지 않고 강물에 띄워도 구원을 받을 수 있는 네 부류가 있대요."

"예를 들자면."

"수행자는 평소에 열심히 수행을 하였기 때문이래요."

"그리고 또."

"어린이는 죄를 짓지 않았기 때문이고요."

"그 다음은."

"처녀는 청순하기 때문에 화장하지 않아도 구원을 받는대요."

"마지막은."

"불구자래요. 살아서 천대와 구박을 받았기 때문이래요."

아닌게 아니라 갠지스 강이 가까와질수록 불구자의 숫자가 엄청 불어나 있었다. 인도 전역의 불구자들이 바라나시로 모여든 것처럼. 거리에서 구걸을 하다 죽게 되면 갠지스 강에 던져지리라는 그 희망 하나 때문에 모여든 것인 줄도 몰랐다. 뿐만 아니라 천에 감겨 실려가고 있는 시신들도 자주 눈에 띄었다. 특별히 장의차가 있는 것은 아니었다.

그러나 자세히 보니 화장터로 가는 시신도 그 가족의 능력에 따라 대접이 다른 게 느껴졌다. 대나무 사닥다리 같은 데 시신을 고정시켜 놓고 신발을 신지 않은 빼빼 마른 사람들이 운구하는 모습도 보이고, 인력거에 덩그러니 실려가는 시신도 보였다. 그러니까 그 시신의 보호자는 인력거 사용료를 지불할 능력이 있는 모양이었다. 그런가 하면 그보다는 더 격식을 갖추어 택시 지붕 위에 올려져 실려가는 시신도 보였다. 그러니 택시 안에 실려가는 시신 정도라면 상당한 부와 신분을 가진 사람임에 틀림없을 것 같았다.

강이 보이지 않는데도 택시가 멈추었다. 샛길만 빠져나가면 바로 갠지스 강이기 때문이었다. 운전수 말에 의하면 바라나시의 모든 샛길은 가다 보면 갠지스 강으로 통한다는 것이었다.

택시에서 내리자마자 불구자 걸인들이 달려들었다. 손목이 없는 걸인, 발목이 없는 걸인, 나병 환자인 걸인, 두 다리가 없어

밀것을 타고 움직이는 걸인 등등 지금까지 어디에서도 보지 못했던 불구가 심한 걸인들이 끈덕지게 따라붙고 있었다.

"마부, 박시시."

적음이나 유키코나 최림이나 다 마부(신사)라고 부르고 있었다. 어디를 가건 걸인들에게는 다 마부의 대접을 받는 셈이었다. 그런데 그들에게도 어떤 경계가 있는 것 같았다. 일단 갠지스 강으로 내려가는 샛길로 들어서자 더 이상은 따라오지 않는 것이었다. 샛길은 미로처럼 나 있었고, 양편으로는 집들이 다닥다닥 붙어 있을 뿐만 아니라 그 사이를 비집고 또 힌두의 신에게 바치는 향이나 꽃 등을 파는 동굴처럼 어두컴컴한 구멍가게들이 있었다. 갠지스 강을 오가는 순례자들의 행렬이 끊이지 않고 이어지고 있기 때문이었다.

운전수가 가르쳐준 대로 샛길을 내려가 보니 과연 화장터가 나왔고 갠지스 강이 보였다. 강물은 회청색을 띠고 있었고, 강가는 화장터에서 시신을 태우는 연기가 자욱하였다.

'아, 여기가 갠지스 강이구나.'

최림은 혼잣말로 중얼거리고 말았다.

'법상 스님을 보았다는 곳이 바로 이 갠지스 강이구나.'

유키코는 화장터를 외면하였고 적음은 법상을 찾기 위해 그곳을 샅샅이 살펴보고 있었다. 그러니까 적음은 화장터를 보고 있는 것이 아니라 법상을 찾고 있었다. 그러나 최림은 화장의 과정을 지켜보지 않을 수 없었다. 비밀스럽게 이루어지고 있는 제례가 아니라 아무 것도 숨김 없이 공개되고 있기 때문이었다.

화장터 한쪽에서는 흰 천에 감겨진 시신들이 태워질 차례를 기다리고 있었다. 이미 장작에 덮여 불에 타는 시신도 있었는데 그래도 두 발은 삐죽 드러나 보이고 있었다. 그런가 하면 불에 태워지기 바로 전의 시신은 강물에 풍덩풍덩 담가졌다가 화장터로 올라오고 있었다. 그렇게 해야만 갠지스 강이 내세를 약속해 주기 때문이란다.

강으로부터 바람이 불어오고 있다. 시신에 감겨졌다가 느슨해진 흰 천들이 펄럭거리고 있는 것이다. 갠지스 강이 시신에게 무어라 말을 걸고 있는 것만 같다. 시신을 태우는 연기가 이번에는 바람을 타고 최림이 서 있는 쪽으로 불어온다. 최림은 코를 막았다. 살이 타는 냄새가 분명하다. 시신을 태우는 사람이 긴 막대기로 휘젓기 때문에 생연기와 함께 자꾸 몰려오고 있는 것이다.

그때 최림은 적음의 침통한 목소리를 들었다.

"다른 곳으로 갑시다."

화장터를 조금 벗어난 곳은 순례자들로 가득하였다. 갠지스 강물에 목욕을 하는 사람, 양치질을 하는 사람, 항아리를 가지고 와서 강물을 떠가는 사람들로 북적거려 마치 해수욕장을 방불케 하고 있었다.

최림에게는 더러운 물이었지만 그들에게는 성수(聖水)인 것이었다.

"물방울이 튈 수 있으니 가까이 가지 마세요."

"참 알 수 없는 힌두교도들이오."

그러자 적음이 고개를 흔들었다.

"3년 전에 왔을 때는 아침이었는데 더 아수라장이었소. 힌두 신자들의 해돋이 목욕이라는 의식이었지만."

남자들은 상의를 벗어버린 채였고, 여자들은 사리를 입은 채 물로 들어가 서서 몸에 물을 뿌려 묻히고들 있었다. 화장터에서 시신을 태운 재가 떠밀려 오지만 그것에 신경 쓰는 사람은 아무도 없었다. 화장은 죽은 사람의 일이고, 강물을 묻히는 것은 산 사람의 일이라는 듯이. 말하자면 갠지스 강물에는 삶과 죽음이 한데 뒤엉켜 있었다. 그 뒤엉킴이 청회색 빛깔로 나타나 말없이 흐르고 있을 뿐이었다.

화장시키는 일이 직업인 노인에게 물어보니 아까 택시 운전수와 얘기가 조금 달랐다. 태우지 않고 그냥 수장시키는 부류는 자기 명대로 살지 못하고 병사한 이와 어린아기라고 한다.

"화장을 아무나 하는 게 아니오. 자신의 생명을 다하지 못했기 때문이오."

"화장터가 또 어디에 있습니까."

"강을 따라 계속 내려가시오."

노인의 말대로 순례자들의 인파를 헤치고 한참을 내려가니 화장터가 또 나타났다. 그들이 두번째로 들른 화장터는 첫번째 보았던 것보다 규모가 작았고, 더 지저분하였다.

그곳에서는 화장을 담당하는 젊은이가 뭔가 중얼중얼거리고 있었다. 검은 돌덩이를 나무봉으로 두드리면서 투덜대고 있는 것이었다. 그때 유키코가 비명을 지르며 뒷걸음질을 치더니 손으로 입을 가렸다. 다가가 보니 그 젊은이는 타다 만 시신의 머리를 방망이질하고 있었다.

'발은 잘 타는데 머리는 잘 안 탄단 말이야.'

그렇게 두들겨주어야 머리는 잘 타는 모양이었다. 그런데 유키락푸르락하고 살지만 사라질 때는 허망한 연기가 되어 사르르 없어져버리고 마는구나. 아, 장작불 속에서 활활 30분만 태워지게 되면 강물에 재로 스며들어 영원히, 아주 영원 속으로 사라지고 마는구나.

그때 최림은 누군가가 소매치기하듯 스치고 지나가는 것을 느꼈다. 돌아보니 신발을 신지 않은 아이들이 타다만 나뭇조각을 들고 달리는 것이 보인다. 화장터에서 주운 것이리라. 도망쳐 달리는 아이들 발바닥이 타조의 발처럼 단단하게 보인다.

무엇에 쓰려고 훔쳐 달아나는 것일까. 어쩌면 저녁을 지으려고 훔쳤는지 모른다. 아니면, 어디에 또 죽은 아이가 하나 생겨 태우려고 그러는지도 모르고. 아이를 화장시키는 데는 나뭇조각이 어른의 반도 들지 않을 테니까.

샛길로 빠져나온 그들은 곧장 오토 릭샤를 타고 타즈 갠지스 호텔로 갔다. 타즈 갠지스 호텔은 지금까지 그들이 묵었던 호텔들보다 비교가 안 될 만큼 깨끗하고 화려하였다.

이제껏 욕지기를 느낀 풍경과는 백팔십도로 달랐다. 더욱이 정원에는 간이 무대가 설치되어 있고, 정원수마다 색등이 켜져 깜박거리고 있었다. 결혼식 피로연을 알리는 포스터가 여기저기에 붙어 있는 게 눈에 띄기도 하였다. 악사들이 무대에서 악기를 조율하고 있는 모습하며, 조경사들이 무대를 꽃더미로 장식하고 있는 모습하며 최림과 적음은 어안이 벙벙하였다. 20분 전과 너무나 달랐다.

화장터와 결혼식 피로연.

10루피, 우리 돈으로 350원이 없어 시신을 화장터 부근에 놓

248

고 도망치는 사람이 있는가 하면, 일류 호텔의 정원 전체를 빌어 엄청난 돈을 쏟아부으며 결혼식 피로연을 하는 부자도 있는 것이다.

슬픔과 무상함이 떠돌던 화장터.

생의 찬미가가 울려퍼지고 있는 결혼식 피로연장.

최림과 적음은 더욱 어리둥절하였다. 그러나 유키코는 바로 이러한 장면을 보러 인도로 왔다는 듯이 탄성을 내지르고 있었다.

"인도의 결혼식은 오전에 하고 피로연은 밤에 한다고 그래요. 이 호텔로 잘 왔어요. 얼마나 화려한지 구경해 보세요."

"난 쉬겠소."

적음은 유키코가 구경하자는 말에 비위가 상한 듯하였다. 아무 말 없이 호텔로비로 걸어가고 있었다. 최림도 일단은 방에 들어가 좀 휴식을 취한 다음에 결정하고 싶었다. 갑작스럽게 바뀌어진 상황 변화로 도무지 얼떨떨했기에.

규모가 큰 호텔이어서 그런지 방은 많았다. 유키코와 최림은 결혼식 장면이 보이는 쪽으로 방을 배정받았다. 호텔 벽면은 온통 인도산 대리석으로 치장되어 있었다. 바닥의 양탄자도 감촉이 아주 부드럽고 탄력이 있었다.

최림은 호텔 방에 들어서자마자 침대에 드러누워 버렸다. 식사를 할 수 없을 것 같았다. 갠지스 강가의 화장터가 생각이 나고 욕지기가 느껴져 식욕이 사라져버렸다.

퍽퍽퍽.

화장터에서도 가장 욕지기를 느끼게 하는 것은 바로 그 나무봉의 방망이질이었다. 시커멓게 타들어가는 시신의 머리를 퍽퍽퍽

가격을 하고 있는 것이었다. 그렇게 방망이질을 하여 잘 타야만 내세에 구원을 받을 수 있다는 듯이.

"전 식당으로 안 내려갈테니 스님 혼자 가십시오."

"무얼 말이오."

"저녁 식사 말입니다."

"나도 식사를 하지 못할 것 같소."

"스님은 오늘 점심도 못하였을 것 같은데요."

"나도 아무 생각이 없어졌소. 몸이나 더운물로 씻고 내일을 위해 일찌감치 잠이나 자 두겠소."

"전 이따가 유키코와 술이나 한잔 하고 말겠어요."

"술을 마시려면 유키코 방으로 가서 마시지요. 내 잠을 방해하지 말고."

"그러겠습니다."

"아마도 내일은 강행군을 하게 될 것 같소."

"왜 그렇습니까."

"오늘은 화장터를 보았지만 내일은 배를 타고 강을 건너가 뜨거운 햇볕 아래서 수행자들이 기거하는 모래밭을 돌아다녀야 할 것 같으니까요."

적음은 곧 바랑 속에서 팬티와 런닝셔츠를 꺼내들더니 화장실로 들어가버렸다. 그런데 적음은 무엇 때문에 법상을 만나려고 찾아나선 것일까. 물론 화두 하나를 받기 위해 그런다고 불이사에서 말한 적이 있지만 도대체 화두가 그렇게 중요한 것일까.

처음 그가 법상에게 받았던 화두는 자신의 법명이기도 한 적음(寂音)이었다고 한다. 최림은 생각을 해보았다.

'적음은 누구인가.'

그것이 그의 화두인 셈이었다. 나는 누구인가라는 물음과 같은 것일까. 적음의 입장에서는 '나는 누구인가' 라는 질문이 성립되기 때문이다. 나는 왜 적음이 되었는가. 출가하기 전의 이름을 왜 버리고, 적음이라는 이름을 왜 받았는가. 적음이라고 이름을 준 데에는 분명 어떤 뜻이 담겨 있을 것이다. 그 뜻을 밝혀 보라는 것이 법상의 의도가 아닐까.

밖은 축제의 분위기가 한껏 고조되고 있었다. 수만 개의 색등이 정원수에 매달려 깜박거리고 정원을 가득 메운 하객들이 신랑 신부를 기다리고 있었다. 무대 중앙에는 신랑 신부의 가족들이 자리를 잡아 얼굴에 한가득 미소를 띄우고 있었고, 좌측에는 악사들이 인도의 전통음악을 연주하였으며, 연단 앞에는 신랑 신부가 하객들 앞에서 선물을 주고받는 둥그런 무대가 마련되어 있었다. 그리고 둥그런 연단 앞에는 줄을 맞추어 마련된 의자에 하객들이 빈틈없이 앉아 있었다.

그런가 하면 무대 저편에는 뷔페식단이 준비되어 사람들이 줄을 서서 온갖 진수성찬을 음미하고 있었다. 저 하객들의 한 사람 분 식대라면 거리에서 구걸하는 노숙자들 백명 분의 한끼 식대는 족히 될 것 같다는 생각이 드는 뷔페식이었다.

적음이 막 샤워를 하고 나올 즈음 유키코한테서 전화가 걸려왔다. 몹시 들뜬 목소리였다.

"구경하지 않을래요."

"그럽시다."

최림은 잠도 오지 않을 것 같고 해서 유키코의 제의를 받아들였다.

"지금 로비로 내려오세요."

"그래요."

최림은 옷만 갈아입고 로비로 내려갔다. 먼저 와 기다리고 있던 유키코는 소파에 푹 파묻혀 담배를 피우고 있었다.

"저녁은 했습니까."

"아니오. 저기서 해결하려고요. 저 피로연 식장에서요. 호호호."

호텔 정원의 피로연 축제 분위기는 대단하였다. 바라나시의 미인들이 다 모여든 것 같은 착각이 들 정도로 처녀들이 원색의 사리와 보석으로 치장하고서 뭐라고 종알대며 호호 웃고 있었다. 더불어 말끔한 신사복으로 차려입고 나온 남자들도 역시 부리부리하게 큰 눈을 굴리고 있었다. 모두가 정원을 왔다갔다 하면서 음식을 들기도 하고 작은 소리로 이야기를 하며 즐기고 있었다.

"굉장한 부자인가 봐요. 포스터에 보니 이 정원에서 3일간이나 피로연을 한다고 쓰여 있어요."

"놀랍군요."

"이 호텔의 일층은 신랑 신부측에서 3일 동안 다 빌렸다고 하던데요. 방금 옆에서 하는 얘기를 들어보니까."

꽝꽝꽝.

갑자기 폭죽 터지는 소리가 바로 옆에서 들려오고 있었다. 최림도 놀라고 유키코도 놀랐다. 하객들도 마찬가지였다. 그러나 소리에 놀랐다가 잠시 후 불꽃이 하늘에서 여러 가지 꽃 모양을 그리게 되면 일제히 와와 하고 탄성을 내지르고들 있었다.

땅땅땅.

하객들 사이사이에 서 있던 제복을 입은 청년들이 축포를 터뜨리기도 하였다. 신랑이 입장을 한다는 표시인 모양이었다. 사람들이 피로연 입구쪽으로 우르르 몰려들었다. 아닌게 아니라 신랑이 하얀 백마를 타고 입장을 하고 있었다. 콧수염을 기르고 큰 눈을 두리번거리며 입가에는 미소를 머금은 신랑이 백마를 타고서 연단을 향해 오고 있었다.

신랑이 연단에 앉자 신부도 바로 입장을 하였다. 신부는 말을 타지 않고 사리를 입은 여자들에 둘러싸여 들어오고 있었다. 그러자 신랑이 둥그런 무대로 나아가 먼저 오른 다음 신부를 기다리는 것이었다. 그 사이 신부 친구들이 신랑에게 다가가 꽃을 뿌려대자 무대는 금세 꽃과 꽃잎으로 덮여버렸다.

유키코와 최림은 신부를 따르는 행렬을 따라 무대까지 나아갔다. 신부를 좀더 가까이서 보기 위해서였다. 작고 마른 체구였지만 눈과 코와 얼굴의 윤곽이 뚜렷한 미인이었다. 이미 세상을 다 알아버린 것 같은 신랑에 비해 신부는 순진하게만 보였다. 그녀의 친구들이 깔깔 호호 웃으며 장난을 쳐보지만 그녀는 다소곳이 고개를 숙이고만 있었다.

"들어갈까요."

"저기서 뭘 좀 먹고요."

"아니오. 내가 호텔 바에서 한잔 사겠소."

"그럼, 좋아요."

방으로 술을 가지고 올라가 마실 수는 없었다. 적음이 잠을 자고 있으므로 그의 잠을 방해해서는 안 되기 때문이었다. 더구나 그가 아까 내일 법상을 찾기 위해 잠을 일찍 자 두겠다고 한 말

"일본인들은 삼킬 줄만 알지 뱉어낼 줄 모르는 불가사리 같다, 이겁니다."

"베풀 줄 모르는 사람들이 많은 건 사실이에요. 다른 나라 사람들이 일본인들을 가리켜 경제적 동물이라고 비난하는 것도 잘 알고 있구요."

유키코가 별 반대없이 동의를 했다.

"비난한다고 생각지는 마세요. 이웃 사촌을 위해서 하는 말이니까요."

"비난이라면 듣지 않을 거예요. 충고라고 생각하니까 듣는 거지요."

최림은 술을 마시면서도 적이 놀랐다. 유키코의 일관성이 없는 태도 때문이었다. 거지 아이들에게 동전을 던져줄 때는 '저팬 넘버 원' 하면서 지금은 일본 사람들을 비난하는 데 동조하고 있는 것이었다.

"아프리카 난민이나 북한 사람들에게 식량을 보내면서 얼마나 생색을 내는지 낯 뜨거울 때가 한두번이 아녜요. 온 매스컴들이 조그만 원조물을 부풀려서 호들갑을 떨거든요."

"나도 유키코 씨의 그 말에는 동감이오. 어제 본 기원정사에서 그걸 느꼈지요. 수닷타 장자가 팔지 않으려는 제타 태자에게 기원정사터를 사려고 금조각을 깔았다는 이야기를 알고 말입니다. 수닷타는 상인입니다. 누구보다도 물욕이 강한 상인입니다. 그러나 그는 자신의 전 재산을 내놓아 금조각을 덮기 시작하였습니다. 바로 그렇습니다. 주는 게 기쁨이기 때문에 가능한 일이었을 겁니다. 수닷타에게 그런 기쁨이 없었다면 절대로 금 한 조각

256

도 내놓지 않았을 겁니다."

유키코가 물었다.

"수닷타는 행복한 사람이네요. 주는 기쁨을 아는 사람이었으니까요."

"그럴 겁니다."

최림은 술이 더 들어가자 마저 이야기를 계속하였다.

"아무런 조건없이 전 재산을 내놓았기 때문에 더욱 행복한 겁니다. 그렇게 재산을 내놓으면 자신이 알거지가 될텐데 그걸 계산하지 않고 마음이 시키는 대로 기부를 한 것이죠."

"스님이 법문을 하고 있는 것 같은데요."

"그런데 어디 그게 쉽겠습니까. 수닷타는 차가운 머리로 계산해서 재산을 내놓지 않았을 겁니다. 아마도 따뜻한 마음이 그렇게 시켜서 기부를 했을 겁니다. 따뜻한 마음이 움직이지 않았다면 전 재산을 결코 내놓지 못했을 겁니다."

"아, 알겠네요. 사랑을 할 때도 차가운 머리로 할 게 아니라 따뜻한 마음으로 해야겠네요. 그래야 진짜 기쁨이 생기고 행복해지겠네요."

"왜 갑자기 사랑 타령입니까."

"정말 그럴 듯한 말이에요."

"일본에 대해서 마저 우정의 충고를 하지요."

"뭔데요."

유키코는 인내를 하는 데 한계가 왔는지, 아니면 술이 점점 올라 못 참겠다는 것인지 약간은 얼굴을 찌푸렸다. 그러나 최림은 술기운을 빌어 마저 이야기를 해버렸다.

"우리 나라에 대한 과거사 얘긴데요. 나는 일본의 침략에 대해서 분개하고 있는 것은 아니예요. 지나간 일은 지나간 일이지요."

"그런데 뭐가 문제란 말예요."

"앞으로는 친구가 되자는 겁니다."

"우리처럼 이렇게."

유키코가 건배를 제의하여 최림은 술잔을 소리나게 부딪쳐 주었다. 그리고는 잔에 담긴 붉은 양주를 훌쩍 털어넣어 버렸다.

"친구가 되려면 한가지 조건이 있어요."

"그 조건이란."

유키코가 최림을 흘겨보며 말했다.

"그게 뭐죠."

"용서를 비는 것이죠. 가해자가 용서를 빌지 않는데, 피해자가 어떻게 용서를 할 수 있겠습니까."

"어떻게."

유키코는 친구에게 묻듯 혀를 내밀며 묻고 있었다. 그것은 그녀가 이미 술에 취했다는 증거였다.

"간단합니다. 진실하게 말하면 그만이지요. 길게 혹은 점잖게 표현할 필요도 없어요. 그냥 진실하면 그만이죠."

"왜 그런 쉬운 일을 못하죠."

"그러니까 불행한 겁니다. 용서를 빌 줄 모르는 민족한테서 무얼 기대하겠습니까. 잘못을 저질러 놓고도 용서를 빌지 못하는 것만큼 못난짓이 또 어디 있겠습니까. 그런 민족한테서 앞으로는 동반자가 되자느니, 이웃 형제가 되자느니 하고 무슨 미래를 기대하겠습니까."

"그래요, 그런 것 같아요."

그러나 유키코의 대답은 생각끝에 나온 대답이 아니었다. 술에 취해서 몸을 가누기가 힘드니까 내뱉은 말일 뿐이었다.

"유키코 씨가 술에 취해서 못 들어도 그만입니다. 하지만 용서를 빌 줄 모르는 민족은 계속 유치한 민족으로밖에 남지 못할 겁니다. 당당한 어른으로 성장할 수 없다는 거죠. 경제적으로는 뚱보가 될지 모르지만 정신적으로는 불행한 미숙아로 남을 수밖에 없을테니까요."

최림은 흥분하여 손짓 발짓 해가며 능숙하지 못한 영어로 유키코에게 다 쏟아부었지만 그녀가 얼마만큼 받아들이고 이해하였는지는 알 수 없었다. 그러고 보니 유키코에게 미안한 생각도 들었다. 유키코는 자신의 조상들이 무얼 어떻게 했는지 자세히 모르는 X세대의 여자일 뿐이었다.

그렇다면.

그녀는 최림에게 자신의 조상들이, 혹은 국가가 잘못하고 있는 것까지 추궁받을 이유는 없는 것이었다. 어떤 면에서 최림이나 그녀나 과거 역사의 피해자인 셈이었다. 그런 죄과는 죄를 저지른 당시의 당사자나 국가가 질 일이지 그 땅에 살고 있다는 이유 하나만으로 한사람의 국민이 질 필요는 없는 것이었다. 최림은 그렇게 생각하였고, 자신의 생각이 옳다고 믿었다.

바의 영업시간이 넘어서야 최림은 유키코를 부축하여 객실로 올라갔다. 그녀는 자연스럽게 최림의 부축을 받아들이고 있었다. 방문을 열고 똑바로 걷는 것을 보니 술이 아주 취해 정신을 놓아버린 상태는 아니었다. 돌아가려는 최림을 향해 말하였다.

"잠깐만요."

"더 할 얘기가 있다는 겁니까."

"이제 곧 술이 깰거예요. 난 빨리 오르지만 깨는 것도 그만큼 빠르거든요. 그러니 가지 말고 거기 의자에 앉아 있어요."

약간은 명령조였다. 최림은 좀전에 미안한 느낌도 있고 하여 의자에 앉아 그녀의 다음 말을 기다리기로 하였다. 그녀는 웃옷을 벗더니 다시 다짐을 받고는 화장실로 들어가는 것이었다.

"그대로 있기예요."

"좋아요. 어서 샤워를 하고 나오세요. 그러면 정신이 좀 들거예요. 그때까지는 이 의자에 앉아 있겠소."

유키코가 화장실로 들어간 다음 최림은 TV를 켜보았다. 밤늦은 시각이었지만 쇼 프로가 나오고 있었다. 국내의 쇼프로하고는 비교도 안 될 만큼 춤이 관능적이고 육감적이었다. 다른 채널로 돌리자 거기에서는 더 노골적인 장면이 나오고 있었다. TV채널이 아니라 호텔의 자체 방송실에서 실수를 한듯 까마수트라(性典)를 비디오 테이프로 돌려주고 있음이 분명하였다. 요기스트 같은 한 젊은 여자와 중년의 남자가 나타나 까마수트라를 재현하고 있는 것이었다.

유키코는 샤워를 하는지 아직도 물이 쏟아지는 소리가 룸에까지 간간히 새어나오고 있었다. 최림은 샤워를 하는 유키코를 의식하지 않고 TV 화면에 눈을 주었다.

쪼그려 앉은 채 여러 자세로 성행위를 하는 것이 까마수트라의 특징인 것 같았다. 인도인들이 가장 좋아하는 자세 중의 하나.

그것은 바로 쪼그려 앉아 있기인 줄도 모른다. 어디를 가도 쪼그려 앉아 일을 보는 사람들을 흔하게 보았던 것이다. 아침에 똥을 누는 것도 쪼그려 앉아서 보고, 코브라를 춤 추게 하는 약장수도 쪼그려 앉아서 피리를 불고, 여자들이 소똥을 반죽할 때도 쪼그려 앉아서 작업을 하고 있었던 것이다. 길쭉한 다리에 허리를 붙여 인도인들 나름대로 안정감과 편안함을 얻는 자세가 쪼그려 앉아 있기인 것일지도 몰랐다. 농부들이 집 안에서 일을 할 때도 대개는 우리처럼 넙죽 주저앉아 하는 법이 없는 것이었다.

그래서 성에서도 그런 자세가 많이 응용되어 까마수트라에까지 영향을 준 것인지도 모를 일이었다. 화면은 발가벗은 두 남녀가 쪼그려 앉아 있다가, 남자가 여자의 발을 두 팔로 들어올리면서 음문이 위쪽으로 쳐들어지게 하여 남근을 삽입시키는 자세인데, 두 남녀는 누군가를 경계하듯 고개를 함께 돌려 시선을 한곳으로 집중시키고 있었다.

단순한 연기였지만 실제 상황처럼 두 남녀 배우는 실감나게 하고 있었다. 최림은 흥미를 가지고 계속 보았다. 말하자면 인도인들의 탁월한 성의 기술을 보고 있는 느낌이었다.

두번째는 서로 쪼그려 앉아 있다가, 여자가 요가를 하듯 자신의 두 발을 자신의 손으로 잡아올리며 음문이 위로 쳐들어지게 하여 역시 쪼그려 앉은 남자의 발기한 남근을 받아들이고 있는 자세인데, 이번에는 두 남녀의 시선이 양방향을 의심하여 경계하듯 각각이었다.

그리고 세번째, 네번째는 여자를 넘어뜨리지 않고 쪼그려 앉은 상태에서 발기한 남근을 삽입시키고 있는 자세인데, 뜨거운 시선을 마주보고 있어 마치 밀애의 순간을 아쉬워하는 것 같은 모습을 연상케 하고 있었다.

다섯번째, 여섯번째는 서로 앉아 버렸기 때문에 음문이 훤히 보이고 있었지만 남근은 음문에 깊숙이 삽입되지 못하고 남근의 머리 부분만 걸쳐 있는 게 육감적이었다. 대신 편하게 앉은 사람이 상대방의 성감대를 만져주고 있었다. 여자가 삽입되지 못한 남근의 가운데를 만지고 있거나, 남자가 여자의 유방을 주물럭거리고 있는 것이었다.

이밖에도 여자가 의자에 앉아서 남자의 남근을 받아들이는 자세 하며, 서로 서서 교합하고 있는 자세 등을 두 배우가 진지하게 실제로 연기하고 있었다. 요가의 자세를 응용한 자세도 여러 번 눈에 띄었고, 여자가 자신의 발 하나를 남자의 어깨 위에 올려놓고 두 다리 사이의 사타구니가 최대한도로 벌어지게 한 채, 성교를 하는 것도 방영되고 있었다.

그런가 하면 실제 연기가 불가능한지 풍속도 같은 그림으로만 보여주는 성행위도 있었다. 벌거벗은 여자와 발기한 남근을 가지고 있는 남자가 무릎을 꿇은 자세로 그네의 빠른 돌진을 이용하여 성교하는 모습과, 남자가 발기한 상태로 누워 있자 여자가 높은 데서 도르래를 이용하여 자신의 음문을 드러내놓고 수직으로 떨어지는 특이한 모습의 성화(性畵)들도 보여주었다.

또 신분이 다를 때는 얼굴도 보지 말고, 살갗도 대지 말고 하라는 뜻인듯 남녀가 거꾸로 천민인 듯한 남자가 자신의 발기한 남근을 드러낸 채, 드러누워 여자의 엉덩이만을 보고, 여자는 위로 올라가 엎드린 자세로 남자의 발을 보고 교접하는 자세의 연기도 화면은 보여주고 있었다.

최림은 유키코가 화장실에서 나오자 슬그머니 전원을 꺼버렸다.

"뭐예요."

"까마수트랍니다."

"저도 보고 싶어요."

최림은 거짓말을 하였다.

"방금 끝났어요."

유키코는 그냥 해본 소리인듯 더 이상은 까마수트라에 대해서 말하지 않았다. 유키코는 어느새 술에서 깨어나 있는 모습이었다. 그녀의 눈동자가 룸의 조명 아래서도 맑아 보였다.

최림은 물기에 젖은 그녀의 머리카락이 매혹적이라고 생각하였다. 유키코가 젖은 목소리로 말했다.

"이젠 가 주무세요."

"좀전에는 여기 이렇게 앉아 있으라고 했었습니다."

"그랬어요. 분명히."

"그런데 이제는."

최림은 그녀에게 따지듯 물었다.

"샤워를 하면서 생각을 바꾸었어요."

"저에 대해섭니까."

"네."

"궁금한데요."

"아까는 좀 외로웠거든요. 그래서 그랬을 거예요."

"제 눈에는 지금도 그런데요."

"최림 씨도 제 눈에는 외롭게 보여요."

유키코가 눈을 들고 쳐다보는 순간 최림은 그녀를 힘껏 껴안아 버렸다. 그녀는 조금도 반항을 하지 않고 오히려 최림의 가슴속으로 파고들었다.

"가지 않고 기다려주어서 고마워요."

"좋은 친구야, 유키코 씨는."

최림은 유키코를 침대로 안아다 뉘였다. 그리고는 자신도 침대 위로 올라갔다. 최림과 유키코는 금세 뜨거워져 버렸다. 뜨거운 숨을 내뿜으며 침대 위에서 뒹굴었다. 그녀는 최림에게 차례차례 다 내주었다. 혀를 내밀어 주었고, 가슴을 만지게 하였고, 나중에는 그녀의 그곳마저 허락을 하는 것이었다. 선선히 최림의 그것이 자신의 질 속으로 들어오게 하여 최림의 이른 사정을 받아주기도 하는 것이었다.

그녀는 여러번 성교의 경험을 했음이 분명하였다. 최림의 그것을 부드럽게 받아들였을 뿐만 아니라 때로는 격렬하게 자극을 주는 것이었다. 유키코가 너무 자극을 주어 최림은 숨이 멎을 것만 같았는데, 겨우 호흡을 진정하고 나서 다시 그녀를 애무하기 시작하였던 것이다.

최림은 그녀의 온몸을 애무해 주었다. 그러자 그녀 역시도 최림의 곳곳을 애무해 주는 것이었다. 까마수트라 성화의 발기한 남근처럼 최림의 그것도 다시 힘을 내고 있었다.

최림은 다시 그녀를 으스러지도록 껴안았다. 그러자 그녀는 처음보다 더 음문에 경련을 일으키면서 온몸을 비틀어대며 큰 소리로 비명을 내지르는 것이었다. 울음소리와 비슷한 비명이었지만 최림은 그녀의 소리가 잦아들 때까지 남근을 움직여 주었다.

이윽고 유키코가 최림의 몸에서 스르르 떨어져나가 버렸다. 격렬하게 땀을 쏟으며 허우적대던 사지가 축 늘어져버렸다. 그러면서 그녀는 무슨 소리인가를 중얼거리며 자신의 손을 뻗고 있었다.

최림을 사랑한다는 표시인가. 그러나 최림은 알 수 없었다. 최림은 그녀의 손을 꽉 잡아주었다. 그런 다음에는 그녀를 누운 자세로 가만히 안아주었다.

침대 시트는 어느새 축축하게 변해 있었다. 두 사람의 땀이 떨어져 젖은 것이었다. 그러나 두 사람은 젖은 시트가 오히려 편안한 느낌이 들었다. 그때 유키코가 달콤하게 말했다.

"최림 씨는 좋은 한국 남자예요."

"유키코 씨는 좋은 일본 여자죠."

그들은 곧 깊은 잠에 빠져버렸다. 새벽까지 가볍게 코를 골며 정신없이 자버린 것이었다.

아침에 먼저 눈을 뜬 사람은 최림이었다. 그때까지도 자신이나 유키코는 벌거벗은 채였다. 최림은 슬그머니 침대를 빠져나와 자신의 옷을 먼저 입고 유키코에게 잠옷을 입혀주었다. 그리고는 적음과 함께 묵고 있는 객실로 돌아와버렸다.

그때 적음은 새벽 예불을 드리고 있는 중이었다. 열쇠로 방문을 열고 들어섰을 때 그는 독경을 하며 창쪽으로 삼배를 하고 있었던 것이다. 그러므로 최림은 아무 말도 하지 않고 침대로 가 다시 누워 있을 수밖에 없었다. 그러나 잠이 올 리 만무했다.

적음의 나직한 독경소리가 귓속을, 가슴을 때리고 있기 때문이었다. 적음의 독경소리는 무슨 주술처럼 무엇에 빠져들게 하는 느낌이었다. 깨어 있거라 깨어 있거라 하는 메시지를 보내며 그의 영혼을 맑게 헹궈주고 있는 기분이 드는 것이었다. 누워 있던 최림은 자신도 모르게 일어나 앉아서 독경 소리를 들었다.

무슨 경전을 독경하고 있는지는 알 수 없지만 적음의 목소리는 간절하였다. 그러기에 최림은 자신에게 절절하게 다가오고 있는 것이라고 생각하였다. 오늘 법상을 만나도록 해주십사 하고 부처에게 축원을 올리고 있는 중인지도 모른다. 그렇지 않다면 적음의 목소리가 어찌 저렇게 간절할 것인가.

커튼을 바라보며 독경을 하고 있던 적음이 뒤돌아보며 짧게 몇 마디를 던지고 있었다.

"눈을 좀 붙이시오."

"괜찮습니다."

"그럼 커튼을 걷을까요."

"그러시지요."

커튼을 열자 새벽의 빛이 쏴아아 룸으로 밀려들어 오고 있었다. 그러고 보니 적음은 독경을 무아의 상태에서 한 시간 이상이나 한 셈이었다. 밝은 푸른 빛이 강물처럼 가득 차 있었다.

새벽 5시 30분.

갑자기 최림은 갠지스 강으로 나아가 일출을 보고 싶어졌다. 적음이 예불을 끝내자마자 최림은 그에게 말했다.

"스님, 일찍 갠지스 강으로 나가시죠."

"무슨 일입니까."

"일출을 보고 싶습니다."

"유키코는."

"일어나면 같이 가고 그렇지 않으면 우리만 가지요, 뭐."

"그래서는 안 되지요. 같이 갑시다. 한 20분 후에는 깨우시오."

"네, 그러겠습니다."

"그렇다면 법상 스님을 일출 때부터 찾아나섭시다."

"물론입니다. 스님,"

최림은 전화로 유키코를 깨워놓고 그녀의 방으로 갔다. 간밤의 정사가 떠올라 찜찜하기도 했지만 일출의 광경을 그녀에게 선사하고 싶다는 마음이 앞섰기 때문에 그런 감정은 어렵지 않게 눌러버릴 수 있었다.

유키코 역시 간밤에 아무 일도 없었다는 듯이 천연덕스럽게 최림을 따라 나서겠다고 말하고 있었다.

"일출, 좋아요."

"대신, 오늘은 법상 스님을 종일 찾아야 할 겁니다."

"어디로 갈까요."

"어제는 화장터를 돌았으니까 오늘은 수행자들이 노숙을 하는 강 건너 모래밭을 가보자고 하더군요, 적음 스님이."

"네. 알겠어요."

최림은 유키코 방을 나오면서 그녀의 입술을 얼른 훔쳐 키스를 하였다. 그녀가 빠져나가려고 하자 더욱 달콤한 느낌이었다.

"이러다가 적음 스님이 눈치 채면 어떻게 하려고 그래요."

"그러니까 이렇게 눈치껏 하잖아요."

최림은 그 사이에도 유키코가 보고 싶어 객실로 온 것이었다. 전화로 콜을 해놓고 로비에 내려가서 기다려도 되겠지만 잠깐 사이마저 견딜 수 없었던 것이다.

그녀는 최림과 동거까지 하였던 방문희와 비슷한 데가 많은 여자였다. 대담하고 당당한 면이 비슷하였고, 일찍 섹스에 눈을 뜬 것도 닮은꼴 같았다. 최림은 유키코를 볼 때마다 방문희가 생각이 나 은근히 미안한 마음도 들었다. 그런가 하면 차가울 정도로 냉정한 면은 승 행자를 연상케도 하고 있었다. 말하자면 뜨거운 가슴은 방문희였고, 차가운 머리는 승 행자를 닮은 유키코였다.

피로연이 끝난 호텔의 정원은 을씨년스러웠다. 오늘밤에 다시 열 것이기 때문에 무대나 연단을 치우지 않아 그것들이 정원을 지키고는 있지만 연극이 끝난 뒤의 객석처럼 썰렁하기만 했다.

새벽의 푸른 빛 속에서 보이는 꽃장식들도 벌써 시들어버린 듯하고 나무에 이슬처럼 매달린 색등들도 간밤의 화려함을 잃어버린 채 희끗희끗 초라하기만 하였다.

이래서 인생을 연극이라고 하는 것일까. 1막 1장 같은 결혼식의 피로연이 잠시 중단된 무대는 왠지 허전하고 을씨년스럽기만 했다.

적음과 최림은 유키코를 앞세우고 오토 릭샤를 찾았다. 호텔 내에는 택시만 들어올 수 있는 모양이어서 오토 릭샤가 보이지 않았기 때문이었다. 그러나 두리번거릴 필요도 없이 호텔 정문을 나서자마자 릭샤 운전수가 서너 명이 달려들었다.

잠시 후, 유키코가 노란 오토 릭샤 운전수와 흥정을 하고는 그쪽으로 타라고 손짓을 하며 말하였다.

"이쪽이에요. 타세요."

거리는 안개가 자욱하였다. 새벽이 물러가고 있었지만 갠지스 강에서 밀려온 안개가 거리를 뿌연 빛깔로 불투명하게 채우고 있었다.

릭샤는, 아직 사람과 차와 동물들의 움직임이 활발하지 않은 거리였으므로 제 속력 이상으로 달리고 있었다. 어제 갠지스까지 걸렸던 시간보다는 덜 걸릴 것 같았다. 그러나 택시와 오토 릭샤는 속도에서 분명 차이가 많이 났다. 오토 릭샤는 소리만 요란하지 자전거보다 속력이 조금 더 빠를 뿐인 것이었다.

"손님, 다 왔는뎁쇼."

어느새 오토 릭샤는 갠지스 강으로 내려가는 거리까지 왔고, 어느새 바라나시의 갠지스 강쪽 거리는 깊은 잠에서 깨어나 아침을 맞이하고 있었다. 어제처럼 불구자들이 일출을 보려고 일찍 찾아온 관광객들에게 달라붙고 있었고, 강으로 빠지는 샛길에는 해돋이 목욕을 하려는 순례자들로 이미 시끄럽고 북적거리고 있는 것이었다.

그들은 어제와 같이 샛길을 빠져나와 나루터에 서서 배를 기다렸다. 강 저편 하늘은 이미 동이 터오고 있었다. 붉은 놀이 강 건너 하늘에서 물에 퍼지는 물감처럼 번지고 있는 중이었다.

순서를 기다렸다가 배를 탔다.

배가 출발하자 작은 장삿배 두 척이 다가왔다. 강물에 뜰 수 있도록 만든 촛대와 초를 파는 장사들이었다. 초에 불을 켜 강물에 띄우면 그것도 내세에 구원을 받는다고 떠들고 있었다. 배가 좀더 속력을 내어 물살을 가르자 노를 저으며 따라오기가 힘든지 저만큼 멀어져버리는 장삿배들이었다.

강폭은 아주 넓지는 않았다. 배에 마련된 의자에 잠시 앉아 있었는데, 벌써 강가 모래밭에 도착하여 밧줄을 던지고 있는 것이었다.

항하사(恒河沙). 갠지스 강의 모래. 인도인들이 헤아릴 수 없는 숫자를 나타날 때 비유하는 항하사의 모래알들.

첫발에 느껴지는 항하사는 양탄자처럼 부드러웠다. 몇 발짝을 더 걸어가자 놀이 스러지고 핏덩이처럼 생긴 해가 막 떠오르고 있었다. 그러자 적음이 무릎을 꿇고 동쪽을 향해서 목탁을 두들기며 독경을 하였다. 최림과 유키코도 막 솟아오르려는 해를 보며 무릎을 꿇었다.

해의 빛깔은 너무도 선명하였다. 자궁 속의 핏덩이 같았다. 불쑥 떠오르지 않고 용을 쓰며 대지의 자궁을 빠져나오고 있었다. 하늘의 두 손이 붉은 핏덩이를 사력을 다해 뽑아내고 있는 듯한 풍경이었다.

저 아기해가 아침마다 목욕을 하는 강이기 때문에 갠지스 강물이 성수가 되는 것일까. 어느새 화장터 아래의 해돋이 목욕장은 순례자들로 가득하였다. 대지가 끙끙 힘을 쓰고, 하늘이 사력을 다해 뽑아올리는 아기해를 보면서 성수를 끼얹는 순례자들. 비록 성수를 끼얹고 있지는 않지만 최림은 자신도 어느새 순례자가 된 기분이 들었다.

인도로 출발할 때만 해도 양탄자 같은 항하사에 무릎을 꿇고 이렇게 적음의 독경소리를 들으리라고는 상상도 못하였다.

일출의 갠지스 강은 성스러움 그 자체였다.

아침의 갠지스 강은 어제의 강이 아니었다. 아침의 갠지스 강은 어제처럼 죽음의 재가 흐르던 강이 아니라 아기해를 목욕시켜주는 탄생의 강인 것이었다. 삶을 축복하는 분위기가 강 전체에 가득하였다.

순례자들은 해돋이 목욕을 하면서 웃고 떠들며 물장난을 치고
도 있었다. 그런가 하면 모래밭에서는 수행자들이 자신의 움막
에서 나와 강물로 아침을 준비하고 혹은 강가로 나아가 세수를
하고 있었다.

개들도 일어나 모래밭을 어슬렁거리고 있었는데, 모래밭에도
그들의 먹이는 있는 셈이었다. 아침마다 수행자들이 모래밭에
쪼그리고 앉아 용변을 보기 때문이었다.

"저게 무슨 새죠."

"독수리."

"저건요."

"까마귀."

유키코는 독수리와 까마귀를 잘 구분 못하고 있었다. 깍깍깍.
까마귀 우짖는 소리에 아침잠을 깬 적도 있었다. 사실 인도의 특
징 중 하나는 까마귀가 많다는 점이었다. 우리 나라의 참새처럼
어디를 가도 깍깍깍 까마귀 천지였다. 호텔에서나 거리에서나
지천으로 피어 있는 꽃처럼 흔한 게 까마귀였다.

반면에 독수리는 그렇게 흔하지는 않지만 개처럼 무리를 지어
날아다니곤 하는 게 눈에 띄었다. 한 나무를 차지하고 앉아 있거
나, 땅 위에 앉아 먹이를 노리고 있는 모습을 종종 볼 수 있었던
것이다.

"어머, 저건 뭐예요."

"붉은 개들이지 뭡니까."

"아니, 이상한 개잖아요."

유키코는 개들이 교미하고 난 뒤의 그런 모습을 처음 보는 모양
이었다. 교미가 끝났지만 그것이 빠지지 않아 서로 엉덩이를 맞
댄 채 서로 다른 방향으로 나가려고 낑낑거리고 있는 것이었다.

그러고 보니 개들의 교미는 한 군데서만 이루어지고 있는 것이
아니었다. 모래밭을 더 내려가자 여기저기서 하는 모습이 보였다.

"어머, 어머."

유키코가 얼굴을 붉힐 만도 하였다. 아침해가 밝게 비추는 모
래밭에서 개들은 본능을 참지 못하고 있었다. 개들에게는 해가
뜨는 아침이 사람들과 달리 그런 시각인지도 몰랐다.

해는 이제 핏덩이에서 정형을 이루고 있었다. 둥그런 모습이
되어 갠지스 강뿐만 아니라 영적인 빛이 넘친다는 바라나시 시
가를 내려다보고 있었다.

"자, 우리도 아침을 합시다."

적음이 바랑에서 빵과 생수 두 병을 꺼냈다. 언제 그것들을 준
비하였는지 최림은 탄성을 내질렀다.

"아니, 스님. 언제 준비하셨습니까."

유키코도 마찬가지였다.

"스님, 고맙습니다."

그러자 적음이 으스대며 말했다.

"중생의 정신적 육체적 배고픔을 해결해 주는 것도 승려의 본
분사가 아니겠소. 내 할일을 했을 뿐이니 너무 감격들 마시오."

빵과 물을 앞에 놓고 모두가 크게 소리내어 웃었다. 호텔에서
미리 준비를 한 게 틀림없었다. 최림이 수사관처럼 추리를 했다.

"그렇다면 스님, 점심도 미리 준비한 게 아닙니까."

"그러고 보니 처사님은 형사 같구먼."

바랑에는 점심까지 준비가 되어 있다는 듯 최림의 엉성한 추리를 칭찬하는 것이었다. 해가 떠오르면서 빛을 뿌리자 강바람의 차가운 기운은 금세 없어져버렸다. 유키코가 머리에 쓰고 있던 숄을 벗어 이제는 그것을 허리에 매고 있었다.

아닌게 아니라 아침식사를 끝내고 났을 때는 날씨가 거짓말처럼 뜨거워져 있었다. 인도의 날씨를 모르는 것은 아니지만 모래밭조차 어느새 달구어졌는지 열기가 느껴졌다.

유키코가 진단을 하였다.

"혹서기로 접어들기 때문에 모래밭이 아니라 열풍이 부는 사막 같을 거예요. 많이는 돌아다니지 못할 거예요."

"그렇군요."

최림이 기가 질리는 표정을 짓자 유키코가 해박한 인도의 지식을 자랑하듯 말하였다.

"우리가 돌아다닌 지역 중에서 이곳은 남쪽이에요. 말하자면 적도가 더 가까운 곳이죠."

"강물이 옆에 있긴 하지만 무용지물이니 더 힘들겠군요."

아무리 더워도 최림은 갠지스 강물에 들어갈 용기는 나지 않을 것 같았다. 어제 시체를 버리는 것을 보았기 때문이었다. 순례자들에게는 성수였지만 최림에게는 더럽고 불결한 물이었다.

적음이 준비한 생수도 점심 시간이 지나면 없어져버릴 것이 뻔하였다. 최림은 은근히 폭염이 두려워졌다.

적음은 벌써 저렇게 땀을 흘리고 있지 않은가. 유독 땀을 많이 흘리는 적음은 빵을 한쪽 먹은 다음부터는 연신 얼굴에 솟아나는 땀을 닦아내고 있었다. 그렇다고 적음은 장삼을 절대로 벗지 않을 것이었다. 법상을 만나는 데 제자로서 정중하게 예를 갖추어야 하기 때문이었다.

그러나 그의 겨드랑이 부분의 장삼은 벌써 물에 적신 듯 땀에 젖어 있었다. 최림도 유키코도 이마와 목덜미에 흐르는 땀을 계속 훔쳐내며 수행자들이 기거하고 있는 움막을 살피며 내려갔다.

법상.

최림은 문득 법상이 보냈다는 엽서를 떠올렸다. 그는 이렇게 그의 속가 동생에게 엽서를 보내왔던 것이다.

만일 형상에서 나를 찾으려 하거나
소리에서 나를 찾으려 한다면
그대는 그른 도를 행하고 있나니
능히 부처를 보지 못하리라.

그때 최림은 뭐라고 다짐하였던가. 최림은 그때 M시 바닷가에서 이렇게 중얼거리며 다짐하였던 것을 똑똑히 기억해내었다.

'나는 형상으로 법상을 찾으리라. 나는 소리로 법상을 찾으리라. 부처를 보지 못하면 어떤가. 법상을 찾기만 하면 그만인 것이다.'

뿐만 아니라 이렇게도 다짐하였던 것이다.

'땅끝이라도 쫓아가 법상을 만나서 부처의 진신사리를 건네받아 내 손에 쥐고 말리라. 그리하여 반드시 반드시 내 걸작품인 천불탑에 부처의 진신사리를 봉안하고 말리라.'

그런데 뜨거운 모래밭을 걸으며 법상을 찾는다고 생각하니 두려움이 먼저 앞서는 것이었다.

그러나 최림은 유키코와 한조가 되고, 적음은 적음대로 움막을 하나하나 눈을 부릅뜨고 찾아 내려갔다. 수행자들은 대부분이 혼자였다. 혼자 명상에 잠겨 있거나, 한손을 들고 고행을 하고 있거나, 물구나무를 선 채 정진을 하고 있었다. 움막은 매우 비좁아서 두세 사람이 겨우 들어가 앉을 공간밖에 되지 않았다.

먹을 음식은 수행자들이 강을 건너와 보시를 하는듯 가지고 있는 양식은 대부분 아무것도 없었다.

어떤 수행자는 이마에 여자처럼 화장을 하듯 붉은색과 노란색, 그리고 흰색의 물감으로 무슨 부호 같은 문양을 그리고 있었다. 악마를 물리치는 항마의 부적이거나 무슨 주술적인 의미가 분명한데, 너무도 조용한 분위기여서 감히 물어볼 엄두가 나지 않는 것이었다.

"스님, 힘들어요."

유키코가 먼저 폭염에 지친 모습을 보였다.

"강물에 발이라도 담갔다가 갈까."

"그건 싫어요."

유키코도 갠지스 강물에 폭염을 식힐 생각은 없는 모양이었다. 그러나 최림은 생각을 바꾸었다. 그렇지 않고서는 폭염으로 쓰러져 기절할지도 모른다는 불안감이 드는 것이었다.

"유키코 씨. 자, 생수를 마셔요."

"스님, 고맙습니다."

처음에는 공동의 물이라고 하여 체면을 차리던 유키코였지만 더위에 지치게 되자 남은 한 병마저 혼자 다 마셔버리고 있었다.

최림은 강가로 나가 풍덩 목까지 몸을 담갔다가 나왔다. 그러자 폭염에 시달렸던 몸이 잠시 생기를 되찾는 듯하였다. 그래서 유키코에게 권유를 하였지만 그녀는 발목만 적시는 시늉만 할 뿐이었다.

"어서 들어와요. 깊지 않아요."

"네."

"강물은 아주 시원해요."

그러나 유키코는 끝내 강물에 발목만 적시고는 나가버렸다. 그러자 지켜보고 있던 적음이 땀을 뻘뻘 흘리며 말했다.

"갑시다."

폭염 속에서 모래밭을 헤맨 지 두서너 시간. 아마 그보다 더 시간이 흘러갔을 것이었다. 다 지쳐 흐느적거리고 있을 무렵 유키코가 이상한 광경을 보고는 최림을 끌어당겼다.

"저게 뭐예요."

"글쎄요."

최림은 유키코가 주춤주춤하고 있는 사이에 강가로 걸어나갔다. 가까이 다가가 보니 세 마리의 개가 강에 떠밀려 온 물체를 뜯고 있었다. 먹을 것이 나타나자 강가의 일대가 긴장을 하고 있었다. 먹이 사슬이 어느새 형성되어 있는 것이었다. 개들 뒤편 10여 미터 후방에는 독수리들이 기다리고 있었고, 또 그 뒷편에는 까마귀들이 강물에 떠밀려 온 물체의 남은 찌꺼기를 기다리고 있는 것이었다.

좀더 가까이 다가서자, 그것의 윤곽이 어렴풋이 드러나 보였다. 그것은 이미 개들에게 자신의 일부를 먹혀버린 시신이었다. 두 팔다리가 사라져버린 시신이었다. 개들은 서로 더 먹을 게 없는 시신의 머리 부분을 혀로 핥아대고 있었다.

그리고 그 밑에는 한 수행자가 세수를 하고 있었다. 최림은 그 수행자에게 영어로 물었다.

"더럽지 않습니까."

"더러울 것도 깨끗할 것도 없습니다."

수행자의 목소리는 나직했지만 또렷하였다. 확신에 찬 목소리는 마치 동굴에서 울려나오는 소리처럼 비밀스럽기까지 하였다.

"늘 이렇습니까."

"시신을 개들이 먹고 새들이 나누어 먹는데 무엇이 이상하다는 말입니까."

"저희들은 무덤을 만들어 시신을 묻습니다."

"한국에서 온 모양이오만 저 개들은 살생을 하지 않았습니다."

"아니, 한국 말을 하시는군요."

"그렇소."

"그렇다면 스님이."

"당신들은 소나 개를 도살하여 고기를 먹습니다. 그러나 저 개들은 살생을 하지 않고 버려진 것을 먹고 있습니다. 그러니 저 개들이나 독수리의 영혼은 당신들보다 맑지 않겠소."

최림은 그의 말을 듣지 않고 중얼거렸다.

'어쩌면 이 수행자가 법상인지도 모른다.'

그 사이 그가 돌아서고 있었다. 최림은 자신도 모르게 소리쳤다.

"혹시 법상 스님 아닙니까."

그러자 그가 돌아서며 햇살에 눈이 부신듯 얼굴을 찡그리고 있었다.

"법상이라는 중의 형상이 이러했소."

"......"

그러나 최림은 말을 하지 못했다. 최림이 대답을 못하고 망설이고 있자, 그가 다시 묻고 있었다.

"법상이라는 중의 목소리가 이러했소."

"......"

역시 최림은 대답을 못했다. 최림이 그의 목소리를 들어본 적이 없기 때문이었다. 그러자 그가 다시 단호하게 말했다.

"당신은 법상을 아직 찾지 못했소."

"스님, 법상 스님은 어디 있습니까. 꼭 찾아야만 합니다."

"당신은 그의 마음을 모르고 그를 찾고 있소. 그러니 불가능한 일이 아니겠소."

그때였다. 적음이 달려와 모래밭에 무릎을 꿇고 엎드린 것은. 법상은 인도의 햇볕에 시커멓게 그을려 인도인이 다 되어 있었다. 그러나 스승의 그러한 외모의 변화에도 불구하고 적음은 놓치지 않았다. 적음의 눈은 단번에 법상을 알아보고 만 것이었다.

"큰스님, 적음이옵니다."

"성지 순례길이더냐."

"스님을 뵈러 왔습니다. 이 처사님도 큰스님을 찾아 여기까지 왔습니다."

"그랬소. 좀전의 무례를 용서하오."

법상은 고승의 위세나 티를 전혀 내지 않고 있었다. 깍듯이 존대말을 쓰는 등 겸손하기 짝이 없었다. 그런가 하면 그를 보고 있는 게 꼭 우주의 별을 보고 있는 것처럼 마음을 투명하게 하고 평안하게 하였다.

"아, 아닙니다."

"이제 법상을 찾았소."

"네."

"법상이라는 이 실물을 보니 어떠합니까."

"상상했던 모습과 비슷합니다."

"허허허. 그렇다면 그대는 아직 법상을 찾지 못했소."

"그렇다면 어떻게 스님을 찾아야 합니까."

"내가 그대의 마음을 보려 하듯 그대도 나의 마음을 보려고 하시오. 그래야만 서로의 진면(眞面)을 볼 수 있을 것이오."

법상도 갠지스 강의 여느 수행자들처럼 초라한 천막을 쳐놓고 수행을 하고 있었다. 그가 가지고 있는 살림도구는 정확히 바리때 몇 개가 전부였다. 가사 장삼은 덕지덕지 기워 더 닳을 데가 없을 것 같은 누더기였다.

적음이 법상 앞에서 다시 삼배를 올렸다.

그러는 그의 눈에서는 눈물이 주르르 흐르고 있었다.

"큰스님. 저는 스님을 뵙고 떠나려고 했었습니다. 하지만 스님의 이 처소를 보고 생각을 바꾸었습니다. 그동안 제가 얼마나 호의호식을 했는지 부끄러울 따름입니다. 그러니 저를 받아주십시오."

"아니다. 비록 사제의 연이 깊다고는 하지만 성불을 할 때까지는 홀로 수행을 하자고 약속하지 않았느냐."

적음이 눈물을 흘리는 바람에 갑자기 분위기가 숙연해져버렸다. 최림과 유키코는 강변으로 다시 걸어나왔다. 이제 개들이 물러가고 독수리들이 시신을 둘러싸고 있었다. 그러다가도 독수리들은 날카로운 부리로 시신의 배를 파헤치고 있었는데, 그때마다 시신의 창자 같은 것이 튀어나오고 있는 것이었다.

"사실 저는 화두 하나를 받아 떠나려고 했습니다. 그러나 오늘 저는 스님이 바로 저의 화두라는 깨달음을 얻었습니다. 어제까지는 적음이 화두였습니다만 오늘부터는 법상이 저의 화두가 된 것입니다."

"눈물을 거두어라. 네 마음을 받아들이겠느니라."

"스님. 감사하고 또 감사합니다."

"나를 만나고자 하는 것은 무엇이냐."

"사실은."

"어서 말해보아라."

적음은 바랑 속에서 유시엽이 간직하고 있던 법상의 편지를 꺼내보였다. 말하자면 법상이 출가하기 전, 그의 아내가 있음에도 불구하고 한 여자와 주고받았던 편지였다. 이른바 불륜의 편지일 수도 있고, 아니면 편지 내용의 그 이상도 이하도 아닌 것일 수도 있었다. 그러나 어쨌든 이 편지들이 불교계에 떠돈다면 상당한 파문이 일 것임은 분명하였다. 경허, 만공 이후 최고의 선승으로 법상이 받들어지고 있는 추세이기 때문이었다.

그런데 법상은 편지를 보더니 합장을 하였다. 그리고는 이렇게 말하였다.

"그녀는 출가 전, 나의 부처였었느니라."

"레스토랑에서 피아노를 치던 속세의 여자가 부처였다구요."

"그녀는 병마를 조복시킨 보살이었지."

"그게 무슨 말씀입니까."

"병마를 껴안고 번뇌 망상 없이 살았기 때문이야. 그게 중들이 하는 말로 생사를 초월한 게 아니고 무엇이겠느냐."

"병마를 이기려고 하지 않고 껴안다니요."

적음이 놀라자 법상은 더 이상 말을 하지 않고 침묵하여버렸다. 그리고는 최림을 불러오라고 말하였다.

아, 저 법상은 누구인가. 아까는 한점 의심없이 법상이라고 단정하였지만 이제는 그가 누구인지 묘연해져버리는 존재, 저 법상은 누구인가. 어떻게 자신의 생명을 갉아먹는 병마를 껴안고 살 수 있다는 말인가. 어떻게 피아노를 치던 한 여자가 부처가 될 수 있다는 말인가.

적음은 뜨거운 모래밭을 걸으면서 법상을 화두 삼아 인도에 남겠다고 거듭 다짐을 하였다. 엄청난 폭염이 내리퍼붓는 화탕지옥 같은 모래밭을 그는 걷고 또 걸었다. 땀이 비오듯 쏟아졌지만 닦지 않고 수행자들의 움막을 미친 듯이 걸어다녔다.

최림 역시 법상 앞에 무릎을 꿇고 앉았다. 법상의 법력에 저절로 무릎이 꿇려진 것이었다.

"자, 그대는 지금 법상을 만나고 있소."

"네, 스님."

"그대는 무엇을 내게서 얻으려 하오."

"고백합니다만 저는 지웅 스님의 심부름을 왔습니다."

"무슨 심부름이오."

"부처의 진신사리를 가져오라는 부탁이 있었습니다."

"부처의 진신사리라."

법상은 눈을 지그시 감았다. 마치 사리를 어디다 두었지 하는 표정으로 눈을 감고 있었다. 그러더니 잠시 후 얼굴에 미소를 띠우고 있었다. 사리를 숨겨둔 장소를 기억해냈다는 듯이 희미한 미소를 짓고 있는 것이었다. 최림은 너무 긴장이 되어 심장이 터져버릴 것만 같았다.

부처의 진신사리를 찾기 위해 인도를 오지 않았던가. 그것을 얻고자 천신만고 끝에 이 갠지스 강을 찾아온 것이 아닌가. 그것을 받고자 법상을 만나 이렇게 무릎을 꿇고 있는 것이 아닌가.

진신사리가 있어야만 천불탑은 비로소 등신불이 될 게 아닌가. 불교 신자들이 세세생생 참배하는 등신불 같은 성보(聖寶)가 될 테니까. 진신사리가 있어야만 천불탑은 비로소 내 생애 최고의 걸작품이 될 게 아닌가. 누구도 흉내내지 못할 만큼 컴퓨터로 완벽하게 설계한 작품이니까. 진신사리가 있어야만 천불탑은 비로소 황룡사 9층탑이 될 게 아닌가. 황룡사 9층탑의 재현은 부처의 진신사리가 봉안되어야만 마침내 완성될테니까.

"자, 따라 오시오."

최림은 강쪽으로 걸어가는 법상의 뒤를 쫓아갔다. 강 건너에서는 연기가 전쟁터의 폭격 현장처럼 계속 피어오르고 있었다. 화장터에서 누군가의 시신이 타오르는 장작불에 활활 태워지고 있는 게 분명하였다. 그리고 그 아래에서는 힌두의 순례자들이 강물에 풍덩풍덩 몸을 담그고 있는 게 어제와 별로 다르지 않았다.

갠지스 강물에는 햇살이 무자비하게 사정없이 쏟아져내리고 있었다. 최림은 금세 땀을 줄줄 흘려댔다. 뿐만 아니라 두 눈이 얼얼하게 아프기도 하였다. 강물에 난반사하는 강렬한 햇살이 두 눈을 찔러오기 때문이었다.

강가에 다다르자 이윽고 법상이 손으로 강을 가리켰다.

순간, 최림은 둔중한 망치로 머리를 맞은 것 같은 충격 속으로 빠져들고 말았다. 눈 앞에 모든 것들이 아무것도 보이지 않는 것이었다. 강물도, 화장터도, 힌두의 순례자들도, 법상도, 유키코도, 죽은 개도, 독수리도, 까마귀도 모두 흰색으로 날아가버리는 느낌이었다.

잠시 후, 정신을 차린 최림은 소리쳤다.

"스님, 부처의 진신사리가 어디 있습니까."

그러나 대답할 사람은 없었다. 법상은 이미 자신의 천막으로 걸음을 떼고 있었다.

"스님, 부처의 진신사리를 왜 버리셨습니까."

최림이 다시 소리쳤지만 법상은 이미 저만큼 걸어가고 있을 뿐이었다. 걸어가면서 그가 던진 말은 바람소리처럼 흩어져 사라지고 있을 뿐이었다.

"갠지스 강은 영원하지만 천불탑은 유한하오. 그러니 갠지스 강이야말로 영원한 탑이 아니겠소. 아니, 온 세상이 청정한 부처님의 법신(法身)인데 굳이 사리를 구해 어디다가 모신다는 말이오. 다 꿈속의 꿈일 뿐이오."

법상이 있던 자리에는 유키코가 와서 서 있었다.

최림이 흥분해 있자, 유키코는 어리둥절한 모습이었다.

"왜 그러세요."

"인도를 잘못 온 것 같소."

최림은 그대로 강가에 주저앉았다. 그러자 유키코도 옆에 앉았다. 최림은 강물을 멍하니 바라보았다. 물거품이 눈에 띄었다. 거기에는 부처의 진신사리를 찾아 인도로 온 자신의 욕심도 물거품이 되어 흐르고 있었다. 이제 모든 게 다 물거품이 되어버린 것이다.

그렇다면.

인도에 더 머무를 이유가 없다. 하루라도 빨리 인도를 떠나야 한다. 지웅에게 사실대로 알려주어야 한다. 최림은 담배를 뽑아 다시 피웠다. 연기를 깊숙이 들여마셨다가 길게 뱉어냈다.

"유키코 씨, 저는 인도를 내일 떠날 겁니다."

"왜 갑자기 떠나죠."

"인도에 남아 있을 이유가 없으니까요."

"유키코 씨는."

"저는 더 여행을 할 거예요. 천불탑은 언제 완성되죠. 구경 갈게요."

"5월 부처님 오신 날이죠."

"시간이 있으면 가겠어요."

최림은 유키코를 데리고 법상의 천막으로 갔다. 법상이나 적음에게 인사는 하고 떠나야 될 것 같았기 때문이었다. 어쩌면 법상은 지웅에게 전할 말이 있을지도 몰랐다. 또한 적음은 그동안 고생을 함께 하였던 가족 같은 정이 들어서였다.

그런데 적음은 없었다. 법상이 천막 안에 혼자 앉아서 좌선을 하고 있었다. 최림이 인사를 하자 가부좌를 풀면서 법상이 말했다.

"잘 가시오."

"지웅 스님에게 전할 말씀은 없습니까."

"없소."

"그럼."

"다만."

"말씀하십시오."

"내 부탁을 하나 들어주겠소."

"무슨 부탁입니까."

"내 속가에 가면 내 실험실이 있소."

"네. 가서 보아 알고 있습니다."

최림이 알고 있다고 하자 법상이 미소를 짓고 있었다.

"나를 찾느라 가보았구려. 그렇다면 내 실험실도 알고 있겠구려."

"그렇습니다."

"거기에 방부 처리된 인체가 하나 있을 거요. 연구용으로 내 아버지가 구해왔던 것인데 미처 처리를 못하고 출가를 해버렸소. 그러니 젊은이가 그 실험용 인체를 화장시켜 주면 고맙겠소. 바로 그 사람이 나를 출가하게 한 나의 부처였소."

"아직도 있을까요."

"내 아내는 아마 내가 언젠가는 돌아올 줄 알고 실험실에 자물쇠를 채워놓았을 거요. 난 그 사람 때문에 구도의 길을 걷게 되었던 것이오."

막연하지만 이게 법상의 출가 동기였다. 암을 정복하려고 연구하고 있던 의대 교수 시절에 그의 아버지가 구해온 실험실의 그 인체를 보고 법상은 출가를 결행하였다는 것이었다.

그런데 법상은 그 방부 처리된 인체를 보고 출가 전 나의 부처라고 단언하고 있다. 세속의 일을 훌훌 털어버린 수도승이 속가의 일을 잊지 않고 있다. 가능한 일일까. 하기는 출가 전 그의 부처였다고 하니 그럴 수도 있는 것인지는 잘 모르겠다.

뿐만 아니라 법상은 속가에 있는 그의 아내에게도 한마디 잊지 않고 있었다.

"내 아내였던 사람에게는 내세에 가서 서로 도반(道伴)으로 만나자고 전해주시오."

도반이라 함은 승려들 사이에서 자기 친구를 부를 때 쓰는 친근한 단어로 '같은 길을 걸어가는 길동무' 라는 말이었다.

"그뿐입니까."

"그렇소. 잘 가시오. 이 세상이 곧 부처의 법신이고 장엄한 탑이라는 것을 깨닫는다면 날 원망하는 마음을 거둘 것이오."

"적음 스님께 먼저 떠난다고 전해주십시오."

법상이 그러겠다는 표시로 고개를 끄덕이면서 다시 가부좌를 틀었다. 최림 때문에 중단했던 좌선을 계속하려는 자세였다.

타즈 갠지스 호텔로 돌아온 최림과 유키코는 객실로 먼저 가지 않고 바를 들렀다. 갑자기 헤어지게 되어 아쉬웠기 때문이었다. 최림은 법상을 만나고도 빈손으로 돌아간다는 것이 몹시 허전하여 견딜 수 없었다.

법상의 말이 사실이라면 나나 지웅 스님은 바보가 되어버리고 만다. 이 세상이 장엄한 탑이라면 천불탑에 내 모든 것을 바쳤던 나는 바보가 되어버리고 만다. 법상의 말대로 이 세상이 부처의 법신이라면 사리를 구하러 인도까지 와서 고생고생하며 돌아다닌 나는 바보가 되어버리고 만다.

아, 지웅의 길이 옳은가, 법상의 길이 옳은가. 도대체 누구의 길이 옳은가. 지웅은 눈에 보이는 현실의 길을 추구하고 있으며, 법상은 눈에 보이지 않는 이상의 길을 추구하고 있음이다.

최림은 유키코가 따라 주는 술을 거푸 들이켰다. 유키코도 최림이 따라 주는 술을 거절하지 않고 계속 마시고 있었다. 최림은 담배를 뽑아들며 또다시 혼잣말로 중얼거렸다.

'법상의 길을 따를 것인가, 지웅의 길을 따를 것인가.'

천불탑

최림은 귀국을 하고서도 10여 일이 지났지만 천불탑 현장을 가보지 않고 잠만 자고 말았다. 부처의 진신사리를 구해오지 못해 무기력증에 빠졌을 뿐만 아니라 법상의 말이 자꾸 떠올라서였다. 법상을 처음 만났을 때 그는 '법상이라는 중의 형상이 이러했소.' 하며 형상(겉모습)으로써 자신을 찾지 말라는 듯이 되물었던 것이다. 뿐만 아니라 '법상이라는 중의 목소리가 이러했소.' 하며 소리로써 그를 찾지 말라고 물었던 것이다.

말하자면 외모를 보고 법상을 찾는 것은 그른 도(道)이니, 그의 마음을 보고 진짜 법상을 찾으라는 듯이 반문하고 있었다.

형상이나 소리를 믿을 것이 못 된다고 한다면.

최림은 가끔 눈을 감고 상념에 빠졌다. 마치 인도로 가서 법상에게 화두 하나를 가지고 온 것처럼. 알듯 모를듯 아리송한 말이었지만 '참마음이 곧 그 사람' 이니 '마음이 곧 부처(心卽佛)' 라는 말과 비슷하다고 생각하였다.

정말 법상의 말이 옳은 것일까. 최림은 법상이 지금도 자신에게 이렇게 묻고 있는 듯하였다.

'천불탑을 형상으로써 찾지 마시오.'

'그렇다면 천불탑의 진짜 모습은 어떤 것입니까.'

'천불탑을 소리로써 찾지 마시오.'

'그렇다면 천불탑을 무엇으로써 찾습니까.'

'천불탑을 마음으로써 찾으시오.'

마음속으로 최림은 법상과 이야기를 계속하였다. 마치 스승과 제자 사이처럼 최림이 물으면 법상이 대답을 하고 있는 것이었다.

'왜 그렇습니까.'

'이 세상은 영원하지만 천불탑은 유한하오. 그러니 꿈속의 꿈일 뿐이오.'

'그렇다면 왜 사람들은 탑을 만들어 왔습니까.'

최림은 마음속으로 항변을 하고 있었다.

'한마디로 헛된 번뇌 망상에 다름아닐 뿐이오. 이 세상이 그대로 장엄한 탑인데, 어디다 또 부질없이 탑을 쌓는단 말이오.'

'그렇다면 전 부질없는 짓을 저지르고 말았군요.'

어느새 최림의 목소리는 기가 꺾이고 있었다. 법상의 나직한 법문에 압도되어 더 반박할 말을 찾지 못하고 있었다.

'이 세상이 청정한 부처의 다른 모습인데, 어디서 또 사리를 어리석게 구한단 말이오.'

'그렇다면 전 어리석은 짓을 저지르고 말았군요.'

최림은 감았던 눈을 뜨고 말았다. 자신이 법상의 말을 수긍하는 것에 놀랐기 때문이었다. 지웅을 배반하고 있다는 느낌도 들어서였다. 지웅의 한점 사심없는 뜻도 옳은 것이었다. 천불탑을 지어 수많은 신도들에게 불심을 깃들게 하여 그들을 제도한다는 게 지웅의 원력이었다. 더 나아가 통일이 된 후에는 천불탑에서 뻗친 부처의 빛으로 한반도가 불국토가 되어지기를 바라는 게 지웅의 서원이었다. 그래서 지웅은 천불탑의 위치를 경주로 하지 않고 한반도의 배꼽 부위인 중원 땅에 정했던 것이었다.

그래, 지웅의 원력과 서원은 하나도 틀린 게 없다. 그래, 나는 지웅을 도와야 해. 법상을 만난 것은 단 한순간이었지만, 지웅을 만난 것은 벌써 몇 년째인가. 그래, 이렇게 빈둥거리고 있을 때가 아니지. 비록 불자는 아니라고 하지만 내일은 석가모니 부처가 탄생한 날이고, 무엇보다도 나의 걸작품 천불탑이 수많은 불자들 앞에 회향되는 날이 아닌가.

지금 당장 미소사로 떠나자. 그런데 지웅이 법상을 만났느냐고 물으면 무어라고 대답을 하지. 사실대로 이야기를 해버리면 그만이지. 갠지스 강에 부처의 진신사리를 던져버렸다고. 아니, 아니야. 그건 안 돼. 부처의 진신사리를 모시고 회향식을 준비하려 하던 지웅의 충격이 얼마나 크겠어. 거짓말을 할 수밖에 없어. 인도를 돌아다녔지만 내가 찾던 법상은 없었다고. 법상을 만나지 못했다고 거짓말을 하면 괴롭기는 하겠지만 충격은 덜 받겠지.

최림은 웃옷을 걸치고 지프에 올라타 시동을 걸었다. 그러고 보니 귀국을 하여 아주 빈둥거리고만 시간을 보낸 것은 아니었다. 비록 천불탑과 상관없는 일이었지만 법상의 부탁을 들어주기 위해 귀국하자마자 M시를 내려가 법상의 속가를 찾아갔던 것이다. 그리고는 법상의 아내를 만나 법상의 실험실을 들어갔던 것이다.

며칠 전의 일이어서 최림은 아직도 그녀의 무심한 모습이 생생하게 떠올랐다. 법상의 실험실은 거실에 붙어 있었는데, 용건을 말하고 나자 그의 아내는 선선히 마치 세든 사람에게 열쇠를 건네주듯 내주었던 것이다.

그때까지도 최림은 법상이 한 말을 사실대로 꺼내지 못했다. 법상에 대한 그녀의 태도가 시큰둥하고 무관심에 가까웠기 때문이었다. 실험실의 열쇠를 내어줄 때도 법상이 허락을 하였으니 알아서 하라는 투였던 것이다.

아니면, 그녀의 마음속에서는 애증의 모닥불이 활활 타오르고 있는지도 모를 일이었다. 법상을 전혀 사랑하지 않았다면 이렇게 십수년 동안 법상의 속가를 지키지는 않았을 것이었다. 아직도 법상이 환속을 하여 돌아오기를 기다리고 있는 것이 그녀의 마음인지도 모를 일이었다.

최림은 그녀가 보는 앞에서 실험실의 자물쇠를 풀었다.

그런데 자물쇠는 녹이 슬어서인지 열쇠를 넣고 몇 번을 돌렸을 때에야 철크덕 소리를 내며 열렸다. 뿐만 아니라 실험실 문 역시도 삐걱거렸다. 최림이 힘을 주어 서너 차례 끌어당기자 마지못해 겨우 튀어나오고 있었다. 마치 문을 자연스럽게 열고 들어가는 게 아니라 범인을 추적하는 수사관처럼 문을 뜯고 진입하는 느낌이었다. 게다가 문은 겉문과 속문으로 된 이중문이었다. 그리고 공중전화 부스처럼 유리로 된 속문 앞에는 슬리퍼를 소독하고 들어가게끔 발판이 하나 설치되어 있었다.

'아, 이곳이 저 갠지스 강가에서 수행을 하는 수도승 법상의 실험실이었구나.'

최림은 흥분이 되어 호흡이 빨라짐을 분명히 느꼈다. 실험실 특유의 자극적인 냄새가 아직도 남아 일종의 최음제처럼 작용하고 있었다. 겉문과 속문 사이 공간은 꼭 공중전화 부스 만했다.

순간 최림은 법상과 통화를 하기 위해 다이얼을 누르고 있는 기분이었다. 젊은 법상을 만나기 위해 타임머신을 타고 있는 느낌이었다. 그녀가 겉문을 닫아버리자 단번에 두 사람은 어두운 공간 속으로 갇혀버렸다. 최림은 반사적으로 다급하게 속문의 문고리 옆에 있는 스위치에 손가락을 갖다대었다.

"어서 거기 달린 스위치를 누르세요. 실험실 스위치가 맞을 거예요."

소독용 그 발판에 서서 스위치를 누르자 비로소 밝아진 연구실 안이 창을 통해 일시에 드러나 보였다. 그러나 최림은 눈이 부셔 볼 수 없었다. 무엇이 보이기는 했는데 생각이 안 났다. 한꺼번에 쏟아져 나오는 강렬한 빛이 눈을 자극해서 생긴 현상이었다. 실험실용 촉광의 빛이 홍수처럼 창을 통해 쏟아져 나오고 있기 때문이었다. 안을 보기 위해서 불을 켰는데 오히려 그 불빛이 최림을 거부하고 있었다.

잠시 후에야 최림은 엄청나게 밝은 실험실의 불빛에 적응을 했다. 비로소 불빛의 충격으로부터 놓여나자 실험실 내부가 보이고 있었다. 그러나 또 한번 더 최림은 강렬하게 빛나는 물체에 놀랐다. 그녀가 쌓인 먼지를 닦아내자마자 그것은 한쪽 구석에서 천정으로부터 쏟아지는 불빛을 받아 형광덩어리처럼 발광(發

光)하고 있었다.

"시아버님이 어디선가 모셔온 부처지요."

"먼지를 뒤집어쓰고 십수 년을 이 실험실에 갇혀 있었군요."

"그러게 말이에요."

자세히 보니 순금으로 된 좌불(坐佛)이었다. 잔잔하게 미소를 짓고 있는 부처였다. 갑자기 튀어나온 그 좌불은 마치 미답의 동굴 속에서 발견한 유물처럼 신비하게 보이기까지 했다. 그런 인상 때문에 최림은 실험실 안의 다른 것들을 한동안 볼 수 없었다. 그러나 그녀는 좌불에 대해서 벌써부터 관심을 잃고 있었다.

"고작 이런 시설이었다니 시시하군요."

그녀가 약간 빈정거리는 투로 말하고 있었다. 그러나 최림은 긴장을 하여 이미 이마에 진땀을 흘리고 있었다. 심장이 불규칙하게 뛰고 있었다. 마치 평지에서 갑자기 고산에 오른 것처럼 현기증이 일기도 했다. 벽에는 시계 바늘이 멈추어져 있고, 천정에는 선풍기의 날개가 녹이 붉게 슬어 금방이라도 쇳가루로 분해가 될 것만 같이 보이고 있었다.

그녀의 말은 사실이었다. 실험실의 규모는 초라했다. 실험기구들이 부옇게 먼지를 뒤짚어쓰고 있으며 좀이 슬어 벌집처럼 구멍이 숭숭 뚫린 가운이 교수형을 당한 죄인의 수의(囚衣)처럼 벽에 걸려 있을 뿐이었다.

믿어지지 않는 방이었다. 이런 형편 없는 시설 속에서 어떻게 그들 부자가 암세포 퇴치라는 거창한 명분을 걸고 연구를 했을까 하고 의구심이 들지 않을 수 없는 실험실이었다. 최림은 긴장을 하면서 또 한편으로는 맥이 좀 풀렸다.

"아마 이 실험실은 시아버님이 사용하시던 것 같군요."

"아니, 그럼 또 다른 실험실이 있다는 말인가요."

최림이 묻는 말에 그녀가 곧 대답을 했다.

"시아버님은 독실한 불자이셨거든요. 반면에 남편은 무종교주의자였고요. 그런 남편이 불상을 실험실에 두었을 리는 없잖아요."

"그럼, 저 문은 밖으로 나가는 문이 아니겠군요."

"그럴지도 몰라요."

이번에는 최림이 문을 먼저 밀었다. 그러자 그녀의 예상대로 또 하나의 방이 나타났다. 그러나 그곳은 실험실이 아니라 일종의 간이 도서실이었다. 그리고 한쪽에는 천정의 시뻘겋게 녹이 슨 관(管)으로부터 물방울이 뚝뚝 누수가 되고 있는 목욕탕도 딸려 있었다.

목욕탕의 심한 습기 때문인지 간이 도서실의 목재 기구들은 곰팡이 냄새를 피우며 거의 썩어가고 있었다. 탕을 덮었을 것 같은 뚜껑을 비롯해서 목욕탕에 있는 나무의자도 손으로 밀자마자 그대로 주저앉아 버렸다. 서가에 꽂힌 책들도 썩어가는 듯 지독한 곰팡이 냄새를 풍기고 있었다. 간이 도서실은 온통 부패하는 냄새로 가득 차 호흡이 곤란할 정도였다. 더구나 목욕탕의 벽면에서도 물이 새는지 간헐적으로 붉은 녹물이 뚝뚝 떨어져내리고 있었다.

최림은 무너져내린 책더미를 한쪽으로 치우기 시작했다. 종이가 썩는 냄새도 지독한 악취였다. 그러나 책더미는 법상의 실험실임에 틀림없는 문 앞에 수천 권의 의학서적이 무너져 헝클어져 있는 것이었다.

책 가운데는 최림이 알 수 있는 시사 잡지류도 보였다. 지금도 그 잡지들은 죽은 시체만을 파먹고 사는 비겁한 맹수처럼 주로 권력을 잃어버린 정치인들의 비리를 폭로하며 판매되고 있었다.

그밖에는 대부분 원서로 된 의학서적들이어서 암호문처럼 알아볼 수가 없었다. 최림은 정신없이 물기가 없는 마른 바닥으로 책을 옮겼다. 갈퀴로 흙을 헤치듯 잠시도 쉬지 않고 책을 날랐다.

"안 되겠어요. 그냥 나가지요."

"아닙니다. 제가 치우겠습니다."

"참 알 수 없는 일이군요. 실험실에 무엇이 있다고."

"스님께서 분명하게 말씀하셨습니다."

최림은 이마에 진땀을 흘리며 숨을 거칠게 내쉬었다. 어찌 보면 자신이 법상 스님에게 홀린 것도 같았다. 그렇지 않다면 이런 고약한 일을 혼자 나서서 할 최림 자신이 아니기 때문이었다. 무슨 인연이 있어 수천 권의 곰팡이 냄새나는 서적들을 고물장사처럼 치우고 있겠는가. 조금도 남의 일에 끼어들거나 피해를 보기 싫어하는 것이 최림 자신의 성격이 아닌가. 도대체 알 수 없는 일이었다.

그런데도 분명한 것은 자신이 무엇에 이끌리고 있다는 점이었다. 그러기에 그 스스로 생각해도 이해할 수 없는 짓을 하고 있으며, 법상이 사용했던 실험실을 들어가려 하고 있는 것이었다.

"난 그만 나가 있겠어요."

"그러시죠."

"실험실에 뭐가 있다고 그러시는지."

마침내 최림은 혼자 문을 밀었다. 책더미에 짓눌려 있던 문이 겨우 열리고 있었다. 그곳 역시 스위치를 누르자 상상할 수 없을 정도의 불빛이 천정으로부터 쏟아져내리고 있었다. 그러나 법상의 아버지가 사용했던 실험실과는 전혀 다른 분위기였다. 과거의 어둠과 현재의 빛 사이에서 무언가 재빨리 사라지는 게 최림의 눈 앞을 번개처럼 스치고 있었다. 최림은 온몸이 감전되어 버린 듯 전율했다.

그것은 사람의 형상으로 푸르스름한 빛을 띄고 있었다. 최림이 실험실을 들어서자 서서히 모양이 흐트러지더니 사라져버린 것이었다. 마치 공기의 흐름이 정지해 있는 곳에서 연기가 어떤 형상을 만들고 있다가 흐름이 생기자 그 모양이 지워져버린 셈이었다. 갑자기 퍼지는 불빛의 파장이 만들어낸 현상은 분명 아닐 것이었다. 그렇다면 법상의 아버지 실험실에서도 그런 현상이 있어야 했었다. 더구나 그 꼴은 사람의 형상이었다.

'출가 전 법상의 영(靈)일까.'

그가 실험실 안에 남긴 흔적들의 침전물일까. 그는 실험실에서 그의 탁월한 집중력으로 혼신의 힘을 다 쏟아냈을 것이었다. 그러면서 때로는 절망하고 고독을 삭이고 가끔은 기쁨에 몸을 떨었을 것이었다. 자신의 학문적 열정과 아버지의 의학적 욕망 때문에 때로는 불꽃 튀는 언쟁을 소리쳐 벌였으리라. 그때 법상의 열정과 고독이 십수 년 간 남아서 떠돌다가 결합되어 만들어진 인광(燐光) 같은 것이 아니었을까.

먼지에 짓눌려 있던 일기장 같은 노트들이 그러한 최림의 생각을 증명하고 있었다. 거기에는 자신만이 알아볼 수 있는 악필로 두서 없이 휘갈겨져 있었다.

또 그 레스토랑을 찾아갔다. 그리고 한 피아니스트와 잠을 잤다. 그녀는 거짓말처럼 죽음에 초연한 피아니스트였다. 아내에게 미안한 일이었지만 취중에 어쩔 수 없었다. 그녀는 유방암 말기의 환자였다. 심한 무력감을 느꼈다. 명색이 암세포를 연구하는 학자로서 죽음을 앞둔 여자에게 아무 것도 해줄 수 없다는 자책감 때문이었다. 그녀는 자신의 치료비를 벌기 위해 그 어두운 레스토랑에 나가 노래를 부르고 피아노를 친다고 했다. 그러나 내 직감으로는 한 달을 넘길 수 없는 말기 환자다.

아버지의 삶을 이해할 수 없다. 그러나 의사로서의 자세는 투철하다. 사사로운 감정 때문에 한치의 오차도 허용치 않으려 하기 때문이다. 오늘도 행려병자의 시신을 한 구 가져왔다. 그런데 조사해 본 결과 그 시체는 암세포와 무관하다. 다 닳은 건전지처럼 영양실조가 직접적인 사인(死因)인 것 같다. 복지국가라고 떠드는 요즘 같은 세상에 영양실조라니 믿어지지 않는다.

아버지는 곧잘 인체를 선과 악으로 구분한다. 암은 악의 존재로 적이다. 생명의 평화를 위해서는 암을 퇴치해야 한다고 주장한다. 그러므로 아버지에게는 암의 퇴치가 정의이고 선이다. 그러나 그것은 예리한 메스를 든 강자의 논리다. 철저하게 자기 중심인 교만이다. 절대자의 입장에서는 선도 악도 정의도 없을 것이다. 모두가 한 식구일 것 같다. 암세포도 그들대로 몫이 있지 않은가. 교만한 인간에게 생명이 영원하지 않다는 것을 경고하려고 존재하는 조물주의 메신저인지도 모른다.

최림의 등 뒤에는 수많은 실험관들이 먼지를 쓴 채 질서정연하게 배열되어 있었다. 빈 것도 있지만 무엇으로 채워져 있는 실험관들이 대부분이었다. 나무 궤짝처럼 직사각형의 큰 실험 용기(用器)도 있었다.

'저것이 법상이 말했던 방부 처리된 인체인가.'

최림은 한 대형 용기 앞에서 잠시 호흡을 멈추었다. 대형 용기는 두꺼운 유리뚜껑으로 덮여 있었으므로 그 내부가 훤히 드러나 보였다. 마른 먼지를 닦아내자 용기 안의 형상이 쑥 다가서고 있었다. 인체는 포르말린 용액 속에 잠겨 있었다.

그런데 인체는 여자의 미이라였다.

용기 속에는 머리카락을 밀어버린 젊은 여자가 반듯이 누운 채 조금 떠 있었다. 여자는 욕조 속에서 목욕하는 여인처럼 두 손으로 자신의 은밀한 그곳을 가리고 있었다. 눈은 잠을 자듯 지그시 감고 있었고, 보통키에 약간 마르고 피부는 눈이 부실 정도로 하얀 빛깔이었다.

'저 여자가 법상을 출가하게 하였다는 말인가.'

최림은 다리가 후들거림을 느꼈다. 침이 말라버린 입술 사이로 비명이 저절로 새어나오고 있었다. 게다가 그녀의 팔에는 문신(文身)이 하나 선명하게 새겨져 있었다.

'葉'

그것은 나뭇잎이라고 할 때는 '엽'으로 발음이 되고 중국인의 성(性)씨일 때는 '섭'으로 부르는 한자였다. 문신이라 함은 가는 바늘로 살갗을 따듯 찔러 채색의 물감이나 먹물로 글자나 장식 무늬를 그려 새겨넣는 것을 말하는데, 예전에는 글자를 새긴다 해서 자문(刺文), 먹물을 넣는다 해서 입묵(入墨), 물감을 새겨 넣는다 해서 자청(刺靑)이라고 부르기도 하였었다.

중국에서는 이미 서기 전부터 온몸에 문신을 하는 풍속이 있었으며, 우리 나라의 경우도 아주 오래되어 멋내기의 수단으로 혹은 주술적인 부적인 주부(呪符)로 이용했다고 〈삼국지(三國志)〉위지동이전에 다음과 같이 기록되어 있는 것이다.

마한의 남자들이 때때로 문신을 하였다(男子時時有文身).
남녀가 왜와 같이 문신을 하였다(男女近倭有文身).

그러니까 중국을 비롯한 왜 등등 모든 고대국가에서 문신을 새기는 풍속이 있었다는 말인데, 후대로 내려오면서 차츰 그것의 의미가 형벌을 받은 죄인을 표시하기 위해 사용되기도 하였고, 조선말에는 남녀간에 사랑을 확인하는 수단으로 서로의 팔에 이름을 자문했다고도 한다.

뿐 아니라 전염병의 예방과 치료를 위한 부적으로써 문신을 이용하기도 했는데, 강원도 오지에서는 전염병이 돌면 이마에 붉은 동그라미를 그렸으며, 평안북도에서는 임산부가 난산할 경우 발바닥에 천(天)자를 입묵하였다고 전해진다. 또한 제주도에서는 갓난아이가 첫나들이를 할 때는 반드시 솥 밑의 검뎅을 발랐다고 하는데 이것 역시 문신의 일종인 것이다.

그런데 여자의 팔에 선명하게 새겨진 엽(葉)의 의미는 무엇일까. 섭이라면 이 여자는 조상이 중국인으로서 화교(華僑)인지 모른다. 우리 나라에는 섭씨가 없으므로 그러한 추측이 가능한 것이다. 그리고 성씨를 의미하는 글자가 아니라면 이름이나 무슨 신표를 나타내는 글자일 터이고.

결코 아무런 뜻없이 새긴 문양은 아니리라. 수만의 글자 중에서 굳이 획수가 복잡한 엽(葉)자를 청색의 물감을 이용하여 팔뚝에 새겨 그린 것을 보면 분명 무의미한 자청(刺靑)은 아닌 것이다.

간신히 발걸음을 뗀 최림은 쫓기듯 실험실을 빠져나왔다. 마치 악몽에서 깨어난 기분이었다. 그녀는 소파에 앉아서 한가하게 담배를 피우고 있었다. 안에서 무슨 일이 일어났고, 무엇을 보았는지는 별로 관심이 없는 듯하였다. 흥분하여 붉어진 그의 얼굴을 보고는 시큰둥하게 한마디하고 있을 뿐이었다.

"그래, 무얼 보았소."

최림은 이마에 흐르는 땀부터 닦아냈다. 실험실 문이 닫혀지고 나서야 최림은 턱에까지 받치었던 호흡이 서서히 진정되었다. 그러고 보니 그는 진정제를 먹어야 할 만큼 흥분해 있었던 게 틀림없었다. 입안의 침이 말라버렸고 속에 입고 있는 런닝셔츠가 땀으로 축축하게 젖어 있었던 것이다.

최림은 비로소 그녀에게 털어놓았다.

"스님의 부탁을 하나 받았습니다. 실험실에 연구용 인체가 하나 있으니 화장을 시켜달라는 부탁이었습니다."

"어머, 그럼 인체를 보았다는 건가요."

그녀가 비명처럼 날카로운 소리로 묻고 있었다. 믿기지 않는듯 최림을 빤히 쳐다보고 있는 그녀였다.

"그렇습니다."

"무심한 사람."

어느새 그녀의 눈에서는 눈물이 글썽이고 있었다. 그러더니 눈물 한두 방울이 뺨을 타고 흘러내리는 것이었다. 그러나 그녀는 눈물이 흐르는 것을 모르는지 닦을 생각을 않고 있었다.

"지금 장의사에게 전화를 걸겠습니다. 벌써 만나 보았습니다. 곧 이곳으로 올겁니다."

최림은 그녀에게 사실대로 사무적으로 말했다. 법상의 속가를 들어오기 전에 한 장의사를 만났었고, 화장을 시켜주는 데까지 경비 등을 상담을 하였던 것이다. 그러나 여자를 위해 화장터까지 따라갈 필요는 없다고 그는 생각하였다. 여자와 아무 연고도 없었으므로 마음이 내키지 않아서였다.

"아무 말도 하지 않던가요."

그제야 최림은 법상이 한 말을 떠올렸다.

"네, 있었습니다."

"무슨."

"법상 스님께서 전해달라고 하셨습니다. 사모님하고 내세에 가서 도반으로 만나자고 하였습니다."

그러자 그녀는 참지 못하고 굵은 눈물을 주르르 흘리고 마는 것이었다. 그녀의 외로움 같은 눈물을 보는 순간 최림은 공연히 법상의 말을 잘못 전했다는 후회가 들었다. 어느새 그녀의 입가에는 비웃음 같은 것도 어리고 있었다.

최림 자신도 법상에게 내세라는 말을 처음 들었을 때 아주 아득하게 느껴졌던 게 사실이었다. 그런데 이별 아닌 이별을 하고 사는 그녀에게 내세라는 말이 어떤 충격을 주었을지 문득 이해가 되는 것이었다.

그녀는 아직도 법상을 기다리고 있다. 법상을 기다리고 있음이 분명하다. 그런데 그런 기약 없는 기다림이 또다시 시작되려 하자 눈물을 참지 못하고 흘린 게 틀림없었다. 최림은 그렇게 생각하고는 그녀의 집을 나와 서울로 올라와버렸던 것이었다.

최림은 여느 때보다 빨리 미소사에 도착하였다. '부처님 오신 날' 전날이어서 공휴일 행락객들을 염두에 두고 출발하였던 것인데, 다행히 고속도로와 국도가 한산하였기 때문이었다.

이미 미소사 주위는 축제 분위기에 휩싸여 있었다. 산과 계곡에는 대군의 군막처럼 임시로 친 대형 천막들이 가득가득 들어차 있었고, 대형 버스와 승용차들이 질서 있게 임시 주차장 같은 넓은 계단식 논밭에 빈틈없이 들어차 있는 것이었다.

백만 명의 신도가 운집할 것이라고 지웅이 호언장담한 적이 있는데, 하루 전인 지금의 인파만 계산해도 수십만은 될 것 같았다. 미소사 경내뿐만 아니라 온 계곡마다 신자들이 빼곡히 들어차 북적거리고 있었다. 신자들이 입고 있는 원색의 옷 색깔로 인하여 갑자기 미소사 주위는 단풍철이 된 것도 같았다. 산록 여기저기에 핀 진달래 꽃무더기들이 갑자기 들이닥친 울긋불긋한 사람들의 물결로 초라해 보일 정도였다.

그러나 더욱 장관은 천불탑의 위용이었다.

오색의 대형 천에 가려 아직 그 모습을 완전히 드러내놓고 있지는 않지만 그 웅장한 규모는 헤아려 볼 수 있었다. 오색의 천이 탑의 꼭대기에서부터 1층 바닥까지 부챗살처럼 쳐져 있는데, 탑이 어찌나 높은지 마치 하늘에서 보내준 축하의 하사품 비단 천 같은 느낌이 드는 것이었다.

내일, 회향식에서 지웅과 종단의 고승 대덕들이 행사의 끈을 일제히 잡아당기면 오색의 천들이 일시에 벗겨져내리고 천불탑은 비로소 자신의 장엄한 모습을 백만 불교 신도 앞에 드러낼 것이었다.

최림은 새삼 감격스러웠다.

저 탑을 정말 자신이 설계했는가 싶으리만치 이미 천불탑은 저 홀로 우뚝 솟구쳐올라 서 있었다. 최림은 중얼거렸다. 내일은 부처의 탄생일도 되지만 저 천불탑이 이 세상에 태어나는 날도 되겠지. 내일은 신화와 같은 황룡사의 9층목탑이 이 세상에 다시 환생하는 날이 되겠지. 내일은 백만 신도 앞에서 등신불 같은 저 걸작품이 선보이는 날이 되겠지.

그러나 감격은 잠시뿐. 하늘의 무지개를 보고 있다는 느낌이 드는 것이었다. 최림은 고개를 흔들었다. 무지개는 아침 이슬같이, 번갯불같이, 물거품같이 사라지고 마는 것이 아닌가. 사람들은 그것도 모르고 탄성을 지르고 만다. 곧 사라질 것도 모르고. 그래서 인간은 부질없는 작업을 어리석게 하는지도 모른다. 욕망을, 집념을 버리지 못하는 것이다. 그렇다면 저 천불탑도 사라지고 말 무지개와도 같은 존재란 말인가.

최림은 갑자기 법상의 말이 떠올라 고개를 세차게 흔들었다. 백만 신도들은 저 천불탑의 장엄한 모습을 보고, 저 천불탑의 청아한 풍경소리를 듣고 부처를 친견한 것처럼 찬탄할 것이다. 그리고 나서는 또 부처의 진신사리가 있을 것이라고 믿는 1층을 향하여 자신을 한없이 낮추고 예를 다 갖출 것이다.

그러나 법상은 무어라 했던가. 형상으로써, 소리로써 부처를 찾지 말라고 하지 않았던가. 그것은 형상과 소리로써 천불탑을 찾지 말라는 말과 다름아닌 것이다. 하기는 저 탑이 완벽하게 아름다운 것은 아니다. 최림의 마음에 칠할 정도밖에는 들지 않는 것이다. 시간을 더 주었더라면, 승려들이 설계에 간여하지 않았더라면 더 완벽한 걸작품을 만들었을 텐데 하는 아쉬움이 남는 것이다.

어쨌든 저 천불탑은 내 욕망의 결정체이다. 뿐만 아니라 내 집념의 소산이다. 나는 지난 몇 년 동안 저 탑을 위해 살아오지 않았던가. 저 탑이 하늘로 올라가는 동안 여자들도 멀어져버렸고 친구들도 떠나가버리지 않았는가. 철저하게 사람들로부터 교제는 끊겨버렸고 마침내 저 천불탑처럼 나 혼자 남게 되지 않았던가. 이게 인생인가. 그게 행복인가. 좋은 친구가 있었다면 내 컴퓨터들과 나의 애마 같은 지프가 전부였던 것이다. 어쩌면 나는 황룡사 9층탑을 지었던 백제의 공장 아비지처럼 내 이름을 분명 역사에 남길 것이다. 그러나 역사에 이름을 남기는 것이 오늘의 나와 무슨 상관이 있는 것일까. 그게 진정한 행복일까. 승 행자는 내게 화두처럼 던지곤 하였었지. 행복하세요, 행복하세요 하고 말이다.

'나는 정말 행복한 놈인가.'

처음에 법상을 만났을 때 나는 눈뜬 장님이나 다름없었지. 법상을 바로 눈 앞에 두고서도 보지 못했으니까. 지금도 왠지 법상을 처음 만났을 때의 그런 느낌이다. 천불탑을 눈 앞에 두고도 장님처럼 보지 못하고 있다는 기분이 문득문득 드는 것이다. 마음속에 짓고 싶은 천불탑은 저게 아닌데 아닌데 하는 생각도 들고. 어쩌면 나는 여지껏 모래성을 쌓고 있었던 것은 아니었을까. 지웅도 아니고 법상도 아닌, 수행자가 아닌 나는.

최림은 천천히 미소사 법당으로 올라갔다. 이미 법당에는 사리함이 치워지고 없었다. 아마도 신도들의 성화에 못이겨 천불탑으로 옮겨졌을 것이었다. 그러나 천불탑에 부처의 진신사리를 봉안하지 못하고 대신 용제 스님의 사리로 회향식을 준비하는 지웅.

그는 앞으로 또 얼마나 번민하고 참회하며 수도자의 길을 걸을 것인가. 저 천불탑에 부처의 진신사리를 봉안할 때까지는 참회의 나날을 보내야 할 것이기 때문이었다.

'지웅 스님은 사리를 가지고 오지 못한 나를 보고 뭐라고 하실까. 뭐라고 낙담하실까.'

최림은 중얼거리면서 이번에는 주지실로 발길을 돌렸다. 지웅은 주지실을 지키고 있었다. 그는 수십만의 인파에도 전혀 동요하지 않고 회향식 준비를 차분하게 오케스트라의 지휘자처럼 지휘하고 있는 듯하였다. 책상 위에는 행사와 관련된 서류들이 대악보처럼 차곡차곡 쌓여 있는 것이었다.

그런데 그와 눈이 마주친 순간 최림은 고개를 떨구고 말았다. 그러자 지웅은 다 알겠다는 듯이 보살의 명호를 외며 눈을 감고 합장을 했다.

"관세음보살."

"스님, 죄송합니다."

"구해 오지 못했구려."

"그렇습니다."

"법상을 만났습니까."

지웅의 눈길이 너무 간절하여 최림은 거짓말을 하였다.

"못 만났습니다."

"허허허."

지웅은 웃고 있었지만 그 웃음은 눈에 담겨 있지 않았다. 그저 입가에 떠올랐다가 사라지는 그런 쓴웃음이었던 것이다.

"스님, 왜 웃으십니까."

"처사님 눈에 쓰여 있소."

"무엇이 쓰여 있다는 말입니까."

"처사님 스스로 읽어보시오."

지웅은 최림의 마음을 다 간파하고 있었다. 단 한번에 마음의 눈을 찔러 최림을 옴쭉달싹 못하게 하는 지웅이었다.

"스님, 죄송합니다."

"눈에 그렇게 쓰여 있소."

이윽고 최림은 고백을 하고 말았다.

"사실은 뵈었습니다."

"처사님의 눈은 이미 그렇게 말하고 있었소."

"갠지스 강가에서 뵈었습니다."

"부처님의 사리를 어찌했소."

지웅은 끝내 사리를 찾아오고야 말겠다는 듯이 결연하게 묻고 있었다. 그의 눈은 이글거리고 있었다.

"던져버렸습니다, 법상 스님이. 갠지스 강에."

'내 눈으로 확인하기 전에는.'

지웅은 혼잣말을 하고는 이를 악물고 있었다. 체념을 하기는커녕 오히려 더 결의를 불태우는 그였다. 순간 최림은 섬뜩한 느낌이 들었다.

"지웅 스님. 용제 스님도 열반하여 사리가 나온 부처이십니다. 용제 스님의 사리를 모셨으면 되는 거 아닙니까. 이제 스님, 진신사리가 없어도 되는 게 아닙니까. 이것은 미소사 신도들이 전혀 모르는 비밀이 아닙니까."

"뭐라고 했소."

지웅은 버럭 소리를 지르며 최림을 노려보았다. 그러더니 대쪽을 쪼개듯 단호하게 말하는 것이었다.

"난 끝까지 진신사리를 찾아 봉안하고 말겠소. 회향식이 끝나고 나면 나는 인도로 떠날 것이오. 아무도 나의 뜻을 꺾지는 못할 것이오. 부처님의 진신사리가 활화산 불구덩 속에 들어 있다면 그 속으로 뛰어들어갈 것이요, 항하수 갠지스 강물 속에 가라앉아 있다면 강물이 마를 때까지 기다려서라도 가져오겠소."

최림은 벽력같은 지웅의 큰 소리에 아무 소리도 못하고 듣고만 있었다. 다시 말하는 지웅의 표정은 비장하기조차 하였다.

"난 신도들을 속였소."

"아닙니다. 신도들을 속이게 한 분은 바로 법상 스님입니다."

"여기 모인 신도들뿐만 아니라 삼세의 불보살님들도 속였소."

"스님, 저는 믿습니다. 이 모든 게 법상 스님 때문이라는 것을."

"그렇더라도 응보는 내가 받을 것이오."

최림은 주지실을 나오고 말았다. 지웅의 큰소리가 밖으로 새어 났는지 상좌들이 쫓아와 무슨 일이 있느냐고 걱정스럽게 묻고 있었다.

"처사님, 무슨 일이 있었습니까."

"아닙니다."

최림은 지프로 다시 돌아왔다. 천상 오늘밤은 지프에서 잠을 자야 할 것 같았다. 요사채는 벌써 만원이고 임시 숙소인 천막으로 가서 자는 것도 탐탁치 않았다.

최림은 눈을 감았다. 그리고 나서는 앉은 채 깊은 잠에 빠져버렸다.

다음 날 새벽 일찍부터 미소사는 불탄일의 법요식과 천불탑의 회향식 준비로 소란스러웠다. 부처의 탄생일이자 천불탑의 탄생은 이렇게 신도들을 한없이 들뜨게 하고 있었다. 가슴마다 종이 연꽃을 달고서 바삐 경내를 돌아다니고 있는 것이었다. 천막에서 밤을 보냈던 신도들도 새벽예불의 독경소리를 멀리서 지켜보며 합장을 하기도 하였다. 이미 온 계곡과 산록에는 행사장에 직접 참석하지 못하는 신도를 위해서 마이크 시설을 곳곳에 설치해놓은 상태였다.

최림은 혹시 승 행자나 아는 사람이 없을까 하고 눈을 뜨고 나서부터 행사 직전까지 행사장을 돌아다녔다. 그러나 아는 사람은 승려 몇 사람만 눈에 띄었을 뿐, 속인은 한 사람도 없었다. 유키코도 찾아보았지만 헛수고였다. 너무 많은 인파 때문에 왔다고 하더라도 찾는다는 것은 불가능한 일이었다.

식장 주위에는 이미 백만의 인파가 운집하여 움직이기조차 힘

들 정도가 되어버렸다. 고개를 빼고 둘러보았지만 소용없는 일
이었다. 하늘에서 내려오고 있는 듯한 오색의 천과 종정스님과
고승 대덕스님들이 앉아 있는 무대만 보일 뿐이었다. 종정은 금
색의 관과 금색 가사를 입고서 불교계의 최고 어른으로서 온갖
위의를 다 갖추고 있었다.

　이윽고 불탄일 법요식과 회향식 행사는 오전 10시가 되자 1초
도 어김없이 여법하게 시작하였다. 미소사 총무스님이 행사의
시작을 운집한 신도들에게 알렸고, 그런 다음에 지웅과 종정스
님 그리고 고승 몇이서 무대를 내려오고 있었다. 석가모니 부처
의 탄신과 천불탑의 회향을 만천하에 드러내고자 행사의 끈을
잡아당기기 위해서였다. 끈을 잡아당기자 일제히 오색의 천이
벗겨지면서 천불탑의 모습이 하늘쪽에서부터 서서히 그리고 장
엄하게 드러나고 있었다.

　순간 백만 신도들의 박수 소리가 계곡을 덮어버렸다. 박수 소
리는 이 계곡 저 계곡에서 화답의 합창을 하듯 번갈아며 계속 쏟
아지고 있었다. 사회를 보는 미소사 총무스님이 몇 번이나 〈반야
심경〉 독경이 있으니 경건하게 합장해 달라고 부탁을 해도 소용
없었다. 한참을 기다린 뒤에야 겨우 우레와 같은 박수소리가 진
정되고 있는 것이었다.

　독경소리도 장관이었다. 백만 명의 합창단원이 부르는 찬불가
처럼 독경 소리는 이 계곡 저 계곡에서 하늘로 울려퍼져 가는 것
이었다. 누구도 연출할 수 없는, 부처에게 바치는 백만 명의 합
창단원이 부르는 장엄한 찬불가였다.

　축하 법어를 하는 종정스님의 목소리는 떨리고 있었다. 그만큼

불교계가 주목해왔던 불사였고 근래 들어 보기 드문 인파의 운집인 것이었다. 고승들의 축사도 마찬가지였다. 하나 같이 천불탑을 찬탄하고 불보살들에게 공덕을 돌리는 법문을 하고 있었다. 회향의 답사를 하는 지웅마저도 감격에 겨워 몹시 떨리는 목소리로 미리 준비한 원고를 낭독하고 있었다.

불탄일 법요식과 천불탑 회향식은 일사천리로 진행되어가고 있었다.

최림은 어느새 자신의 지프가 있는 곳까지 걸어나와서 탑을 바라보았다. 그러자 황룡사의 9층탑을 재현하겠다고 매달렸던 지나간 시간의 추억들이 문득문득 뇌리를 스쳐 지나갔다.

'저것이 천불탑인가.'

최림은 다시 천불탑을 우러러보았다. 그 순간 바람이 쏴아아 하고 계곡을 훑고 지나가자 풍경소리가 일시에 뎅그렁 뎅그렁 소리를 내고 있었다. 수십 개의 풍경들은 천불탑의 목소리처럼 맑고 그윽한 소리를 내고 있는 것이었다.

'저것이 천불탑인가.'

최림은 눈을 감고 말았다. 그러자 또다른 천불탑 하나가 불쑥 솟아 오르고 있었다. 마음속에 장엄한 천불탑이 등신불처럼 솟아 빛나고 있는 것이었다. 건축 설계사로서 오매불망 갈망해왔던 바로 그 천불탑이었다. 최림은 자신도 모르게 두 손바닥이 뜨거워질 때까지 합장을 하였다. 마음속의 그 눈부신 천불탑을 향하여 고개를 숙이고 경배를 하였다.

등신불(等身佛).

마음속에 솟은 그것은 분명 최림의 등신불이었다. 눈 앞에 보이는 천불탑과 비록 형상은 같지만 결코 같다고 할 수 없는 마음의 천불탑이었다. 그것이 내는 소리도 눈 앞의 천불탑이 내는 풍경들의 쇳소리가 아니라 청아한 음색의 새인 가릉빈가(迦陵頻伽) 떼가 날개짓하며 합창하는 소리였다. 지웅이 최림의 마음속에 씨를 뿌렸다면 법상이 혼을 불어넣은 등신불이 된 탑이었다. 결코 컴퓨터가 흉내낼 수 없는 신비한 탑이었다.

어쩌면 그 탑은 지웅과 법상의 합작품이었다. 〈끝〉

인 지

그곳에 부처가 있다 / 하권

초판인쇄 · 1997년 8월 20일
1쇄 발행 · 1997년 8월 31일

지은이 · 정찬주
펴낸이 · 최정헌
펴낸곳 · 좋은날
주소 · 서울시 서대문구 충정로 3가 8-5호 동아 아트 1층
전화번호 · 392-2588~9
팩시밀리 · 313-0104

등록일자 · 1995년 12월 9일
등록번호 · 제 13-444호

값 7,000원
ISBN 89-86894-09-2   04810
ISBN 89-86894-07-6   04810 (세트 2권)
*잘못된 책은 바꿔 드립니다.